去赴一场烂漫的花事

容紫云·著

九 州 出 版 社
JIUZHOUPRESS

图书在版编目（CIP）数据

去赴一场烂漫的花事 / 容紫云著 . -- 北京 ： 九州出版社， 2018.5（2024.1重印）

ISBN 978-7-5108-6807-8

Ⅰ．①去… Ⅱ．①容… Ⅲ．①散文集－中国－当代 Ⅳ．① I267

中国版本图书馆 CIP 数据核字（2018）第 085065 号

去赴一场烂漫的花事

作　者	容紫云 著	
出版发行	九州出版社	
地　址	北京市西城区阜外大街甲 35 号 （100037）	
发行电话	（010）68992190/3/5/6	
网　址	www.jiuzhoupress.com	
电子信箱	jiuzhou@jiuzhoupress.com	
印　刷	成都市兴雅致印务有限责任公司	
开　本	880 毫米 ×1230 毫米　32 开	
印　张	8	
字　数	201 千字	
版　次	2018 年 5 月第 1 版	
印　次	2024 年 1 月第 3 次印刷	
书　号	ISBN 978-7-5108-6807-8	
定　价	39.80 元	

弄花香满衣（序）

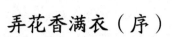

借了书里的一个小辑名字，想来也是切题的。世间女子大凡爱花者多也，心怀浪漫思想的亦多之又多。

天性使然乎？

据说每年的农历二月里，会有几日，被民间定义为"花朝节"的。在那几天特定的时光里，姑娘们穿戴得五彩缤纷，呼朋引伴前去踏青，赏红，不亦乐乎——所谓"去赴一场浪漫的花事"。

容紫云也是一个爱花之人。或者更确切一些——她是一个爱自然之人。我与她原不甚熟识，读完一本书之后，却又觉得她竟然对面而坐，与我促膝倾谈很久了。她是安静的，沉默的；又是爽直的，真诚的。她拥有一个散文写作者的优良品性。

窃以为，散文的书写是不需要太多粉饰和技巧的，唯有朴素最能打动人心——倘若你不会其他的，还有朴素可以打动人心。有的时候，人们甚至可以原谅过于直露的朴素情感。

容紫云也是一个性情中人。她将自己人生中过往的酸甜苦辣都一股脑地倾诉至一本书里，她所钟情的花草树木，她的儿时故土，她的家族亲情，往事记忆，正如她自己所说，这些文字是"一本个人影集"。但它的意义或价值又不仅仅只是一本个人影集，一个写作者既然能够用自己的文字将生活与感悟书写出来，呈现出来，它便也脱离了"个人影集"的局限。

我自己也常常会写一些"个人影集"式的文字，而且是情不自禁地要去书写，所谓情不自禁也是人之常情。人生于世，总有无法忘却的来处，是谓故乡。而对于写作者来说，生于斯长于斯的故乡，也是自己创作的最重要素材库。正如作家苏童所说，乡土是滋养作家的最大粮仓。

读容紫云的回忆，也往往会勾引起自己的回忆来。所以我想，一本书的意义大约也在于此，它或者能够使读者对作者所陈述的故事发生一些兴趣，展开一些题外的联想；或者能够触动一些人的心灵，并因此产生某种共鸣。这就算写作者的胜利吧。

《自序》里作者有如此感慨："文字于我而言，如同众多的鬼魅。"心有戚戚焉。写作者对自己笔下的文字都怀着如此纠结矛盾的心态。贾平凹也曾说过"越写越恐惧"的话。却都是欲罢不能的一生恩怨纠葛。

闭门读书，不知窗外时令惊蛰已过，新的一年又盎然轮转起来。早春二月，适合出门踏青登山。春山多胜事，赏玩夜忘归。掬水月在手，弄花香满衣。

一卷书读至尽处，文字中的花香也是隐隐然沾染了一些在春衫上。

是为序。

酸枣小孩
戊戌年初春于多读书房

自序

　　我本安静，喜欢植物。在这本散文集里，我大篇幅地去书写植物，我希望像植物那样生活，处在一个安静的位置上，做一个沉默寡言的人，静默地活着，与这世间无争。这对于我来说，是一件愉悦的事。减少欲望，人就可以变得洁净而坚定。植物带给我的愉悦是宁静而美好的。这是我反复书写植物的缘故。

　　台湾女作家三毛说："真正的快乐，不是狂喜，亦不是苦痛。在我很主观地来说，它是细水长流，碧海无波，在芸芸众生里做一个普通的人，享受生命一刹那的喜悦。"植物带给我的喜悦也同样如此，平凡而细小，但这已经足够。

　　我的目光一次次投射在植物身上，因为植物是静态的，单纯的。静态的植物，简单明了，纯洁朴素。你对它倾注了审美，它回馈你享受。它绝对不会恩将仇报。而动态的人思想复杂多变，心机深重，要读懂一个人不易。有时候你倾尽所有去爱一个人，也未必得到相应的回报，可能还会带来恶报。静态的植物与我的性格甚为相似，因此我感到自己能够与它们契合无间。我长久地与植物对视，植物从不会感到压力而躲闪我注视的目光，它们只会沉默不语。但我却能从它们那里读懂许多，收获甚丰。

　　在这本集子里，我也追忆了如烟花般灿烂，但已一去不返的青少年时代。人无法选择自己的未来，但可以选择自己的过去。选择性回忆的动人之处，就在于可以将那些本是毫无关联的往事重新组合起来，让自己活在全新的过去。还可以不断地把记忆重组，又将获得不一样的体验和领悟。这就如同在梦境之中，往事被切割成碎片，打乱了又重新拼合，如万花筒般摇出绚丽迷人的场景。成年之后，回忆往事，就像在黄昏时刻扫起凋落的花瓣，给人一种淡淡的美好和忧伤。而那远逝的时光，又像是节日夜晚天空中一朵朵倏忽远逝的烟花，瞬间隐去了其多变的形态和五彩的颜色，天空中没有留下一丝痕迹，但烟花已经灿烂过。通过这部散文集的记叙，我想要借此捡拾起那时的那些淳朴而天然的人和事，在我的心中妆成一道永不消逝的靓丽风景线。小时候，在没人的地方，就算独自一人，我仍感到很快乐，因为有花草虫鱼做伴；长大以后，越是在人群当中，我越感到孤单，因为人心叵测，也因此而更加怀念逝去的往昔。

这一部散文集，我反反复复写了很多遍，写了很久。虽然不是披阅十载，但增删决不止五次。我书写的最大困难是常常怀疑自己的文字是否有价值？这样的劳作是否有意义？写写停停，停停写写，我久久纠结其中，欲罢不能。

文字于我而言，如同众多的鬼魅。它们伸出千万只手，在空中乱抓，试图抓住它们想要攀附其上的人或者物体。那场面是恐怖的。我脑海里不由得联想起那部著名的电影——《倩女幽魂》其中的一个场景：年轻俊美的书生宁采臣，夜晚投宿于荒郊野岭中的兰若寺，他被鬼魅们伸出的手，抓住了长衫的后半截，长衫被撕去了一截，但他却能幸运逃过一劫。而我就没那么幸运了，我被文字鬼魅们抓住了，然后堕入万劫不复。

追问意义是有害的，这无疑会拖慢书写的进度，我甚至无数次想要放弃。如果确要把意义追问到底的话，我的书写，在文学史上，在浩如烟海的古今中外的著作中，意义即使有，也是微不足道的。歌德说："我愈来愈深信，诗是人类的共同财产……每个人都应该对自己说，诗的才能并不那么稀罕，任何人都不应因为自己写过一首好诗就觉得自己了不起。"我的文字只不过是我个人的生活史，记录了我生活的点点滴滴，就像一本个人影集那样，它只是对我有意义罢了。在书写的最终，只求一种自足，也只能如此了。安妮宝贝说："一个人在走廊日影下，竹绷撑起月白薄绢，悠悠用丝线穿过细针，绣上鸳鸯、牡丹、秋月、浮云……自知没什么用处，只是静坐劳作，心里愉悦。那个人绣完了花，另一个人拿起来闲来无事地看……时间这样过去就很好。"

2018 年 2 月 11 日深夜

目 录

CONTENTS

第一辑 旅途遇见奇花

第二辑 弄花香满衣

第三辑　嘉树之下

第四辑　舌尖上的家乡味道

第五辑　丰盈的季节

第六辑　乡梓情浓

第七辑 乡村的背影

第八辑 动物小世界

第一辑　旅途遇见奇花

　　我喜欢旅行。每次出行，望着车窗外的丘陵山谷、河流湖泊，我心里由衷赞叹："这就是人间的风景啊！"今生我能够在此刻与它们相遇，已是难得的缘分！跟随火车行走在大地上，我更能感受到人与自然的关系。那些山川里的人迹，那些树木、房屋、田野、道路、桥梁，像一帧帧不断变换的电影胶片，在我眼前飞掠而过。我坐在车窗边，沉迷进去，坐多久都不觉得乏味！我喜欢植物，对于在旅途中遇到的奇花异草，更是难以忘怀！我拿起笔，把它们记录下来。

棉被顶观禾雀花

　　二〇〇九年四月的一天，春光大好。我和好友夏加入了邻市茂名人组织的驴友团，去攀登高州市第一高峰——棉被顶。早上八点钟，我们乘坐大巴车从茂名市区出发去棉被顶，天空有雨。途经高州城区、曹江镇、长坡镇、平山镇，前往马贵镇。车进入平山镇后，车窗外的景色开始怡人起来。山区阴雨，山色灰黛，山岚氤氲，山民漂亮的白色小洋楼错落有致地点缀其间。房屋前后是梯田层层，水光一片，亮汪汪的水田里刚插上嫩黄的秧苗。山光水色，云影徘徊，风光旖旎。

　　到达马贵镇三垌村后，在该村的练氏家庙前的空地下车，稍憩之后随即登山。这是我今生第一次跟随驴友团去爬山，心间充满了各种新异的感受。山上水雾浓重，一路上都有毛毛小雨相伴。时间长了，头发被毛毛雨打得湿漉漉的，身上的衣服也是湿的，不知是被山雾濡湿，还是被自己的汗水浸湿。

　　山上植被旺盛，丛林密布。竹子、杉树、松树等诸多树种遍布其间，密密麻麻，郁郁苍苍，还有许多珍稀植物也生长其间，例如禾雀花。

　　棉被顶是原始森林，不是旅游风景区。上山的路是山民开辟出的羊肠小道，并且岔路很多。带头的领队随身携带白色石灰粉，在山路分岔处撒上白色石灰粉作指引。驴友们穿行密林间，只要顺着白色石灰粉做的标记登山，便不会迷路走散。

　　第一次行山，我尝到了辛苦的滋味。刚登了不到五分之一的山路，我便打退堂鼓了。我呼吸急促，心脏打鼓，头脑迷糊，我怕会晕倒在半路上。

　　我落在队伍的最后，我在队伍的尾部喊："我不去了，我要下山。"

　　包尾的领队之一，人称龙哥的说："不可以下山，必须前进。"

　　一位五十开外的走在我前边不远的女驴友停下来对我说："不要怕，我也是走得很慢的。我陪你走。每次登完山回去，我都觉得太辛苦了，说下次不来了，可是，这次我咬咬牙又来了。"听她如此说，我的心稍稍安定下来。

　　每爬行一段陡坡，我都迫切希望这段陡坡不要太过漫长，迫切希望着只需再攀登几步，前面马上就出现平坦的路。终于盼来一段较长的不用爬坡的山路，可以喘过一口气来了。

　　这时，一位穿白色横纹T恤的年轻女驴友对我说："看，你还是跟上来了！其实爬山就是这样，刚开始是身体还不适应，就会很辛苦，只要身体过了一个极限，适应了之后，就会没事的。"听她这么说，我似有信心走完全程了。我跟这些女驴友们素不相识，可是她们却毫不吝惜地给予我鼓励，我在心里感激她们。

　　这段山路虽然平缓，但也有狭窄险峻之处，狭窄处仅容一人侧身而过，山路下面是悬崖深渊。稍不留神，便会一失足成千古恨！

　　众人来到一幅瀑布跟前，领队阿翔哥叫大家稍事休憩，大家便坐在山石上，拿出随身携带的食物和水来补充体能。大家匆匆吃些面包和水，又出发了。前面又是一段陡峭的山路，我又开始喘不过气来，又落到队伍的末端。抬头向前望去，山上云遮雾翳，山路消失在灌木丛中。我独自一人坠入雾海当中，不知道自己落在好友夏的后面有多远了，驴友们也都不见了踪影，真是"前不见古人，后不见来者"啊！我唯有咬紧牙独自继续前行，在这种时候，谁也帮不了谁的！

　　终于在海拔九百多米处出现了一个较大的平台。平台下面的山涧，山民修筑了水坝，形成一个小小的"天池"，"天池"用于蓄水发电。就在这里，出现了我们此行最想见到的禾雀花。这是

我第一次见到禾雀花。禾雀花含苞待放时长得像小鸟，因此而得名。禾雀花是蝶形花科藤本植物，又名白花油麻藤、雀儿花。花儿一簇簇一串串，直接长在藤蔓上，垂挂下来，有如鸟雀飞舞在空中。

很多人停下来拍摄禾雀花，走在队伍前头的领队阿翔哥继续带领大家向海拔一千米处攀登，那里也有禾雀花。我听到一个已经登上一千米处然后下来的驴友说："前面的禾雀花仅是一点点，还没有这里的禾雀花多。"我便不再前行，停下来拍摄禾雀花了。夏继续前行，登到海拔一千米处然后下来。

欣赏完禾雀花，大家便开始下山。下山不是原路返回，而是走一条较为宽敞的大路。下山路上，还有一处地方是有禾雀花的。只要禾雀花一出现，大家就又一拥而上，围着它又是一轮疯狂的拍摄。终于，大家都拍到心满意足了，然后陆续走下山来。下山路上，也不乏胜景。山泉潺潺流泻，一路相伴。此时，我才有力气细细欣赏，慢慢拍摄。

上山是心脏难受，下山是脚趾头受苦。下山的路要走一个多小时。越往下，我的步速越慢，脚趾头越痛。到最后，我慢得像乌龟爬行，简直就是一点一点地挪下山来的。下完山，已是下午六时，先头部队已在山下等了一个多小时。

我佩服一个四岁的小男孩，他由他的妈妈带着行山，行完全程也没有哭闹过。下山时，他走在我的前面，还摔了一跤，也没哭，爬起来继续走。我是倒数第二个下完山的，倒数第一是龙哥，他是负责包尾的。

周末与山约会

　　每个周末都去跟一座山约会，是我的人生至乐，阅山无数是我今后的人生奋斗目标。世界上有无数的人，也有无数座山。阅人无数非我所愿，因我拙于人际交往；阅山无数令我神清气朗，是我心灵的方向。世上的每个人都是不相同的，而世上的每座山也独一无二。人复杂多变，而山却磊落单纯，因此，即使阅山无数，我也不会感到厌倦，不会产生审美疲劳。我常常是此山刚行过，又开始向往另一座山了。

　　春末的一天，我们一行人来到信宜市丁堡山九龙沟。九龙沟其实就是两山之间的一条峡谷，沟两边是悬崖峭壁。我们首先是从山脚下溯溪而上，而后沿溪返回一段路程，然后再爬山。一路上所见的野花是最常见的野牡丹。

　　由于还未进入雨季，沟底只是涓涓细流，裸露的河床上怪石嶙峋，真是一川碎石大如斗！涓涓细流在怪石乱坑之间叮咚而下，水清石可数，泠泠激青苔。水量之小，以致我们一直行到溪涧的源头，也能够保持鞋子干爽不湿。这是因为九龙沟上游修建了水电站，才为我们溯溪而上提供了便利条件。

　　在沟底，我们时而跳过水洼前行，时而四肢并用翻过巨石前进。从山谷底抬头向山头上望去，只见山上长满了一种绿油油的藤蔓植物。藤蔓的叶子阔大，叶面油亮，长势旺盛得惊人，它们覆盖了整片山壁，像给整片山壁穿上了巨幅迷彩布幔。

　　九龙沟的纵深距离并不很远，我们很快就走到了一处悬崖绝壁跟前，这是沟的尽头，领队告知大家：前面已无法前行。大家便就地停下，各占据一块巨石，据石而坐。此时，我们真正享受

到了"行到水穷处，坐看云起时"的恬淡和宁静。

休息片刻，趁机拍照和补充体能，以便继续前行。

我们从沟底折回来，然后从峡谷一侧的山径上山，山径一路上都被山民铺设了引水管，我们沿着引水管前行。小径上积满了厚厚的落叶，沿途多处有大果榕，小径上落满成熟了的大果榕的果实，艳红如山楂。

山径两旁植被繁茂，一路走，我心里都不很踏实，生怕地上的落叶里、小径两旁的草丛中，藏有蛇虫鼠蚁，对我构成威胁。山径有多处塌方，本来就险峻的山径变得更加危险，我们走起来更加小心翼翼。所幸走到最后，也没发生意外事件。

我们爬上了一座山头，又向下折下溪谷，又在溪谷的乱石堆上休整一回，重整旗鼓后，再去攀第二座山头。攀上第二座山头的半山腰，我们就开始沿着半山腰平整的水渠堤坝蜿蜒前行，山间再次出现巨大的藤蔓布幅。叶片硕大的藤蔓覆盖了整座山，有些藤蔓长到了水渠堤坝边上。在这里，这种藤蔓植物占据了绝对优势的生存空间，其他植物已没有了立足之地。

走尽水渠，山势便向下。很快，我便见到了山脚下村庄簇簇的白色楼房，我便知道此行的行程又将结束，我又一次胜利地完成爬山的行程。

观白水瀑布

上山路上，浪漫而富有诗意的芒草花东一丛，西一簇。天空不时撒下细雨，雨珠滴落在芒草花上，给芒草花那一条条的流苏上缀满晶莹剔透的钻石，一串串的，极好看。在我眼里，它们不再是平凡无奇的芒草花，而是一面面斜插在山壁上的昂贵而精致的镶珠旗幡儿，在热情地迎接我们的到来。

山路上，一路都有野牡丹明艳地开放。野牡丹又名山石榴、野石榴、猪嘴稔、高脚稔等，是山间最常见的闲花野草。

我们途经位于半山腰的水电站，在水电站宿舍前稍息片刻，吃面包、喝水，然后顺着水电站那巨大的引水管旁边的阶梯向上爬。阶梯有几百级，每一级都极陡，陡峭得如同天梯。爬这段天梯的时候是全程的巅峰时刻，极其痛苦。爬天梯的时候，我比蜗牛还慢。正当我爬得满脸通红、全身发热的时候，忽而吹来一阵透心凉的山风，这真是大自然最大的恩宠和赏赐！

天梯陡峭如立。爬在前面的人，没踩稳，脚下一滑，滚了下来，爬在后面的人，全都遭殃，陪他一同"骨碌碌"滚下山去。好在这惊险得如同电影画面的景象，只是我的想象，否则的话，那真是我们不愿意看到的。拾级而上，山谷里，不时可以见到野生栗子树开满一树树白灿灿的花，分外耀眼。

爬上天梯顶，还要走一段依山势而蜿蜒的水渠堤，才能来到白水瀑布跟前。我觉得，窄窄的水渠堤才是最险峻的地方，一边是深两三米的水渠，渠底流淌着浅浅的水；另一边是悬崖峭壁，万丈深渊。稍有不慎，就有失足的危险。走这段水渠堤，我是打起十二分精神，一步一移地挪过去的。

终于来到白水瀑布跟前，却没有见到清朝诗人屈大均在《广东新语》中所描绘的"白猴不敢潭边饮，镇日雷轰隔岭闻"的那般壮观景色，也不见"未见瀑布先闻水声，凉风习习"的美妙画面。

位于广东省阳春市八甲镇的白水瀑布，据说垂直落差达二百二十五米，被誉为"岭南第一瀑布"。丰水期的瀑布，犹如一匹长练，飘挂在悬崖峭壁之上。这一落差，比贵州黄果树瀑布还要高！

我们见到的瀑布就像一根水柱悬挂在古铜色的峭如刀削的绝壁之前。或者说这根本不算瀑布，只能说是一股细细的白棉线。现在正是丰水期，却不见壮观的瀑布，听领队说，今天是上游的水电站蓄水的日子。所以我们看不到雷霆万钧的瀑布了，只能看到这瘦身后温婉娴静的白水瀑布。

从天而降的瀑布跌落人间之后，化作一泓幽蓝的碧水。我们在水潭前的乱石滩上疯狂拍照，拍足了照才离开。下山是顺着宽敞的山路而下，山路上有暗香浮动。俯瞰山谷，谷底是白水河干涸的乱石河床，不时可以见到一个个碧蓝的水洼，这正是"野水涵天碧，山花照眼明"的景致。

为了弥补看不到真正的瀑布这一遗憾，领队要带我们去看国家一级保护珍稀植物猪血木。白水瀑布，位于阳春市鹅凰嶂山区。早有所闻，阳春的鹅凰嶂是一个珍稀植物大宝库，这里长满奇花异草、珍稀植物。

我们的中巴车驶出八甲镇的街道，来到镇的南面。迎面是一片田野，田野中间，孤零零地矗立着一棵高大的树木。我一看，就猜那棵树是国家一级保护珍稀植物猪血木了。果然不出所料，领队带领我们朝那棵大树走去。大树长在一片花生地的中间，四周被垒起的石块围成一圈。树干上烂了一个大洞，树洞里被堵上许多大石块。显然，有人想为它弥补伤口。

　　猪血木，山茶科，不仅木色殷红，树液竟也殷红如血，因此得名。到目前为止，猪血木仅残存一个居群，居群内个体数量仅百余株，全在鹅凰嶂这片保护区里，可见极度濒危。

　　这棵猪血木因长寿而饱经沧桑，千百年来，人畜共欺，以致它的伤口如此之大，这是石头能够填补的吗？显然这是徒劳。人类为何要等它濒临灭绝才想起要保护它呢？希望这样的遗憾事以后不要发生了。

在平云山偶遇虎颜花

平云山位于高州市大坡镇，属云开大山山脉，海拔一千三百多米。十月中旬的一天，我随驴友们攀登平云山。汽车把我们扔在山脚下的某处山口，领队对我们说：从这里开始登平云山，终点站在山那边的洗太庙。

我们一行人从上午十时起行，一直在山上行走，直至傍晚五时，才走到洗太庙，历时近七个小时。有生以来，我从未在一天之中走过那么长的路，而且是崎岖险阻的山路。期间经历了要用双手从高过人头的芒草中开辟道路前行，穿越山腰原始森林，半山腰灌木林，山顶草甸的过程。个中滋味，艰辛而充满各种危险，但也有一些奇遇！

在平云山，我经历了山地气候的垂直变化，植被也随之变化。走到山顶就像走进了凉浸浸的空调房，浑身汗气一扫而干。

有草的地方就有牛，有牛就会有山蚂蟥。

一路上，我被前面的人警告，要注意山蚂蟥。我一直提高警惕。甚至有点神经过敏，老是觉得脚上痒痒的，每次低头查看，却什么也没发现。走到森林中稍事歇息，我发现布鞋里面好像藏着一条蚂蟥，我禁不住惊呼起来，我的大呼小叫只招来不少白眼，没有谁走过来帮我除掉蚂蟥，我只好鼓足勇气，细看布鞋里面，发现只是一小团泥土落到鞋子里面，并不是蚂蟥，我长出了一口气！

走到一处山石上，一个穿凉鞋的女驴友，脚上鲜血淋漓，很显然，蚂蟥已经光顾过她。我暗自庆幸，蚂蟥没咬到我，但，我并不能幸免。

自从参加行山活动以来，在平云山，我第一次被山蚂蟥咬了，但我浑然不知，直到回到家中，才发现鞋里有血迹，脚凹处有一个蚂蟥吸血后留下的红点，奇痒，我这才知道自己中了蚂蟥的招，然而蚂蟥早就在我下山之前，就吸饱血溜走了。

平云山有冼太庙、冼太夫人军事总部遗址。山顶上那片广阔的高山草甸，据说就是冼太夫人的练兵场，遗有冼夫人筑的古城墙。

自上次从阳春鹅凰嶂回来，我就在网上查找珍稀濒危植物猪血木的资料。得知它们是世界上的高度濒危植物，我心生了对它们的无限怜悯，想对它们了解更多。虽然我不能为挽救它们而做点什么，但我心怅惘，就像面对一个英雄慷慨赴死而无能为力那样！

在查阅资料的过程中，我知道了另一种濒危植物——虎颜花，它也生长在鹅凰嶂。虎颜花长在深山无人识，如果它始终没被人发现，极有可能随着自然环境被人类干扰恶化，悄然灭绝于幽深的山谷之中，而根本不被世人所知！

它被植物学家发现，其实是一个偶然！二十世纪七十年代，中国科学院北京植物研究所的科研人员，在鹅凰嶂进行植被考察时，发现了一种《中国植物志》上没有记载的植物，它就是虎颜花。虎颜花型态奇特，叶子很大，大的甚至有半张书桌面那么大，叶形美丽，但花朵却细小，并不招摇。页面布满虎纹叶脉，中国植物界因此给这种花起了个名字叫"虎颜花"。随后虎颜花被国家列为一级濒危保护植物，并且把它的名字写进了《中国植物红皮书》。

这次平云山之行，我有幸一睹其芳颜。当我走到山腰的原始森林时，在树下的一处阴暗潮湿的石缝间，赫然看见一株虎颜花。随行的人，谁都没有注意，只因我在网上见过图片，才注意到它。我赶快用相机拍了照片，然后匆匆跟随队伍离开了。

　　回来查看相机时，才看到相片拍得不好，焦距没对准。本想用微拍模式拍细小的花朵，但花朵却拍得模糊不清，倒是叶子很清晰。跟网上的图片对照，确定我拍到的就是虎颜花无疑。

　　此行能够跟珍稀植物不期而遇，令我暗暗欢喜。只是这种欢喜无人分享，因为众人都不是植物爱好者，他们也不清楚虎颜花是为何物！

　　虎颜花属于野牡丹科虎颜花属，本属植物只有虎颜花一种，是单种属植物，极为罕见，仅原产于广东西南部的阳春市、茂名市。虎颜花喜欢生长在山谷密林下的阴暗处，或森林潮湿的岩石缝中，喜高温湿润的半阴环境，不耐干旱，忌阳光直射。

　　虎颜花，你为何喜欢生活在阴暗里？因为阴暗里安全，凉快舒适，没有阳光的灼晒，可以为硕大的叶子保持水分。为了叶子，只能选择隐忍。

　　要学会隐忍，很多事情，我们只能这样！

杜鹃红山茶

　　第一次见到她，是在茂名市森林公园里。她给我的第一感觉是惊艳！她那硕大的花蕾，鲜红明艳的花朵把我镇住了，我从未见过如此美丽的花朵。桃花、菊花、玫瑰等众多艳丽的花儿在她的面前都要黯然失色。这究竟是什么花呢？花的前面没有指示牌，我也不知找谁去问，而且当时我的植物学知识相当匮乏，不知道凭植物的外观去推测她大概属于哪一科哪一属，我只好带着心底的疑问离开了。

　　过了一年，我又一次踏上了茂名森林公园。这一次，我是专门为了上一次在此见到的令我惊艳不已的花儿而来的，我要拍摄到这种花儿，而且我还要知道她的命名，这一次，我终于如愿以偿了！

　　对于这种艳丽的花，我是一见已惊，再见依然。这一次，花前终于插上了指示牌。她叫杜鹃红山茶，又叫杜鹃茶，或"假大头茶"。属于山茶属，红山茶组，光果红山茶亚组。是在广东省阳春市鹅凰嶂省级自然保护区内发现的一个极其珍稀的山茶品种。

　　普通的山茶花自古以来就是极负盛名的木本花卉，其盛名在唐宋两朝达到了登峰造极之境。十七世纪引入欧洲后，曾经轰动一时，也因此获得"世界名花"的美名。世界文学经典《茶花女》中的女主人公玛格丽特，善良美丽而悲情，她一生酷爱洁白芬芳的茶花。纯洁无私的茶花，正是茶花女一生的写照，她出身卑微，身陷污垢，却留芬芳在人间。

　　然而，杜鹃红山茶的美艳比普通的山茶有过之而无不及，她艳压群芳，但遗世独立，因此不为人们所知。直到一九八六年，

她才在广东省阳春县的鹅凰嶂的深山密林中被人们发现。

植物学家们为什么把她命名为杜鹃红山茶呢？我不知道她被命名的典故，我只是凭自己推测认为，因为她的外形极像杜鹃但实质却是山茶，也许因此而得名。

杜鹃红山茶是常绿小乔木。她的叶片呈长倒卵形，厚实，有革质，叶面光亮碧绿；叶片边缘平滑。山茶科的植物，如山茶、茶树等的叶缘都是有锯齿的，而杜鹃红山茶的叶缘却没有锯齿。叶片在枝条上呈半直立，几乎呈轮生状态，似杜鹃树的叶片。树体呈矮冠状，枝条光滑，嫩梢红色，枝叶密、紧凑。

她的花朵和杜鹃一样，有五个花瓣，花瓣伸开的形状也极像杜鹃花的样子，但花型比杜鹃花大。蜡烛状的花蕾顶生或腋生，花蕾很大，花色是鲜艳的红色，花瓣狭长，花丝白色，花药金黄色。尽管是单瓣，但花朵密生，整体丰满。四季开花不断，即便在冬季，也依然红花满树。

由于缺少有力保护，杜鹃红山茶已经是一种"高度濒危"的国宝级珍稀野生植物。野外的杜鹃红山茶遭到野蛮的盗挖，数量正在急剧减少。因为她集花期长、花色艳丽、耐高温、叶形独特等多个优良特性于一身，观赏价值极高，因而开发价值也很高，因此引来了不少贪婪的目光。

野生的杜鹃红山茶数量下降的原因与当地村民的盗挖有着直接关系，由于有利可图，野生杜鹃红山茶几乎遭到灭顶之灾。但山上挖下来的杜鹃红山茶由于"水土不服"，很难成活，众多购买者从村民手中高价购买野生杜鹃红山茶后，几乎没有种活过。

一切奇珍异宝的发现，都必然会引来众多贪婪的目光和争夺者，而过多的关注必定会使奇珍异宝遭到灭顶之灾，这已是铁定的规律。对于杜鹃红山茶来说也是这样，她本来是养在深山无人识的，当地的特殊地理环境和水土滋养了她，不知经过了多少个地质年代，她在那里默默地生长和演变，终于形成了这样一个特殊的物种。

千百年来，她寂寞地在深山里度过，自生自灭，谁也别想一睹她的芳容，一亲她的芳泽。但是随着人们对她的发现，她一举成名天下知。按理说她的后代也终于可以走出深山而广播于世界了，这对于一切的生物而言，本应该是一件好事。可杜鹃红山茶是多么独特的一个物种啊！她显然并不想广为天下人所知，也不想把自己的后代遍播于全球。她十分依恋自己的家乡，家乡的故土难离，离开了故土，她就生存不下去了，只有在适宜于她生长的环境里她才能一代代地繁衍下去。然而有人觊觎她的美色，就想尽办法去占有她，把她移栽他乡，但她不愿意，所以以死表示抗议，好事已经演变为坏事！

杜鹃红山茶被人们发现，这究竟是祸还是福呢？老子说："祸兮福之所倚，福兮祸之所伏。"祸福本是相生相克的，可以互相转化。据报道，阳春鹅凰嶂省级自然保护区已经成功地繁育了杜鹃红山茶。应该说杜鹃红山茶在这个科技高度发达的年代里才被人们发现，是有福的了。发现早了，科技还没有现在的水平，杜鹃红山茶必定会在人们的狂挖滥挖下灭绝。现代科技使这个美丽的生灵不至于毁在人们对她的过度宠爱下。现在，杜鹃红山茶终于可以走出深山，进入寻常百姓家，甚至可以走出国门，走到更远的地方，芳踪遍全球！

夜宿大树岛

此前从未参加过露营，这是第一次。如同人生中许多令人兴奋的第一次一样，第一次露营也让我十分期待。

阳西县大树岛是离大陆很近的一个小小岛屿，站在大陆上可以清晰望见岛上的屋子、大王椰树、山石等。下午抵达大树岛，天气是阴天，天空布满灰白色的云幕，太阳像隔着一层毛玻璃照射到地面上。阳光柔和，地面上没有影子。野外活动，遇上这样的天气再好不过了，真是天公作美。

乘小船上岛，小船在浪峰和浪谷中起落，没坐过海船的我，心中也有少许颤颤。成群的小银鱼从海水里跃起，又落下。它们的动作之快，银光一闪而过，仿佛同船的其他人都没有察觉到，只有我看到。

上到大树岛，才发现岛上根本没有大树，只有海滩前一片刚种下不久的大王椰树，叶子枯死，形貌丑陋。大王椰树还没来得及蓬勃生长，又被台风打得七零八落。眼前的大树岛跟想象中的大树岛有天渊之别。

恰逢退潮，岛上来了三三两两的赶海女人，她们在海边捡海螺。她们手里拿着网袋和一把小铁钩，在退潮露出的石头缝里，敲敲挖挖，捡一种体形扁扁的小海螺。

夏和我沿着海滩向南走去，我们偶尔弯下腰，捡起退潮的海滩上漂亮的小石子。夏发现了一块圆浑的黑色石头，重量大概有一公斤多，她捡了起来，说很漂亮，要带回去送人。我们想绕着大树岛步行一圈，就去询问一个挖海螺的女人，路该怎么走。她的回答是："海岛东面全是陡峭的石崖，走不过去的。"听她这么说，我们只好放弃了绕岛一圈的念头。

大树岛南端的海滩上，堆满了又大又圆像巨蛋一样的石头，它们垒放有序的样子，仿佛有人把它们从别处搬来，一个个认真垒好放在海边。一个石头起码有上百公斤，石头长年累月被海浪冲刷，被打磨得圆溜溜的。

大树岛南端海滩的巨大石头上爬满了海蛳螺（织纹螺）。有年龄在十六七岁的两个男孩和一个女孩，他们拿着塑料桶，在退潮线上那些还泡在海水里的石头缝里摸索着什么。

我看到石头上到处都密密麻麻地沾满了海蛳螺，就从挎包里拿出一个塑料袋，捡起海蛳螺来了，想要拿回营地煮来吃。不一会儿，就捡了小半袋。我是赤脚，怕石头上锋利的贝壳扎破脚，就对夏说："这里的螺这么多，他们为何不捡，跑到海水里去摸什么？夏，你过去看看他们到底在找什么？"

脚穿人字拖的夏走近他们，看到他们也是在找海螺，夏捡了一个他们正在找的海螺回来给我看，那种螺的形状比较圆，不是我捡的这种形状比较尖的螺。夏继续向他们发问："嘿，你们为什么不要这种？"他们回答说："你那种有毒，不能吃。"

于是我把捡到的海蛳螺重又倒进海水里。怪不得石头上那么多，原来是因为有毒才没人捡！

在石头缝里，我发现了一段黑色的物体，猜想一定是海参，夏就向孩子们询问："这是不是海参？"

"是海参。"

"你们为什么不捡海参？有毒吗？"

"没毒，只是味道不好吃。"

哦，果然又是不讨人喜欢的东西才没人要。

从海滩上回来，时间尚早，还没到晚餐时间，夏和我就去征服大树岛的最高处。我们沿着海边的一个小小的海神庙后面的小路上山。海神庙的后背，长着两株海芒果树（海芒果树是夹竹桃

科植物，结出的果实外形似芒果，有剧毒）。此时，树上正开满了白花，为单调的岛上增添了美景。

我穿着五厘米的高跟鞋登顶。大树岛的最高处怪石林立，海风很大，人站在上面也被吹得摇摇晃晃。岛顶上装有风力发电装置。山顶上的桃金娘只能长得离地面高一两寸，开着粉红色的小花，也是因为风大的缘故；山顶上的台湾相思林长得很矮小，常年在大风中摇曳，它们已经变得矮小而坚韧。

从山上鸟瞰，银白色的海滩上一片红红绿绿的帐篷，煞是好看，我感觉自己仿佛不是置身于默默无名的小岛，而是置身于那些国际著名的海滩，如泰国的芭提雅海滩或者马来西亚的巴厘岛海滩。

暮色降临，海滩上的灯亮了起来，我们从山上下来，终于到了晚餐时间。

晚上九点钟以后开始烧烤、燃放烟花、拔河。

我和夏沿着海滩向北散步。北边的海滩是全岛最美的海滩，潮退得很远了，银白色的海滩一直向海里延伸，延伸得很远很远，这种海滩最适合游泳了，只是天气还有点凉。

这天是农历四月十五，天气是阴天，所以月亮没有出来，但月光透过重重厚云，还是能够照到海滩上。这样的海滩，这样的月色，这样的人和景，一生当中，能够遇着几次？

冬至游肇庆

我跟着同事们到肇庆这座美丽的山水之城游玩，出游的第一天时间花在召集游伴、等车和坐车上，晚上八点钟才到肇庆。晚饭后，我们到肇庆七星牌坊去观看音乐喷泉，回来后下榻宾馆，一夜无话。

第二天是冬至日。吃过早餐后，便开始游肇庆。早餐有粽子吃。肇庆是一个以粽子为地方特产的城市，来肇庆旅游的人，一年四季，无论那个时候来到，都能吃上粽子。这里把粽子叫作裹蒸粽。裹蒸粽的体型特别大，呈三角形，而不是长条形。裹蒸粽不是用我们常见的箬竹叶、芦苇叶或者芭蕉叶包的，而是用一种叫作柊叶的叶子包的。用柊叶包的裹蒸粽，糯米呈碧绿色，散发出柊叶特有的清香。据说用柊叶包的粽子耐于保存，挂于屋内通风处，可以半个月也不变馊，这是用其他叶子包裹粽子无法做到的。

柊叶是何许物也？柊叶系竹芋科多年生草本植物，属凉性阴生植物，含有丰富的叶绿素；状似芭蕉叶，碧绿柔韧，可以任意折叠而不断裂。肇庆附近的山谷、溪涧均盛产柊叶，且冬天不凋。据说冬天采摘最佳，具有色绿、叶香、柔韧、防腐的特点。《广东新语》记载："有柊叶者，状如芭蕉叶，湿时以裹角黍，乾以包苴物，封缸口。盖南方性热，物易腐败，惟柊叶藏之，可持久，即入土千年不坏。"

席间，其他人不见得对粽子有特别的兴趣，大家听说这东西是这里的地方特产，于是每人夹了一块来吃，品尝过后也没什么人发表议论，没人说好吃，也没人说不好吃。唯独我对它情有独

钟，剩下的粽子，我就不客气照单全收了。肇庆粽子非常合我的口味，它的糯米被柊叶染成了碧绿色，散发出柊叶特有香味，糯米煮得又软又烂，入口即化。我尤其喜欢吃那种脱皮绿豆做陷的粽子。因为材料全都是素的，滑而不腻，吃起来又软又滑，满口绿豆的清香，回味无穷。

上午游了位于肇庆市区内的梅庵，看到梅庵旁边的民居门口前摆满了粽子和霸王花出售。从梅庵出来，去游七星岩。游完七星岩，导游把我们带到购物街去买粽子。粽子店拿出切成小块的一个大粽子免费给我们品尝，味道果然不错！大家可能是饿极了，一抢而空。品尝完毕，大家纷纷提起购物篮挑选粽子，然后买粽子。我买了四个一串的中等型号粽子和两个一串的大型粽子，塞到本来空荡荡旅行袋里，旅行袋马上变得沉甸甸的。完成了购物程序，导游终于心满意足地带我们去吃午饭。吃完午饭已是下午两点了，这时导游才带我们去鼎湖山。

出了鼎湖山门，我才发现之前买的粽子吃亏了，鼎湖山山门前的粽子十块钱四个，个头还要大。为了摊平刚才买粽子的价格，减轻吃亏的程度，我又买了几串粽子，此时我的旅行袋沉重得快要提不起来啦！哈哈！我的肇庆之旅成了买粽之旅！

肇庆七星岩也属喀斯特地貌，但没有桂林的卡斯特地貌典型和壮观。肇庆之游，倒是鼎湖山算是此游的精华，可惜游踪太过匆匆，未能充分领略亚热带原始森林的滋味。

我们被带到鼎湖山山门，已经是下午三点钟，没时间让我们自己爬上山顶了，导游于是安排我们坐电瓶车上去，电瓶车费另收。

电瓶车不花五分钟就稳稳当当地把我们运到山顶。鼎湖山，原名顶湖山。因为山顶有湖，四季常盈，故得此名。

到达鼎湖山山顶公园，迎面的是巍峨矗立的号称亚洲最大的九龙宝鼎。此时，天下起了大雨，幸亏我有备而来，自带雨伞，才免受淋漓之苦。雨中凭栏，俯看鼎湖，鼎湖湖面并不十分开阔，只是山间的一泓幽水，湖水澄澈碧绿，宛如山间的一块绿水晶，偶见游船在其上往来游弋。湖四面环山，绿树环绕，树杪水气氤氲。鼎湖有一缺口，湖水沿山涧流泻，叮叮咚咚，长年不断。

山顶公园，红茶花在雨中怒放，我拿出相机，拍下茶花带雨的倩影，还拍到另一种不知名的小花。

出了山顶公园，雨越下越小，似无还有。无须打伞，我们沿着一条长长的九曲十八弯的山间小道走下山去，这里所谓的山间小道，是已经被人工改造过了的阶梯山路，非常安全，适于步行。小路用水泥砌成一级一级的阶梯，阶梯可容纳两人并排行走，阶梯表面做得粗糙，游客不会有滑倒跌进山涧的危险。

虽然时值寒冬，但南粤的冬天温润如春，气温在二十摄氏度左右。雨中山行，空气温柔滋润，倒有几分诗意。沿着山间小道向下走，我们来到飞水潭瀑布，眼前飞瀑流泉，山石嶙峋，颇为壮观。瀑布从山崖顶狂泻而下，如白练垂空，忽而散作满空雨花，如曼舞轻纱。潭水清澈见底，若非冬天，我一定会把双脚泡到潭水中去。在瀑布前拍够了留念照片，我们恋恋不舍地走下山去。由于是向下行山，轻松愉快，我忽而艳羡起居住在附近的人来，他们有福了，不时可以到山上走走，吸吸天然氧吧的新鲜空气，寿命也会长许多！告别鼎湖山，我们的肇庆之游也画上了句号。

一路荔枝红

七月初，踏上去桂东南游玩的旅程，不期与一路红荔相遇了。车窗外，一阵紧接一阵掠过一大片一大片的荔枝林。这里，竟漫山遍野都是荔枝林！此时的荔枝林已是红云飞上枝头。累累的红果，把树梢都压弯了腰！远远望去，真是飞焰欲横天，红云几万重！

"哇，好多荔枝啊！又大又红，好想吃！"车窗内，同事们啧啧称叹，此起彼伏。我们的头儿，坐在车上竟然禁不住这份诱惑了。当他看到有个果农，骑着摩托车载着一担荔枝，行驶在我们的旅游大巴的前头时，他命司机拦下那个果农，他想下车去买果农的那担荔枝。那担荔枝，鲜艳欲滴，看样子是刚从枝头上采摘下来的，还沾着早晨的露珠，湿漉鲜红。大家以为他只是买十斤八斤上车来吃，不想，他竟然自己掏钱把那一担荔枝全买下来了，他请全车人分享！那果农喜出望外，把荔枝一股脑倾卸在车上，急急忙忙发动摩托车开走了。他也许是赶回家，再次上山摘荔枝了。

荔枝不耐存放，荔枝一旦成熟，就得快马加鞭卖出去。摘下枝头的荔枝，一日而色变，二日而香变，三日而味变，四五日外，色香味尽去矣。到了收获荔枝的时节，就要发动全家，男女老少一齐出动，天不亮就到果园采摘，赶鬼投胎般，在中午之前就要挑到镇上，卖给商贩。若遇上丰收的年景，还难免果贱伤农。果农的辛劳，真是难以一一为外人言说也！

一担鲜荔，一车人为之欢呼雀跃！大家分而食之，但一车人太多了，一担荔枝还是不够分的，每人只能分到数颗荔枝，解解馋而已，不能过瘾！嘴角留有荔枝的清甜和余香，意犹未尽，我们又上路了。

　　此行的目的地是北流县和容县。北流县，去的是勾漏洞。这里依然是属于石灰岩地貌，勾漏洞是一个长长的溶洞，石笋、石柱遍布其中。夜晚投宿在北流县城。早晨在别处的一个陌生的房间里醒来，"哗啦"一声拉开宾馆的落地窗帘，清风拂面，凭窗远眺，异乡的清新街景扑入眼帘。人的缘分也真奇怪，昨天的我，又怎会想到，今天的此刻竟会与此地也有一面之缘！这种新鲜的感觉真好！仿似面前放了一碗刚出炉的鲜美清汤，端起来一仰而尽，瞬间就感觉全身心都被涤荡了。风景只在陌生地，熟悉之处无风景。无论面对一份工作、一个房间、一个人、一个家庭，还是一种生活方式，都会日久生厌。过分熟悉，产生审美疲劳。此时需要逃离，短暂的逃离使熟悉的此地再次陌生起来，再次获得美好的感觉。这就是需要不定期踏上旅程的原因。

　　第二天转到容县，据容县人说，他们这地方是唐代杨贵妃的出生地。旅游景点都喜欢争抢名人作为自己的旅游名片，容县怕也有攀附名人之嫌吧！杨贵妃真正的故乡到底在哪里，已难彻底弄清楚。有说在广西，又有说在山西，甚至说在四川，众说纷纭莫衷一是。但容县的这一说法，窃以为还是有一丝道理的。因为人的口味，最是贪恋儿时的食物。童年的食物，其实也未必见得美味。人所习惯且带有感情的，总是小时候吃惯的东西。在唐代那个交通不发达的年代，如果杨贵妃不是生长在盛产荔枝之乡，在幼年期就吃惯了荔枝，她怎么会对荔枝有那么深厚的感情？又怎么会因为爱吃荔枝而在历史上留下浓墨重彩的一笔呢？

　　风景名胜地都喜欢人为地制造出一些"世界第一"的噱头来吸引游人。容县都峤山庆寿岩的一面山壁之上，书有一个大大的描金"佛"字，占据了大半面陡直平坦的山壁，景区说这是目前世界上最大的单个"佛"字，那"佛"字看起来的确是大，把这么大的一个"佛"字在山壁上做出来，真不简单！但，它到底是不是世界上最大的，谁又会去细究呢？

"佛"字山壁之前，是一片盛开着红睡莲的湖面。天空一片灰霾，不久就洒下一阵淅淅沥沥的小雨。雨洒在睡莲花盛开的湖面上，别是一番胜景！我们在曲折的湖上桥行走，如在画中游！

回程再次与荔枝相遇。返回的路上，每一处路口，都成了一个临时荔枝交易市场。早有妇人小孩在那里守候着，各人的面前，都摆放着一筐或者一蛇皮袋荔枝。壮年男人则用摩托车，板车或自行车，载着荔枝，等候在公路边，任由商贩或过往游客挑选。在一处路口，司机停车，我们一拥而下抢购荔枝。这里的荔枝才卖两元一市斤，比市面上便宜得多！我一下子买了十斤。大家抢光了这个路口的荔枝，心满意足上车了。车又到达另一处路口，此处聚集了更多售卖荔枝的果农，果农们翘首以待，热切等候着过往的旅客前来帮衬。司机又非常配合地停下车来，让大家再次下车购买！这里的荔枝，比刚才的还要大，还要红。大家又争先恐后，纷纷跳下车，蜂拥至荔枝跟前。我迅速抓起一颗荔枝来尝。哇！这里的荔枝比刚才的还要甜！我又破费了，再次购买十斤。众人一边品尝，一边争相购买，此处的荔枝又迅速售罄。果农们笑逐颜开，他们也心满意足了。

鲜红的果皮，褐色的果核被纷纷丢弃在地上，和着地上的泥泞，踩在一起，纷然杂糅，把那段路面都染成一片棕褐色。后来大家发现司机都没买，他只是试吃。单是试吃，就足以让他吃饱了撑着。难怪他乐意为大家停车了。车再次启动，爬上一个山坡，赫然见到一座"荔枝山"呈现在我们的前面，红彤彤的荔枝像一座小山那样堆在路边，原来这里是荔枝收购站！"哦——"车内响起一片惊叹声！大家都后悔了，早知如此，刚才何必抢得那么欢呢！兴许这里的荔枝还要便宜，还要大，还要甜！还是有人还想下车去购买，司机又再次配合，尽量满足需求。但我反观自己的行囊，已经是塞得鼓鼓囊囊的了，再也无力购买，只好望"山"兴叹了！要知足了！已经是满载而归了！

游鼓浪屿

站在候机大楼的落地玻璃窗前向下望，停靠在厦门航空港里的飞机，宛如一大群蚱蜢。这群蚱蜢有着巨大的腿，船型的躯体架在两腿之间。仿佛用一枝草叶轻轻去触碰一下，它们就会高高地弹飞到空中去。

从机场出来，感觉到这座城市在景观和气候上跟我熟悉的广东沿海城市，比如深圳、珠海，并无多少差别，一样的植被——棕榈树、凤凰树、榕树……一样的海岸线。

搭乘渡轮，登上了鼓浪屿。这是一座风情小岛，拥有"万国建筑博览馆"和"海上花园"的美称。她像水中沐浴的美人，静卧在厦门对出的海面上，厦门湾的碧波里。老别墅、藤蔓闲庭、蜿蜒小巷、斜阳海风、香浓咖啡、馥郁香茶和音乐，这里的每一处景观和物象，都是标准化的小资符号。散落于街角的家庭旅馆、咖啡馆、茶艺馆、手工艺馆、小食品馆也都是小资们喜欢出入和流连的地方。在安静、散漫氛围里度过一段闲暇的时光，这多么惬意！但我们是被导游牵着鼻子走的脚步匆匆的旅客，那些舒适的小资享受，无法体验得到！

海边的菽庄花园里有一座钢琴博物馆，陈列着各式各样华美而珍贵的钢琴。当我们在充满着欧陆风情的小街小巷里鱼贯而过时，耳畔飘过悠扬的钢琴声，这是从岛上的钢琴学校里飘出来的。小岛是音乐的沃土，音乐人才济济。

岛上建筑大多是两到三层的小楼，家家户户都紧挨着；古老建筑雕刻精致，细节考究，每一根方柱顶上都雕着不同的纹饰。中外风格各异的建筑物，被完好地汇集和保留。岁月的冲洗，把

旧日的繁华化作了今时的恬淡，如此气定神闲！

爬山虎累累地爬满了围墙，院子里有高大笔挺的棕榈树。街道上举目皆是南方独有的凤凰树、木棉树和榕树。榕树的胸前披挂着长长的胡须，迎风飘摇。这就是独特的鼓浪屿风情。

岛上的原居民家家闭门不出，不见人影。他们整洁的小巷里充塞了我等鱼游之辈。我们被摇着小红旗带着黄色太阳帽的导游领着，游鱼般穿行在小街小巷里。踩塌了他们的青砖，污浊了他们的空气，打扰了风情之岛的清静。风情从来都是属于少数人的，如果风情被大量的游客所沾染，风情便沦落为风尘，风情荡然无存了！

一树番石榴

盛夏的一天，明彩姐邀请我陪她回到她的老家去游玩。她的家乡在化州山区，距离我们的居住地吴川县城有五六十公里路程。

公共汽车驶进化州境内，离明彩姐的家乡越来越近了。忽然，她指着车窗外掠过的山影对我说：

"你知道我第一次独自乘班车，到我爸爸工作的吴川县城去读书时的心情吗？"

"你一定很兴奋！"我用我离乡进城生活时的心情去揣摩明彩姐离乡时的心情。

"不！我一点也不兴奋。相反，我很悲伤！那时的我，真想化作一株山草，永远长在家乡的山岭之上。那时我坐在班车上，双眼牢牢地盯着车窗外不断向后飞逝的树木和山草，我想多看它们一眼。我觉得它们都比我幸福，因为它们可以不离开自己的出生地，永远生长在此地，而我却要离开了！我多么羡慕它们啊！后来，我常常梦回故乡。虽然我魂牵梦绕的故乡并不十分遥远，但能够回去的次数，总是不会很多……"

明彩姐的话，乍听起来像抒情散文里的句子，极富煽情味道！但我转念又想，她没有任何必要在我前面煽情！这样想过之后，我便试着去相信她所说的话！

人与人是多么的不同啊！我年少时离开村庄的心情，却与明彩姐截然相反。那时的我，心中虽也弥漫着对村庄的依恋和离别的惆怅，但却难掩对城镇生活的向往和脱离农耕生活的兴奋。我内心盛满了喜悦！我渴望生活在城里，城里的生活是多么的不同！城里有公园、电影院、书店、时装店，还有各种小吃店，应

有尽有！而农村什么都没有，有的只是无尽的苦役和无边的寂寞单调！

我们在她家乡的小镇下车，然后步行进入明彩姐的村庄。镇上距离村庄还有几里路程。转过一个山坳，就快到明彩姐的村庄了。那是一个隐匿在翠绿群山中的小村庄。

远远望去，一片葱绿的山坳入口处，矗立着三幢崭新的楼房。这里还不是明彩姐的村子，村子还在更深入的地方，此刻还看不见。明彩姐说，这三户人家也是她的同村人。他们是从村里搬出这里居住的，因为这里出入更方便。

三幢楼房都装修豪华，跟城里的豪宅比，有过之而无不及。每栋楼房都不矮，高至四五层。走近时，看到三口碧波荡漾的池塘，一口池塘伴着一幢楼房。三口池塘显然是分别属于这三户人家的。他们在塘里养鱼，塘边养猪，看样子收入丰厚。每家门前都停放着小汽车。

碧水倒映着豪宅，豪宅掩映在扶疏的绿树中，环境清幽得如同世外桃源。池塘边的柚子树上挂满果皮绿油油的果实。

经过其中一幢豪宅时，有凶猛的狗驻守在我们的必经之路，我们的到来，吠声大作，惊动了主人。主人出来为我们喝开狗，乡间人很少见到陌生的外人，因此对外人也热情，他问我们要到哪里去。

明彩姐自幼离乡，村人已经不认识她了。明彩姐说了她的村名，那人就是这村的，于是他又问她要找村里的谁。农村人就这么古道热肠，打破砂锅问到底，但这令明彩姐感到很为难。她是近乡情更怯，她不愿向村人坦白太多——她自己就是从这个村子搬出去的。她怕被村人了解到自己原本是谁家的女儿。爷爷奶奶早已去世，父母和自己都是长居外乡，父母也已去世，这个村子里已经没有直系亲人，她觉得自己回到这里，是没有亲人接待的，她也不愿意牵扯进更多的客套里，她回来望一眼故乡，只是聊慰乡思。

明彩姐被村人追问，被迫支支吾吾地改口，说自己要到的是邻村，不是这村。那人又问要到邻村找什么人。这里的邻村人也都彼此熟悉的。明彩姐被逼再次改口，说只是路经这里而已。见明彩姐如此，那人便不好再追问下去了。

我们终于摆脱村人的热情追问，来到了村边。村边有一个干净的院落，安静得听不见一点声音，阒寂无人，连鸡犬声都没有。屋里的人到哪里去了呢？也许正在午睡，也许是外出劳作了，真想站在门口大喊一声，把主人惊动出来，但是我们没有，这样有违明彩姐的初衷，她来此本不想惊动一草一木的。悄悄地来，不扰动一丝尘埃；悄悄地去，不带走一缕云彩。

院落外的墙角边长着一株茂盛的番石榴树，树身不是很高，树上结满沉甸甸的果实，把枝头都压弯了，果子没人采摘；熟透的果实掉在地上，落果缤纷，也没人捡拾，果烂遍地。这情景让我想起了王维的那首《辛夷坞》——"木末芙蓉花，山中发红萼；涧户寂无人，纷纷开且落。"所不同的是王维在诗里描写的是花，而这里落下的是果，都是一样的岑寂境界。辛夷花在幽静的山谷里自开自落、悠然自得，虽孤芳自赏，却也享受着清静与闲适。我想不到此行，在一个荒僻野村竟能寻到了王维诗中幽趣。

看着满树诱人的果子，我对明彩姐说："我们去摘一个果子来吃吧！"

"不问自取，这样不好啊！"

"我也觉得不好。"

"要不，捡起地上的落果也可以吃。"

"不要，落果里面通常是长了虫子的。"

对于果子，我们只是心动，却并未行动。

明彩姐的村庄是一个极小的村庄。天空洒下绵绵细雨，远近一片朦胧。田野青碧，远山含黛。这里的一草一木，明彩姐曾经

多么熟悉！田边地头的小水窝旁，曾经留下她摸鱼抓虾时的欢声笑语；纵横沟通的阡陌上，曾经留下她放牛割草的忙碌背影；稻苗丰茂的田里，曾经滴落她辛勤劳作的热汗！我们绕过村边，沿着嫩绿的小径，走到村庄对面的小树林里。我们就这样远远地望着那座小小的山村，只见村庄淹没在茂密的绿树丛中，只偶尔露出几角屋顶。

村外寂寂，空无一人。明彩姐的老屋已经不在了，所有近亲也都搬离了，她迈不动走进村庄的步伐！我们在田野上绕了一圈便离开了。无论如何，明彩姐都回不到过去了。她留在这里的多彩童年，就像一张旧的日历纸，已经永远翻过去。

前些年，明彩姐生了一场大病，在生病时和病愈后，她都曾悄然独自返回家乡，去看望她儿时的村庄。但每次回乡，她都不敢走进她的村庄，只是在村子的外围偷偷地瞧几眼，然后黯然离开。甚至在那狭窄的乡间小路上，遇见儿时熟悉的村中长者，她也不敢上前相认。那长者已认不出她来了，只把她当作路人。当那长者问起她要到哪里去时，她便推说要到邻村去。她的内心是复杂的。怕见乡人，是她生病时的心态，是一种深深的自卑。她觉得自己的处境不佳，被乡亲父老认出，更羞愧难当！只因思乡心切，怕不回来看一眼，以后再无多少机会看到自己的村庄了。她的这种心情，我也能理解。人都有衣锦还乡的情结，处在逆境中的时候，总是逃避回乡的！

我和明彩姐的此次故乡之行一转眼就过去了一年，明彩姐终于跟她的村人联系上了。她的一个远亲堂侄子，就跟她住在同城，多年以来，明彩姐都不知道。这次，堂侄子邀请明彩姐在清明节跟他回乡探亲。明彩姐再次邀我跟她同去，我们搭上她堂侄子的小汽车，又一次回到小村庄。

晚饭时分，我们被邀请到那间院子外长着番石榴树的院落进晚餐。这是明彩姐的另一个远亲堂侄子的家（明彩姐在村中的辈分很高，村中很多男人都是她的侄子辈），他们一家人都回来过清明节，一家人热闹非凡。院落一反平日空阒无人的状态。到此时我们才知道，平时院落中只有一个九十多岁的老母仍然生活在这里，他们家的大儿子已经在化州城定居，二儿子在镇上居住，住得近的二儿子经常回家照顾老母亲。

晚饭后，我们和女主人（大儿子的老婆）聊起了去年来时的情景。明彩姐说："去年我来的时候，见到你们家无人在家，番石榴树上结满了一树石榴，没人摘，掉得满地都是，怪可惜的！"

女主人说："你平时来，我们村中人十有八九是不在家的，大家去打工的打工，做生意的做生意，我们家只有老奶奶一个人在家，她也不管石榴树，任由果子自结自落。"

"那时我真想摘一个吃，但见你们没人在家，我不敢摘！"

"为啥不敢摘？你摘啊！就当自己家的啊！现在石榴也不是什么稀罕之物了，想吃就随便摘吧！"

"可惜现在来得不是时候，石榴正开花呢！"

"那就等到八月你再来摘，这回你可以经常回家看看了！到时我们一起摘石榴吃！"

"好啊！我今后是要经常回来看看了！"

明彩姐终于找回了乡亲，找回了乡情！我真替她高兴！

第二辑　弄花香满衣

　　在花丛里玩久了，连衣服都沾满了芳香。这是多么闲适的生活状态啊！我做梦都想过这种生活。然而我们现代人久居城市，远离自然，已经很少有机会把自己沉浸在这种清静无为、物我两忘的境界当中了。但至少我们可以在阳台上种种花养养草，营造一个小自然，在其中也能享受"弄花香满衣"的乐趣。

种花就是种幸福

记得第一次种花是在刚上小学的时候，种的是指甲花，学名凤仙花。凤仙花的别名还有小桃红、急性子、女儿花等。（据《花史》载：宋光宗李后小字"凤"，宫中避讳，呼为"好女儿花"。）

由于少时种过凤仙花，因此，我对此花便有了一种特殊的感情。每当看到真实的此花或者看到此花的图片，便会想起小时候那段单纯而快乐的日子。

小时候不能得到专门的花盆，只能找来因破损而被弃置不用的陶罐来种花。找到种花的器皿后，就到屋旁堆肥的地方挖一些肥沃的黑土，装到陶罐里去。装好泥土后，就拨开盆中表层的土，把种子播到泥土中去，洒上水，然后把花盆搬到楼顶的阳台上去，接下来就是等待种子发芽了。

第一次种花的幸福心情是无法言喻的！把种子播下去，浇上水后，就天天盼着它发芽，一日要去探视好几回。当看到第一枚小芽从土里探出脑袋来，心里高兴极了。终于看到有种子发芽了，焦急等待的心情也有所松弛了。过一两天之后，花盆里不断有新芽顶破泥土冒出来。一棵、两棵、三棵，渐渐地，窄窄的花盆就挤满了嫩嘟嘟的小苗。小苗再密也舍不得删啊！因为每一棵小苗都是在我期盼的目光中长出来的。

开始时，小苗是弓着身子出来的。我每天都去看它们，看它们怎样伸直了腰板子，看它们怎样张开了一对子叶，看它们怎样长出第一片真叶来……它们的生长全过程，我都观察到了。我每天给它们浇足水分，期盼它们快点长大。它们不负所望，长得旺旺的，绿油油的。等它们长到有几片叶子的时候，我便邀请小伙

伴们来欣赏我的劳动成果。

当玩伴们来参观的时候，他们很自然会用手指去指指点点我的花苗，对我的花苗评头论足。然而，我不知道从何处听说了：花苗是很娇贵的，如果有人用手指去指点它们，它们便会枯死掉。我害怕花苗枯死掉，便不允许我的玩伴们用手指头指点我的花苗。我要她们把手握成拳头，然后用拳头才能指点我的花苗。指点花苗，花苗便会枯死这个说法，现在看来，纯属无稽之谈。但那时的我却信以为真！那时的我是多么疼惜我的花苗啊！

经过一个多月的悉心照料，凤仙花长成了亭亭玉立的"小姑娘"。在它的叶腋下面，长出了几个含苞待放的花蕾来。又几天过去了，凤仙花开出了几朵羞答答的粉红色小花。呵，终于开花了，真是功夫不负有心人哪！第一次种出美丽的花儿来，幸福的心情涨满了心房！

凤仙花的颜色有白色、紫红、朱红、粉红等。我种的凤仙花是白色和粉红色的。等凤仙花开到浓浓的、艳艳的时候，我就把一些花摘下来，揉碎，染在手指甲上，将手指甲染成好看的粉红色。

凤仙花未成熟的果子，果皮是翠绿色的，表皮上有一层茸毛。到果实完全成熟时，果皮变黄变薄变透明。透过果皮可以隐约看到里面包着的褐色种子。最奇妙的是凤仙花的果子！完全成熟的果实，只要轻轻一碰，果袋裂开，果皮翻卷，迸出褐色的种子来，种粒四射，好玩极了。这就是它又名急性子的缘故。不过更妙的是，凤仙花在国外被称为"Touch-me-not（不要碰我）"或"Jumping betty（跳舞的伙伴）"，与我国称之为"急性子""野丫头"有着异曲同工之妙。

痴恋凤仙花的人可不只我一个人啊！古人也有非常喜欢凤仙花的。有诗为证："此花已有神仙福，愿在佳人指上香""金凤花开色最鲜，佳人染得指头丹"，或许这就是凤仙花又名指甲花的由来。十九世纪才华卓绝的广东女诗人范夷香（今梅州大埔县人，著有《化碧集》）也曾写过一首吟咏凤仙花的诗——《凤仙花》。

> 弱质纤茎深自保，
> 昂昂骧首自徘徊。
> 也知性急难偕俗，
> 犹喜人呼好女儿。

　　此诗状物、用典浑然天成，顺理成章，妙趣横生，活脱脱地描摹出一个娇弱而性急的少女形象！

　　种花就是种下幸福的心情，种出花朵来当然心情很靓。然而，花朵未开，观察花苗生长的过程也是一种很好的享受。我知道种瓜得瓜，种豆得豆，我就是要种花种草种幸福！

楝花开后风光好

二十四番花信风，是应花期而来的风。《东皋杂录》云："江南自初春至初夏，五日一番风候，谓之花信风。梅花风最先，楝花风最后。"

春天的老家，处处盛开着苦楝花。那时的小学校园里，种满了苦楝树。小时候，我已习惯了用苦楝花香来判断春天的来临。

苦楝花的香，其实并不那么好闻。它太过浓郁而怪异，闻多了会产生眩晕感和厌恶感。它不像桂花、茉莉花和白玉兰花的香那般清新淡雅，令人闻之不够，恋恋不舍。然而，苦楝花香，无论它是好闻抑或是令人厌恶，它都已成为我对老家的记忆的一道深深的印痕，抹之不去。

苦楝花是一朵朵纤弱是小紫花。花萼上面是五片展开的白中泛着淡淡紫色的小花瓣，花瓣中间是深紫色的喇叭状细长花筒，花筒里包着黄色的花蕊。五六朵小花长于同一个小花枝上，清雅无比。

苦楝树是落叶乔木。南粤本不多见落叶树，苦楝树便是其中一种。当春天繁花满树时，原本未及长浓的叶子，便消失在繁花当中。细细碎碎的小紫花，团团簇簇，缀满枝头。当繁花满枝时，远看就像一幅印满紫色小花图案的棉布，覆盖于枝头。我幻想着扯下这幅棉布，把它裁成裙子，穿在身上。这裙子淡雅而朴素。

女孩子们在长长的竹竿上面装上铁钩子，把竹竿抬到花树下面，仰头望向楝花，把整条树枝扭下来。等树枝掉落地面，摘下花枝，弃去绿叶。用花枝编成花冠，戴在头上。然后，又把花枝束成一把，拿于手上。有了这身装扮，便满村子里跑，招摇过市地去玩。或者把花束拿回家中，用水瓶子养于窗台上面。

等到花谢，春天又过。楝树夏日结果，一串串翠绿的果实挂满枝头。此番轮到男孩们上阵。他们用竹竿把苦楝子扭下，用于打仗。他们往衣兜裤兜里装满楝子后，便满村子里追逐互打。遭遇对手，便用楝子狠狠地朝他的脑袋上劈去。被劈中的，便能听到自己的脑壳上响起清脆的"啪"的一声，随即感到脑壳生痛。

楝子长得极像葡萄，但却不能吃，有毒。小时候，对零食有种饥渴感。看着满树青翠欲滴的楝子，却不能摘来吃，未免对它心生怨恨，把它摘下来玩过家家，玩腻的时候，便用砖头狠狠地把它们打碎。

小时候，物质匮缺，没钱买胶水，或者干脆就没有胶水可买。苦楝树干下流出的黄色树脂黏性极好，我们便用它来黏合破烂的小学课本和作业簿。男孩们用它来黏知了，做琥珀。他们捉一些小动物放在流出的树脂上，等树脂把小动物完全包起，彻底凝固后，琥珀就做成了。晶莹剔透。有蜻蜓琥珀、苍蝇琥珀、壁虎琥珀、蝴蝶琥珀、蜜蜂琥珀……

深秋时节，苦楝树落光了叶子，枝头挂满的是一串串黄澄澄的颗粒饱满的楝子。冬天来临，楝子由黄转褐，饱满转而消瘦，干瘪，但仍挂于枝头。转到明春，楝子仍未落去，待春天的风雨，把未落尽的楝子扫去，楝花又开满了枝头。

五月盛放

凤凰树，"叶如飞凰之羽，花若丹凤之冠"，故得凤凰之名。

摘下一枝凤凰花细看，那羽状的叶片不正像一片片凤尾吗？火红的花瓣又多么像在烈火中重生的火鸟！凤凰花，这是一个多么贴切的名字！凤凰花由五片花瓣组成，整朵花就像一个小小的风车，单片花瓣犹如一把小小的扇子。

五月的小城，大街小巷，凤凰花似烈火般燃烧，溢彩流丹，到处红意漫漫，是小城初夏最美的一道风景线。凤凰花在阳光下如火如荼地开放，多像一抹抹红云，漂浮在晶莹剔透的蓝天下。树树红花，在蓝天白云的映衬下，熠熠生辉，把小城打扮得格外辉煌耀眼。

沿着小城种满凤凰树的小巷慢行，小巷两旁火红火红的凤凰花，常常使人为之驻足，为之惊艳。她灿烂得如此让人心颤，让人目眩；小城宽敞的大马路两旁，也盛放着凤凰花。想象着你如果有一辆颜色同样是火红色的敞篷跑车，驾着它飞驰在花团锦簇的大道上，那是何等的飘飘然！

五月的小城，是风情万种的西班牙女郎，她跳着节奏欢快的弗拉明戈舞。她热情奔放，浓妆艳抹，凤凰花就是她的烈焰红唇，凤凰花就是她那飞快翻滚的曳地红舞裙！

五月的凤凰花，是辛勤劳作的染娘，她不眠不休地洒泼着她那使之不尽用之不竭的红彤彤的颜料，几乎想要把小城的天空都染成一匹色彩艳丽的红绸布。

五月的凤凰花，是佳期已近的待嫁女，一树树红花，是她红艳艳的新嫁衣，是她发出的一张张红彤彤的请柬。她伸出热情之手，召唤着远方的游客来赴她盛大的婚宴。她如此尽情地绽放着自己的生命，极尽奢华毫无保留地把自己燃烧，是怕时间来不及了吗？还是为爱疯狂？难道青春就应这样热情地挥洒？

难道青春不应该如此热情地挥洒吗？灿灿烂烂、轰轰烈烈地开满一季，还有什么可遗憾的呢？我不禁要艳羡起凤凰花来。我的生命，从来不曾有过凤凰花的灿烂和艳美！只像一朵在墙角里默默地开着的孤独小野花！如果有来世，我定要投生为凤凰花。生就要如夏花般灿烂，死就要像秋叶般静美！

远方的客人！如果你在五月凤凰花盛开的时候来到小城，一睹其红颜热焰，那份烈火般的壮美，相信一生都会留在你的记忆当中！

不知从何时起，我爱上了凤凰树。每每见到它，我都会产生一种特殊的情感和依恋；每每见到它，就会想起青葱的大学岁月。一首动人的歌也会在心中唱起，那是《你可曾看过凤凰花》：

> 如果爱有色　会是什么色彩？
> 如果花也懂爱　会是哪一种花？
> 你可曾看过凤凰花　火焰一样的情花！
> 所有的爱和生命　只为点燃一个夏恋！
> ……

每年的六月，是凤凰花开的最后一段时光，很少有凤凰花能够开到七月。而每年的六月末，都将有一批学子要告别校园，登上远去的列车，走上人生的新旅程。为他们送行的，是那一树树的红花！

种下野草，开出奇花

清晨，太阳刚刚露出一副惺忪的睡脸，我便在自家的后阳台上发现一株野草开出一朵新异的花，花的颜色是深紫红色。

从外形来看，开花的野草，叶子看上去挺像合果芋的，花的形状也像芋属植物的花。我根据自己肤浅的植物学知识，把她判断为芋属植物。

此野草不是我有意栽下的。新居入伙，朋友送了三盆植物。一盆是茶树，一盆是发财树，还有一盆是巴西木。第二年的春天格外寒冷，把茶树和发财树都冻死了，只有巴西木顽强地存活下来，仍茁壮生长。此野草是长在茶树盆里的。

我清理枯死茶树的盆土，没把这株野草也一同清理掉，可能是见她的叶形可爱吧，便把她移栽到一个矮矮的花盆里。

看到如此奇丽的花朵，我赶快找来相机，为她拍照。我拍花时，凑得很近，用微焦距拍摄。但此时，后阳台的光照还不够充足，拍摄效果不佳。前阳台的光线较为充足，我就把花盆搬到前阳台。当我再次把相机凑近花时，一股臭味钻进了鼻孔，那是一股人畜大粪在粪池里沤久了才会产生的臭味。

此前在后阳台，我就已闻到了这股臭味，但我万万没想到是这朵怪异的花发出的，此前从未碰到过散发大粪臭味的花，所以不会想到。只以为是厨房垃圾桶里未及清理的垃圾发出的气味，或者是附近有人清理化粪池飘过来的气味。当在前阳台同样出现这种气味时，我才猛然醒悟，臭味可能是花发出来的。当我把鼻子再次凑近花儿时，终于证实了那臭味就是花儿发出的。

拍完照，我马上到网络上去搜索此野草的名字，不费多少功夫，便找到了她的名字——土半夏，又名犁头草。但她不是芋属植物，而是半夏属植物。芋属、半夏属同属天南星科。

无心栽花，花竟灿烂。原来花的生命内部，自有其生命本质的殷红。不管我是孜孜以求一睹其芳容，或是任由让她随意而发，花开花落无人管，她都会随自己的生命季节而律动。只要她能在我的生命里停留，就该珍惜。灿烂一时也好，转瞬即枯萎逝去也罢。一生中所遇到的人和事，或许全都应该如此对待。

花开百合

三月，南方的春天阴雨潮湿，最适宜种花养草。忽然想起了美丽的百合来，便想要去种这种美丽的植物。在网络上搜索百合的种植方法，知道可以用种子种，也可以用种球种。苦于种子、种球都无法找到，无由种起。

某天忽发奇想：去市场买袋装的食用百合回来种，看看能不能成活。便兴冲冲地去市场上买一小袋百合回来。打开塑料袋子，看到百合球茎的根部被削得一干二净，一个根牙也没留下，十分怀疑它们能被我种活。抱着种不活也无所谓的想法，便去试种了。

把种球剥开，分出很多个小种球来，挑五个大小均匀的种球插到盆土里。春天的温暖潮湿，很快唤醒了种球，它破土而出，长出暗红色嫩芽。哈，真能种活，心中无比高兴。此后便盼望花开，看能开出什么颜色的花来。白色？黄色？红色？还是橙色？当然，我最希望能开出白花来，最好是那种香水百合，散发浓烈香味。

百合的枝干笔直地冲天生长。叶形细长，不似花店里常见的白百合那大大的叶子，估计不可能开出白花来，心中未免失望。虽然知道它不是白百合，然而仍期待花开，最好有香味。

待到笔直的枝干顶部长出又长又大的花蕾来，枝干却被花蕾压弯了的腰，向一边倾斜下去。四月的一天，花蕾盛放，期待多时终于有了答案，开出的是橙色花，且没有香味，心中最后的期待也最终失落。但见花朵灿烂盛开的样子，对它仍心存感激，我没有嫌弃它，就让它在阳台上盛放吧！

等到花败，茎干很快枯萎，然后又在球茎上长出剑叶。就这样，百合完成了生命的一个轮回……

合欢花香

"合昏尚知时，鸳鸯不独宿。"语出杜甫《佳人》一诗。诗句中的"合昏"即合欢树。合欢树的羽状叶在白天展开，黄昏闭合，因此得名"合昏"或"夜合"。合欢叶昼开夜合的特性，犹如男女腻情互拥，古人常以此植物表示男女爱情。

合欢树的花，最常见的是粉红色。开白色花的合欢树较少见，主要生长在海南、广西、云南、泰国、越南等热带地区。

合欢树像一把绿色的大伞，浓叶密密层层。花开季节，浓叶其间缀着粉花，远远望去，如绯色之云缀于枝头。合欢花蕊细密，像一把精巧的小扇子，毛茸茸，粉嘟嘟，轻轻地扇着香风。

合欢开花时，很远就能嗅到花香。浓郁芬芳，沁人心脾。如果一路都种满合欢树，当花一起开放时，那一定是香满一路，香风熏得路人醉。合欢花不张扬，不喧闹，只是静静地开放，播撒满路花香，像文静的少女，在不经意间挥洒着青春与活力，让你不由得为她驻足，在树下深吸一口气，让这花香直吸到肺腑里去。沐浴在这花香中，整个人也充满香气；伴随着花香漫步，心情也随之轻快起来。

南半球的澳洲，有一种金合欢，花期是南半球的夏季（二月）。开花时节，金黄的金合欢覆盖了整个蔚蓝海岸的山丘，金合欢做的篱笆也簇拥着路旁一座座的住宅。你能想象这幅属于南半球的美景吗？

生长在澳洲的金合欢，后来被船长带去了法国，原本夏季开放的金合欢，到了北半球的法国南部，却牢牢记住一直以来开花的时间，执意要跟南半球的同族在同一时间开放，成了北半球春

天的使者。"相思树"，是它的另一个名字。因为相思，所以牢记；因为牢记，所以不变。虽然分隔两地，但至少可以在同一时刻开放，然后遥遥相望。一种信赖，一种约定，流淌在血液里，永远不忘。

木棉花开

这个春天，春风和煦，春光烂漫，木棉树老早就开花了，还未到农历新年。木棉树的枝头已经压满了沉甸甸的花朵。那时我住在校园教工宿舍内，宿舍的阳台下就有一棵花朵盛开的木棉树。每天清晨，都有比木棉花的个头还小的麻雀飞来畅饮花上的花蜜。

阳台对面几步之遥的地方是生物园，木棉树就紧贴着生物园的围墙，但却不是紧贴着阳台的这一边。我很希望木棉花开得离我的阳台近一点，我甚至想站在阳台上，伸出一只手，就能够够到一朵木棉花。但木棉花却躲我远远的。至少，也让我可以用数码相机拍摄下一幅高清晰度的木棉花的特写镜头嘛！但要做到这一点，比登天还难，因为我的数码相机是很普通的卡片机，不是高焦距的单反相机。我只能够拍摄下木棉花的模糊轮廓。

但我心有不甘，决意要找一棵长得低矮的并且开着花的木棉树，然后用我的数码相机凑到花朵的跟前，用微焦距去拍摄它。

可知木棉树又名英雄树？它的高大挺拔非一般的树木可比。据说，同它并排的树木，它都要长高过它们。我骑着摩托车，逛遍全城，一一拜访了城中所有的木棉树。试图找到一枝低矮的开花了的枝条。

城中绝大多数的木棉树都开花了，开的花朵也绝大多数是红色的，只有极少数的木棉树开了橘黄色的花朵。

开红色花开得最繁盛的木棉树，要数市府招待所里面的旧礼堂前面的一棵高大的木棉树了。那花朵就像一把把火红火红的火炬擎满枝头，密密麻麻的，沉甸甸的，把大树压得喘不过气来。这棵木棉树生长于此已是有一定年头的了，礼堂现时已经被拆，

平整为一块停车的空地。木棉树依然屹立于此，见证着这里的风雨变迁。

逛遍全城，我也找不到一条低矮的开花枝条，我要拍摄一幅精美的木棉花的照片的想法无法变成现实。当我浏览本地网页时，在上面看到有人上传上去的精美木棉花照片，他还说出了拍摄的地点——本市的吉兆湾度假村。我心里一动，何不去那里碰碰运气？于是我又骑上摩托车，独自一人逛到了吉兆海边，那里的确有很美的木棉花，但情形和我在城中碰到的是一样的，没有一条枝条是我可以够得到的。没有借助登高的工具和高焦距的相机，我要达成的我愿望比登天还难！

我只好乘兴而来败兴而归。只不过，在那个温暖灿烂的春天里，没有人知道我的此行仅仅是为了一朵木棉花。

如今，经历了一个寒冷的春天，又到木棉树开花的季节了，但是大部分的木棉树还没开花。我相信，随着春天的转暖，再过十天半个月，木棉树的枝头又是红彤彤的一片。

夹竹桃

　　某天我经过一条遍植夹竹桃的大街，夹竹桃花开了一路，紫红紫红的，艳丽极了！微风吹过，夹竹桃摇曳多姿地晃动她的身体，有说不尽的风流和婀娜。可是我心底里却不是十分喜欢夹竹桃，因为心底里隐约有一个声音在说：夹竹桃是有毒的，别看她长得美！很久以前曾看过一本医学杂志，里面有一篇文章说：古代有个妇女做一碗鱼汤给她病后初愈的丈夫补身子，想不到她丈夫喝完了鱼汤却死了，大家就以为该妇女毒杀了亲夫，把她扭送官府治罪。而妇女大喊冤枉，聪明的县官经过仔细的审问，才发现该妇女捧着鱼汤经过正在开花的夹竹桃树，夹竹桃的花粉和花瓣掉进了鱼汤里，而这个妇女不知道夹竹桃是有毒的，妇女的丈夫喝了带夹竹桃毒的鱼汤，就死了。美丽的夹竹桃，竟差点把一家的两夫妻都杀了！这也许就是我不能张开双臂拥抱夹竹桃，彻头彻尾地喜欢夹竹桃的原因吧！

　　夹竹桃，这个带毒的美人，让我联想到了有污点的人。一个人外表很好，各方面都很好，可是她曾经做过一些不体面的事，想到她的过去，就不能不对她心存芥蒂。她在心目中就已经不那么完美了，是个有污点的人。尽管人人都不完美，尽管在心里也尽力劝说自己，不要老盯着别人曾经的污点。可是，那些阴影仍未能像抹掉蜘蛛网那样轻易地被抹去。

簕杜鹃

我不禁呆呆地站着看对面阳台上的那盆簕杜鹃花（又名三角花或叶子花），我从未看见过开得如此茂盛的花，它茂盛得让我热血沸腾。火红火红的花儿，红中略带点儿紫，因此红得并不俗，灿烂得高雅。这种恰到好处的颜色，是哪一位丹青好手调配出来的呢？呵，这颜色，竟是一种妙不可言的颜色，一种我灵感深处藏着的，而又无法说出来的颜色，今生终于在这里谋面了。这簕杜鹃，开得这么的好，我是一见已惊，再见亦然。

灿烂的花儿簇簇拥拥，挨挨挤挤地开着，一串串地悬垂下来，使得纤纤的枝条有点不胜负荷。那一串串红灯笼似的花盏儿，在风中摇曳，婀娜多姿。这盆簕杜鹃的叶子是浓密的，且绿得发黑，但枝条却比寻常的簕杜鹃的枝条要细，要柔软。繁花、浓叶、柔条，我从未见过结合得如此好的一盆花，也许这是司花之神特地悉心照料出来的一盆花。

我也曾见过许多种颜色的簕杜鹃花，对面街角的那株簕杜鹃花，红色的花儿也在这一季开得灿烂，惹得我频频回首，但是它的虬枝太多，枝干太粗太硬，因此缺少了一种弱柳扶风的美质。我也曾见过各种各样的颜色的簕杜鹃花，它们不是红得太俗，就是紫得太艳，那些色彩都不曾使我动心，唯有对面阳台的这一株花令我振奋。

早上起来，我总爱向门边一站，去慢慢欣赏这一盆花，多好的花啊，它正像一位青春正盛的少女，在风中舞动她曼妙的舞姿，又像一首热情奔放的歌儿，在风中欢唱。我感到有一种激情在我的胸中升腾，这是前所未有的，也许这种激情曾经有过，但是失落已久，今天我在这里终于捡回来了。一度，我曾偏爱冷色调，总喜欢阴雨连绵的天气，但后来我终于明白了生活不可能是只有一种冷色调的颜色，向上、奋进才是人生本来的主色调，我决心抛弃阴雨的心情，像对面阳台上的那株篱杜鹃一样，让自己的生命之树开满灿烂的花。

醉芙蓉

我宿舍的阳台下面是学校的植物园，植物园里有一株木芙蓉。去年秋，木芙蓉花开得极艳，清癯的枝条上缀满了粉红色的花儿，挨挨挤挤、密密集集，仿佛木芙蓉树用尽了毕生的力气来开这一树的花。看到此景，我心里有些不祥的感觉，通常花开得过盛，是会对树木造成伤害的。

果不出所料，那木芙蓉不久后就得了病，在枯死的过程中，那株木芙蓉仍然开出美丽的粉色花，但太阳一出，那花和叶就蔫了。不久，木芙蓉完全倒下了，再过一段时间，在她生长的地方，连树桩头也没有了。那棵木芙蓉开了那么多的花，应该也曾结过很多果实，但树桩的地方一株幼苗也没有长出来，我感到了一阵的遗憾，难道这株木芙蓉没有留下一个后代就这么灭绝了吗？

我常常经过植物园去教室，我不自觉地常常用目光去搜寻木芙蓉倒下的地方，看有没有长出幼苗来，可惜没有。

某天，我不经意间发现，在植物园贴着瓷砖的围墙的铁栏杆下的罅隙里，竟然长出了一株两三厘米左右的木芙蓉幼苗来。我不禁一阵惊喜，这就是那株母树留下的唯一后代啊，它不长在泥土里，竟然长在瓷砖与铁栏杆的缝隙中。我心生怜悯，想把它拔起来移栽到花盆里，然后着意去栽培它。我于是用手去拔它，不想，竟然把它小小的茎儿拔断了，只剩下一茬很短的茎还留在瓷砖缝里。小树苗遭到了灭顶之灾，我大惊失色，我把母树最后的后代都灭绝了！我真后悔呀，早知道拔不起来，就不拔它了，让它在那自生自灭好了。我仿佛犯了不可饶恕的谋杀罪一样心怀愧疚。

　　每次当我经过植物园的这一段围墙时，我时不时会用目光去瞄一下小树苗生长的地方。一天，我发现了奇迹，那段留在瓷砖缝里的苗头并没有枯死，而是又萌发出两粒比小米还小的幼芽来了，这小苗没死，有救了，我不禁讶异于这棵小苗的生命力！后来，我就再也不敢拔它了，我知道是拔不出来的，就让它在那艰难成长吧，它也有它的命运！但到最后，这棵小苗还是死了。

　　自从植物园里的木芙蓉死后，我常常希望在别的地方还能看到木芙蓉，我很留意我所走过的路边，希望在某处的路边能够遇上这样一棵木芙蓉。果如我所愿，我在以前属于农业局种子公司的一块空地上发现两棵木芙蓉，而且这两株木芙蓉还是十分珍稀的"醉芙蓉"，这一发现令我惊喜不已。

　　自从发现了这两株"醉芙蓉"，我便常常来花下流连，观察花开花落的颜色变化。"醉芙蓉"花色朝白暮红，一日三变。清晨呈雪白、中午转粉红、傍晚变枣红，人称"三醉芙蓉、弄色木芙蓉、三弄木芙蓉"等。"醉芙蓉"的名起得好就好在一个"醉"字，一个"醉"字恰如其分地把木芙蓉如美人酣醉的情态表现出来。醉芙蓉的变色，就好比一个美人在喝酒，刚开始的时候脸色是正常的脸色，酒过三巡，喝酒的美人慢慢有了点微醺薄醉，脸色转为粉粉的红色，继而，脸色加深，转为绯红，到最后转为深红。

　　每逢清秋时节，醉芙蓉吐出一支支娇嫩的花蕊，带露迎霜，醉舞秋风，清姿雅质，独傲群芳，好一个醉美人啊！

　　醉芙蓉的花色为什么会具有一日三变的特异功能呢？根据现代科学分析，这是因为花中含有一种"花青素"的物质。这种物质会随土壤的水分、气温变化而变化。清晨温度低，水分足，花色洁白如雪；日出后温度升高，水分蒸发，花青素被日光照射后发生作用，使花色逐渐改变。每朵芙蓉花的生命周期只有一天，却能在一天之内变幻出三种不同的颜色，这真是大自然的神奇魅力啊！

桃金娘

桃金娘，仿佛一个美丽的女子名字，你能想象得到她是一种植物的名称吗？在我的家乡，这种植物极为常见，粤、桂、闽三省的山野极多。她是一种亚热带植物，我们称之为"山稔子"。

我一直不知道极为平常的山稔子，竟然拥有这样一个动听的名字，一个女子般的名字！拥有一个女子般的名字，就应该有美丽动人的丰姿，否则就名不副实！不错，桃金娘是名副其实的，她开出的花很美丽。粉红色的花有五片花瓣，形状极似桃花，但花朵比桃花稍大，颜色比桃花更鲜艳；花瓣如茶花的花瓣那样向下凹曲，形成一个小勺子，五片花瓣就像五个小勺子围拢在一起。

桃金娘得名的由来，有这样的传说：不知什么年代，在一个地方，老百姓为了反抗统治者抓兵拉夫，纷纷逃到山林里去，带的粮食不多，没几天便吃完了。正当饥饿难熬的时候，有人发现山野中的一种小灌木，长着一种形似番石榴而和樱桃一般大小的果实，皮色有点紫，看去像是肉质多浆，可以充饥。他也不管有毒没毒，便伸手去摘下一粒来吃。出乎意料，那是一种甜美可口的果子。于是他连忙招同伴，一起采来吃。一处吃完了，又到别处去寻找。他们住在山上，依靠这种果子维持生命，直到事情过了，才安然下山。他们便给这种植物起了一个名字，叫作"逃军粮"，直到现在还是这样称呼着。"桃金娘"或者是"逃军粮"的谐音，又或者"逃军粮"是"桃金娘"的谐音吧。

在蒲松龄的《聊斋志异》中，万物都是有灵的，万物都能修炼成精，牡丹花、荷花都能变成花仙，而桃金娘为什么不能？我宁愿上面所说的得名由来不是真的，我倒希望桃金娘的名字是因一个女子而起的。在我的想象中，桃金娘应该是一个勤劳善良而且美丽的女子的化身。在饥荒的年景里，她不忍心看到村民大批饿死，她心中装满了对人间生灵的大爱，舍身化作了满山遍野的山稔子给村民充饥，救村民于水深火热之中，后来人们就用她的名字来呼唤这种植物！

桃金娘在清明节前后开出美丽的花朵。花朵初开时，色泽是鲜艳的粉红色，经久稍稍淡褪为粉白色。花朵在翠绿的草坡或灌木丛中分外耀眼，其后结出小小的像番石榴一样的山稔子。山稔子像小型的番石榴，这并非偶然，因为她和番石榴都是同属于桃金娘科的植物，所以果形相似。果子初秋成熟，表皮呈深紫色，果肉多汁而味稍甜，有特殊的芳香，内含很多种子。

小时候，桃金娘的花是我们这些乡村小女孩的最爱，桃金娘花也是那时的我们所能得到的最美丽的花。当花盛开的时候，我们喜欢到山野采摘来插。我们喜欢把采摘到的花枝的叶子拔光，剩下花，然后把花插到水瓶子里，放置于窗台，装点粗鄙的家。可是花不耐放，过一宿花瓣就纷纷落下来，很可惜，美丽总是短暂的。

秋天，山稔子成熟的时候，放牛娃在野外百无聊赖的放牛时光里，能摘到山稔子这样的零嘴儿吃，真是莫大的享受！山稔子成熟的季节，村里的小孩子成群结队到山岭上采集。采的人多了，附近的山岭都采光了，就要到更远的山岭才能采到。于是小孩子们结伴骑自行车到更远的地方采集，大家去了大半天，晒得头红面赤之后，个个满载而归，人人手上都有一袋子山稔子。自己吃饱吃腻了，分给弟妹们或者分给村里其他没去采集的小孩吃。

山稔子吃多了会便秘，这是我们小时候的常识。小孩子虽然嘴馋但却不敢多吃。那时候只知道山稔子吃多了会便秘，却不知道个中的原因。后来看中医书，医书上说：桃金娘可作药用，她的药性平，味甘涩，有养血、止血、涩肠固精、活血通络、收敛

止泻的作用，主治风湿骨痛、腰痛等。

　　原来桃金娘有收敛止泻、涩肠固精的作用，吃多了当然会便秘啦！市面上很少见有山稔子卖，山稔子是比较贱的，因此不能登上市场的"大雅之堂"。现在更没人吃它了，包括农村的小孩。它只能在物质贫乏的年代，为贫寒的农村小孩增添一点生活的色彩！

滴水观音

它可能会被摆放在富贵之家的豪华厅堂之中一个显赫的位置上，主人对它青眼有加，百般呵护，照料得无微不至。它的名字叫——"滴水观音"。

它那巨大的叶片，像铁扇公主的芭蕉扇。它开花时，一柱乳白色的花棒亭亭玉立。花棒背后竖起了一片屏风，那是它绿色的椭圆形花萼，花棒就像站在这片花萼的前边，被花萼拥搂着。那乳白色花棒简直就像观世音的玉身，而那花萼就更像观世音身上散发出的佛光光环。洁白的花棒立在一片佛光当中，不正是观世音庄严的立相吗？

看到这花，你才明白它为什么叫"滴水观音"。不要被它那动人的名字迷惑了，其实它的学名叫海芋，"滴水观音"只是它的商品名。

它为天南星科海芋属的海芋，多年生常绿草本植物。原产亚热带，性喜温暖湿润及半阴的环境。在南方，它是一种极易生长的野草。

观音娘娘的造像大多是那种面相丰腴、肌肤细腻，身材匀称、双手纤巧，身饰璎珞、腰围锦裙，手拿净瓶、俯首微笑，形态自然而亲切的形象。一种植物又如何能让人联想到观音娘娘的形象呢？给它命名的花商的奇思妙想真是令人惊叹！

平时，它巨大的叶尖总挂着晶莹的水珠。那水珠像甘露般，似滴非滴。当土壤中含水量大时，水珠便会从叶尖端或叶边缘向下滴。折断叶柄认真观察，便会发现那些与根部连接的花茎呈蜂窝状，里面储满了水，就像一条输送水分的导管，通过茎把大量

的水分输送到叶子上去，水又顺着叶子流下来，这就形成了滴水过程。

人们喜欢滴水观音的原因是什么呢？仅仅是因为它作为盆栽的姿态纵横，仪态万千？如果仅仅是因为这一点，它和其他的常绿观叶盆栽又有什么区别？比如龙舌兰、龟背竹、白鹤芋、花叶芋、合果芋、绿萝什么的。我想它之所以受到人们的追捧，其实跟它的商品名不无关系。也许"滴水观音"这个名字当中含有"观音"二字，人们才会对它另眼相看。"滴水观音"这个名字里暗含着佛教文化，人们在它的身上寄寓了生活幸福、如意吉祥的梦想。

有些植物就是因为起了一个好听的名字而身价百倍，人们把它们从野外搬到室内，让它们养尊处优起来了，比如富贵竹、发财树什么的。家里种上这些植物就一定能发财富贵吗？未必，那只是人们的一种心理寄托而已。

其实，撇开滴水观音这个名字暗含着的寓意，我也是喜欢它的。我喜欢它的原因有三：

其一，它极其易栽易活。滴水观音是阴生植物，长期放置室内，就算是疏于打理也不会枯萎。在粤西，它根本不算盆栽，它只是一种野草，它喜欢跟竹子混生在竹林里。村人从来没有人认识到它的盆栽价值，人们正眼也不瞧它一眼。有一年，村里人决定把包围村子的太过稠密的竹林砍掉。竹林砍了，却造就了滴水观音生长的一个千载难逢的机遇。长在竹根头处的滴水观音疯长了起来，那叶片长得比人头还高，叶片阔大，甚至可以当雨伞用。这年冬天，滴水观音结满了种子，黄澄澄的，外形极像玉米棒子。千万不要被它的种子的长相迷惑了就摘来吃，滴水观音是有毒植物，它的茎叶的汁液有毒，接触皮肤后会发痒。滴下的水也是有毒的，误碰或误食其汁液，就会引起咽部和口部的不适，胃里有灼痛感，它那美丽的种子毒性就更强了。滴水观音虽然有毒，但在室内不会放出毒气，只要不误吃它，就不会中毒。

其二，它作为植物的确是姿态纵横、仪态万千。滴水观音是观叶植物，它不常开花，就算开花，它的花也不够美丽动人。它的欣赏价值主要来自它那阔大的叶片。生长在适合条件下的滴水观音，叶片会大得可以跟芭蕉的叶子媲美。在装修得富丽堂皇的室内，放上一盆这样的盆栽，室内顿时就会生机盎然，充满热带情调。或许受它的名字的影响，我或多或少感觉到，它无论从外形，还是本质，都有和观世音相似之处。它生命蓬勃，面相丰腴；大地给予它水滴，它报以大地水滴，它知恩图报；它不会因为缺少阳光而枯萎，生长在暗处更加显示出它的强大生命力。滴水观音，它带给我一些关于生命、存在和死亡的一些启示；滴水观音，一株美丽的植物，一个神奇的名字。

其三，在滴水观音身上可以看出辩证法的道理。滴水观音既有毒，但又可以做药。凡药三分毒，就算是毒物也可以做药，在滴水观音身上，这种辩证法则体现得淋漓尽致。这个世界上的植物，几乎每一种都可以用来做药，会用可以救人一命，不会用也可以使人一命呜呼。滴水观音性寒味涩辛，根茎入药，清热解毒，消肿散结，有拔毒以及去腐生肌的作用。滴水观音适宜于外用，它虽有药用价值，但少用为佳，以免中毒。从滴水观音的身上，我联想到，每个人都是有缺点的，人无完人，这是一条亘古不变的真理。再优秀的人也有缺点，再糟糕的人也有他的长处。"金无足赤，人无完人"。世界上没有完美的东西。正视自己的长处和短处，取他人之长补己之短，把自己的优点发挥至极致，将会拥有精彩的人生。

蝉　花

村边的桉树林，是儿时最好玩的地方。风吹得林木哗哗作响，林涛如潮水般起伏。小女孩们在桉树林下戏耍奔跑，裙裾在风中飘舞。跑累了，或坐下来玩石子，或倚住桉树歇息。

我双臂抱住桉树，身体仰向后面。悠然旋转身体，仰着的头望向树顶，只见道道金光在树梢顶上闪烁不定，树叶在风中摇曳。树枝缝隙里，露出一块块湛蓝的天空。天边四下白云堆积。

忽然，一阵小雨洒在脸上。是太阳雨？不是，是蝉在撒尿。蝉是最感亲切的昆虫。因它对人百无一害，它能与人类友好相处。正午的骄阳下，蝉鸣是一阵阵袭人的声浪！太阳火一样燃烧，蝉开始聒噪，像是经不住酷暑的煎熬。蝉声是一张巨网，由尖锐且清脆的声音织成，网眼细密。蝉声骤然响起，又骤然歇息，忽高忽低，忽大忽小。像一张巨网时而抛向高空，时而又罩落头顶！

不远处的一棵树下，忽然传来玩伴的一声惊叫："快来看呀，这里长了一朵不知道叫什么名字的花！"我们丢掉手中正玩着的石子，一跃而起，纷纷朝叫声跑去。一棵高大的桉树脚下，泥土里长出了一朵粉红色的状如珊瑚的小花。

围观的众孩童，有人忍不住强烈的好奇心，随手捡起枯枝，小心翼翼地挖下去。白色的沙质土潮湿而松软，不多时就挖出一个蜷曲的蝉蛹来。蛹体呈现白色，像被蜘蛛网裹住了。噢！原来我们在树上见惯了的蝉，竟然可以躲到泥土下面，还能从自己的头顶上长出一朵花来！真够奇异的！

这是蝉花。挖出了一朵蝉花后，我们便分头四处寻找。每寻到一朵，便是一阵小小的惊喜。有时竟能聚集起一捧蝉花来。挖蝉花的乐趣，完全在于寻蝉花和挖蝉花的过程。挖出来蝉花，竟毫无用处，只在手中把玩一会儿，很快就厌倦，扔掉了。

夏天的一场透雨过后，蝉破土而出。蝉蛹在地下隐居多年，像是参透了禅机，时机一旦成熟，立即爬到树上。一时间，蝉声滔滔，如波浪翻滚，排山倒海，气势吓人。

蝉噪林愈静，鸟鸣山更幽。可我无比厌烦这终日聒噪的蝉。那时并不知道蝉的生命要经历那么多幽暗的日子，才能从泥土里爬上枝头，高歌一夏。它们是为爱情而歌唱的，而这还是生命的绝唱！它们在歌唱中交配完毕，随即死去。北美洲有一种十七年蝉，以在黑暗的地下蛰伏十七年作为代价，换来短暂的十天在枝头相爱的时光！美好的爱情，原本如此残酷。

然而，能够成功飞上枝头，畅享这残酷爱情的蝉，已非等闲之辈！它们都是经过大自然严格筛选的强者！因为蝉蛰伏土中也并不安全。大雨可能淹没它们的洞穴，鼹鼠等各种土栖的食虫类动物会把它们当点心，真菌也会如恐怖电影中的异形般入侵它们的身体，把它们变成蝉中的冬虫夏草——蝉花。

小时候只知道蝉花好玩，却不知道蝉花已是一个可怜的牺牲品。蝉花的形成与冬虫夏草的形成相类似。某些隐居地下的蝉蛹，在羽化前就被冬虫夏草类真菌寄生了，它们再也不能爬上枝头。菌丝侵蚀蝉蛹，吸收蝉蛹的营养，蝉蛹最终完全被菌丝占据，剩下一个僵死的躯体。万物复苏时节，菌丝体渐渐从蝉蛹顶端开出珊瑚样的花朵来。

如今，家乡的环境恶化，桉树林被毁，蝉声已远，蝉花也早已不见了踪影。儿时的好玩之物，已无迹可寻！

吊竹梅和文竹

婉姿是我初中时代的闺蜜。初中二年级时，我家从乡村中学搬到县城。我搬走前夕，婉姿来我宿舍告别。我把平时喜爱的两盆盆栽赠送给她。一盆是文竹，另一盆是吊竹梅。

我说："这两盆植物，你搬回家吧。"

婉姿说："好的，我一定会好好照顾它们，当作是我们友谊的化身来照顾。"

我说："愿我们的友谊和它们一样长青！"

我搬走那天，婉姿前来送行。天空下着霏霏小雨，瘦削的她，撑一把白底紫色小碎花雨伞，站在校道旁盛开着花朵的紫荆树下。那棵树下，曾是我们学黛玉葬花的地方。细雨纷飞，紫荆花从树上一瓣瓣地飘落下来。一辆汽车载着我们一家人渐行渐远。我在车上频频回望，她的身影渐渐朦胧。

婉姿真的如她所言把两盆盆栽视若至宝，珍爱有加。我回来看她时，见到吊竹梅在她的照料之下疯长，长得又长又嫩，一串串垂挂在她的窗前，迎风飘摇，美极了。但我又一次来看望她时，见到那盆文竹已死。

婉姿自责地说："对不起了，我没能实现当初对你的承诺，把文竹照顾好。现在文竹已死，我心痛啊！"

我说："没关系啊！我们应该为此感到高兴才是，因为我们的友谊甚至比它们的生命还长！而不是人走茶凉，这难道不是一件值得高兴的事情吗？"

听我这么说，婉姿展颜了。她把文竹已枯的枝叶做成书签，珍藏在书页里。许多年过去了，那些压在书页里的文竹叶子仍在，见证着我们恒久不变的友谊。

对植物的感悟

忽然之间，有一个似乎毫无意义的疑问砰然撞击了我的心：人为什么会对植物产生美感呢？人为什么会在自己本来就狭小的居室空间里，摆满了各式各样的观赏植物呢？

我试着自己回答这个问题：这是因为人类原本是来自大自然的。生活在大自然中的原始人类，无时无刻不与植物保持着亲密的接触，植物为原始人类提供了生存所需的一切资源。原始人类生活在植物的包围中，就像生活在母亲的怀抱里，人与植物彼此之间的关系是其乐融融的！所以，现代人在自己狭小的居室空间里摆满了观赏植物，那是渴望回归到母亲的怀抱中的表现！

人之所以把植物纳入审美范畴，是因为人在追求一种精神层面上的人与自然、人与自我的和谐统一。而植物是美化和改善人类生存环境不可缺少的重要资源，植物拉近了人与自然的关系，植物可以使人与自然更加亲近，植物可以使人享受到更多的来自大自然的心灵抚慰。

人对植物的"亲近感"是人开始对植物产生审美的源头，也就是说，美感最初的起源是"亲近感"！

随着社会的发展，自然事物愈来愈多地成为人的审美对象，从植物、动物扩展到山水等方面，这也是人类审美活动发展的必然趋势。我们的周围环境，很大一部分是由植物构成的；我们的生命，也很大程度是依赖于植物所供给的能量才能生存下去。我们有什么理由对植物视而不见呢？植物进入我们的审美视野，这是必然的结果！

但美学理论告诉我们：人们种植植物如果是为了养活自己和

得到衣服穿，这就是有目的的，因此不是审美。审美是无目的而愉快的，不涉利害而愉快的。因此，只有种植那些看起来毫无用处的仅仅用于观赏的植物，才是审美。

随着城市化洪流的滚滚而来，越来越多的人脱离了乡村，脱离了大自然，跟植物的关系是越来越疏远了。现在，很多人是目不识树，而不是目不识丁。人把自己弄得彻底与大自然隔绝了，人们生活在城市的石头森林中间，而不是生活在富有诗情画意的植物的怀抱当中。

居住在灰蒙蒙的石头森林中的人们，也只好在他们狭小的阳台上摆几盆盆栽，聊以慰解他们对大自然的相思了。也许正是这样，人们才纷纷把盆栽搬进自己的家里。

像梅、兰、菊、竹、荷花、松柏等具有传统审美意义的植物，它们得到的人们的宠爱，自不待言。但一些原来从不曾进人们法眼的植物，如今却越来越得到了人们的青睐。比如发财树、富贵竹、金钱树、滴水观音等等。人们对它们像如获至宝，视它们为掌上明珠。可是这些植物在它们的原产地，可曾得到过如此的礼遇呢？恐怕没有，只是它们舶来到中国以后，才登堂入室，养尊处优起来！发财树又称马拉马栗、瓜栗，为木棉科常绿小乔木，原产哥斯达黎加；富贵竹，又名仙达龙血树、万年竹，为百合科常绿小乔木，原产非洲西部的喀麦隆。

做一盆观赏植物其实是很幸福的，比如发财树、富贵竹、金钱树，它们浪得一个吉利的虚名以后，人们就拼命地帮助它们繁殖后代，把它们的后代传播到世界的每一个角落里。它们的生存和发展都不成问题了，而且生活的质量还颇高，不用在大自然中自己拼死拼活地生存下去了。

如何才能摇身一变成为一盆观赏植物呢？还不是要借助包装？例如上面所说的植物，它们就是被人冠以一个吉利的名字之后，就变得身价百倍，这跟造星运动如出一辙。

　　然而有一些吉利植物，人们对它们的态度是用过即弃。比如橘子树，过年的时候人们纷纷购买，过完年后，纷纷把它们扔出街边。一朝敬在堂前，一朝抛在街后。这样大起大落的命运真是令人唏嘘不已。

　　做一个被人观赏的人跟做观赏植物似乎有一些共通之处。比如那些以外表著称的歌星影星，他们的生活是人人向往的。他们拥有让人艳羡的金钱和地位，轻轻松松地出场一下就可以名利双收，得到众生的仰慕。出则车马入则扶持，前呼后拥，振臂一呼，应者云集，他们不就是拥有植物当中的观赏植物一样的待遇吗？

　　但是，花无百日红，一些过气的明星的遭遇也颇令人感慨万千。无论是做观赏的植物还是做被观赏的人，都难免有遭到抛弃的危险。还是做既有观赏价值又有实用价值的植物或人更为保险一点！

第三辑　嘉树之下

　　我的目光却常常被树的姿态吸引，久久地留驻在它们的身上。我喜欢长着浓密叶子的榕树，它枝叶婆娑；也喜欢笔直坚挺的木棉树，它富有英雄气概。我喜欢柳树的柔条婀娜，也喜欢杨树的清瘦潇洒；我喜欢树有形态不同的四季，每季都有每季的一番风流。

萍婆树

颇费周折才在网上找到她的名字，萍婆（苹婆）。名字的由来无从考究。只觉得此名好奇怪，树却起了人的名字。

萍婆花清雅别致。玲珑娇小的一小朵儿白花，白底里染着浅淡的粉红色。花形极像一盏迷你型的小灯笼。看花的形态，我在心里非常欢喜叫她灯笼花。弯曲合拢的花瓣中央还含着一小点儿粉红色的花蕊，也像极了正在燃烧的一小点儿红灯芯。

每天上下班，我都在萍婆树下走过。春日里看她花开花落。开始是星星点点，树上张挂起一盏又一盏的细小灯笼。然后是千朵万朵，小灯笼重重叠叠挂满一树。最后是飘零，微风拂过，洒下花雨如雪，像花毯铺地。

萍婆果俗称凤眼果。果皮成熟后变成鲜艳红色。果皮裂开，露出黑色果实，像一双大眼睛睁开后看见里面的黑眼珠。

萍婆果可吃——"如皂夹子，皮黑肉白，味如栗"。萍婆果炆番鸭，萍婆果炆排骨，是美味佳肴，可惜都没尝过。

榕　子

　　每年秋天，校道旁的高山榕便结满一串串金黄色的榕果，吸引了不少小鸟飞来啄食和栖息。榕果实在是太多了，小鸟怎能把榕果吃完？大量熟透了的榕果掉落在校道上任由路人践踏，践踏成一坨坨黄褐色的脏东西，把整条校道都染成了黄褐色。校道上到底有多少连我们肉眼都看不见的榕子啊？我想应该是用几何级数来估算吧！大量的榕子被雨水冲走，冲到建筑物的边边缝缝里面，冲到球场边上的水泥缝隙里，榕子就在这些地方发芽了，长出幼苗来。

　　榕子只在砖石缝里萌发，而在平整地表的土壤上却绝没有它们的踪迹。在那些古旧的建筑物高高的墙头上，也常常能够看见长出榕树来。又或者，榕子被鸟雀吃后，排泄到别的树的枝丫上或树洞里，在其上萌发，并寄生在上面。然后，寄生的树苗迅猛生长，若干年后，甚至可以包围了被它寄生的树木，最后致其死亡，这种现象称之为绞杀。

　　为何在平整的地表上很难发现榕树的苗子，而在砖缝、石头罅隙里却常常能够发现榕树幼苗的踪影呢？因榕子特别细小，我们用肉眼都很难看见它们，这种幼小的种子在平地上萌发没有任何竞争优势，而在砖墙和石头缝里，没有人畜的打扰、其他植物种子的竞争，榕子就容易发芽，这就是榕子的生长特性。

　　榕子的这种特性能够很好地扬长避短，使它恰当地选择了适合自己的生存空间。不要担心榕树苗在那高高的墙头上会渴死饿死，它的生长能力如此惊人，再艰苦的环境都吓不倒它，越是崎岖不平、坚苦卓绝的地方，它就越生长得好。若干年后，它的根始终都会伸到地面上来的。

　　榕子的生长地不可谓不贫瘠，为何它却能茁壮成长呢？同其他树种相比，榕树的根系发达，根生长得很快，穿透能力特别强。当根伸得更深、更长的时候，根就变成了树干。根伸得深，榕树可以有效地吸取水分；根伸得长，则有利于吸取土壤中的氮、磷、钾等养分，促其生长。而且，每当缺水时，榕树的气根还可以从空气中吸取水分。这些气根就像一串串悬在空中的飘带，随风起舞，一旦触及地面，便毫不犹豫地扎进土壤，迅速生成新的根系，上挂下连，逐渐长成新的树干，周而复之，便形成了令人叹为观止的独木成林的壮丽景观。正因为如此，吸纳着天地精华的榕树才能愈发茁壮，最终长成参天大树。

　　遗憾出生地不好，怨艾时运不济，这对改变我们的人生没有丝毫的帮助，学学那榕树的种子吧，只要我们具备了榕子那样的生长本领，何愁不能变成参天大树？

春天的雀榕

久居城市，早已忘记了四季的轮回。季节变化对于城中居民的意义不大，他们的肌肤和嗅觉感觉不到季节的变化，他们的感觉麻木而迟钝，嗅不到春风春雨的特殊味道。秋风抚过肌肤的清爽也不会激起心中的一丝涟漪，只有电视台每天在提醒他们什么时候需要加衣减衣。也许忙碌的城市人早已忘记了这个地球上还有四季的存在！

当又一年的春天降临，街道两旁的雀榕粉墨登场了，它们抖落一身旧装，换上崭新的春装。被雀榕渲染的春天多么生机勃勃呵！雀榕是最大的急性子，春天一到，它们早就按捺不住地窜出一根根棒状的芽苞来。路边的雀榕，几天前，光秃秃的枝头还竖着一根根的粉红色的芽棒，转眼间，那芽苞就长大了，当幼叶张开时，这批短命的托叶即功成身退地脱落了，形成一个叶托纷飞的世界。雀榕的叶托呈狭长的竹叶状，叶托向外的一面，尖的一头呈粉红色，另一头呈白色，中间是由红到白的过渡色。叶托向里的一面呈纯白色。当芽托脱落，雀榕便长出嫩黄嫩黄的新叶来。

一棵雀榕在换叶，也许引不起路人的注意，可是当整条街的雀榕都在换装的时候，那场景真是壮观啊，一个白叶托纷飞的世界呈现眼前！白色的叶托纷纷扬扬地洒满一地，是下雪了吗？是落花成冢了？还是哪个顽童在天空中撒洒白纸片呢？纷飞的白叶托引起在树下经过的我驻足，我惊讶地抬起头来看那树梢上，我看到了一个正在强劲萌动的春天！

那嫩叶长得飞快，渐渐地张大了，仿佛每一夜都长大许多，一树的嫩黄，煞是耀眼。不久，嫩黄转成青绿，直到绿得发黑，这都只是十来天半个月的时间。这时它的新装就完全换好了，粗心大意的人们如果没有留心它的换装过程，忽略了它的转变，还以为那一树的碧绿是一夜之间长满枝头的。

雀榕为什么喜欢在春天换装呢？大部分人对植物在秋天落叶的现象耳熟能详，对漫山红遍、层林尽染的枫红十分喜爱，然而却未必了解植物落叶的原因。植物的落叶现象是一种周期性的转变，植物在秋天落尽叶就停止生长了，以光秃秃的树枝过冬，进入休眠期，以度过严冬的恶劣天气。然而在亚热带或热带地区的植物，并没有寒冬的恶劣气候需要以休眠方式停止一季的生长，有些植物之所以选择在春天落叶，是以汰旧换新的方式，促使前一年生长的叶片在短时间内全部落光，然后生出新叶来。热带或亚热带的植物生长竞争时，抽芽次数增加即枝条伸长机会增高，树叶在邻近树种的上方竞争光线的机会又更多了，所以雀榕换装是别具意义的，不是奢侈爱美的表现。雀榕、榄仁、洋紫荆、水茄冬等，都是属于春天落叶型的植物。

雀榕在我的家乡又被叫作"鸦雀榕子树"。果实成熟时，引来成群的小鸟来享用果实，雀榕借小鸟为它传播种子，因此又叫鸟榕，鸟屎榕等。

雀榕可以长得十分粗大，甚至成为百年老树，树冠幅大，是很好的遮阴树。雀榕虽然可爱，但生长在原始森林中的雀榕和其他种类的榕树，都有"森林中的流氓"的恶名，因其气根很发达，如巨蟒般，可将别的树缠勒至死，而占据原来的树之地盘，此称为"缠勒现象"，也称为"绞杀"。在部分热带地区，榕属植物为快速争取阳光进行光合作用，将种子寄生在其他植物的树干上，并用其根部勒住被寄生的植物，直到把被寄生的植物勒死。雀榕的这种生长方式，虽然有点肮脏，但这是自然选择的结果，为了生存而采取的这种生长方式原本也是值得原谅的！

榄仁树这时也长出了新叶来，叶子由红转青，慢慢地阔大起

来，长得肥厚油亮，那可爱的绿就像嫩娃娃一样蹦跳于枝头。夜阑卧听芭蕉雨，这是何等的景致啊！我想，夜里躺在床上听雨点打在阔大的榄仁树叶子上，也有夜听芭蕉雨一样的音响效果吧！随即，我又想起了陆游的诗句："昨夜小楼听春雨，明朝深巷卖杏花。"春雨是富于诗意和灵气的，才使诗人写出了如此动人的诗句。雨季特有的潮渍和霉气浓浓地笼罩着一切，但却不觉得特别厌烦，是因为这春雨滋润了树木，带给树木生机！

　　树相对于花来说是被文学作品歌颂得少的，然而我的目光却常常被树的姿态吸引，久久地留驻在它们的身上。我喜欢长着浓密叶子的榕树，枝叶婆娑；也喜欢笔直坚挺的木棉树，富有英雄气概；我喜欢柳树的柔条婀娜，也喜欢会落叶的树的清瘦潇洒；我喜欢树有形态不同的四季，每季都有每季的一番风流……

落叶的树

落叶的树，有截然不同的四季。春天，嫩芽萌发，幼嫩的绿芽惹人怜爱；夏天，枝叶婆娑，摇曳生姿；秋天，黄叶飘零，金黄洒满一地；冬天，树抛却一身的负担，虬枝清爽疏朗，无牵无挂，无遮无拦，坦坦荡荡。落尽了叶子的树，自有一种萧疏美，苍凉美，骨感美。

骨感美并非病态美。现代美女不是喜欢减肥吗？落尽绿叶的树就像一个减肥成功的窈窕淑女，纤细而修长。落叶的树，每一季节轮回都脱胎换骨一次，把旧的东西抛却，来年春天又长出全新的新装。人心灵的成长就应该这样，每一个生命季节都应该脱胎换骨洗心革面一次，这样，人的智慧才能不断成长，而不是永远停留在原地。

落尽绿叶的树的萧疏美，更适宜出现在送别的场景中。伴着寒鸦、斜阳，秋风，树静默路边，目送天涯倦旅归人远去，这不正是马致远的"枯藤老树昏鸦"的意境吗？而每当秋天来临，黄叶满秋山，秋风吹过，黄叶纷纷飘下，就会把人带到杜甫的"无边落木潇潇下，不尽长江滚滚来"的苍凉意境中。

我曾经做过一个梦：月夜的校园一片宁静，明月的清辉洒向地面，地面上像铺上了一层银质的细沙，极像月夜的海滩！榄仁树疏疏朗朗地遍植其中，叶子全掉光了，静默地站立在校园中，像在做着酣梦，清一色的枝条冷冷地刺向天空。我靠在树下，抬头仰望天空，天空像一潭幽邃的湖水，明净如镜，银盘般的圆月出现在疏疏朗朗的枝条中间。月光照在我的身上，像为我穿上银质的纱衣，我仿佛童话世界中的羽衣仙子，就要登仙而去。

好美的一幅画面！我竟深深地爱上了这月夜校园的意境，也爱上了那些落尽叶子的榄仁树的枝条，我觉得单单是这些光光秃秃的枝条就有无穷的美，弯弯曲曲的枝条向四面八方伸展出去，像一尊千手观音向空中伸出形态各异的手，又像一个骨感美人在展示她顾盼生姿的身段。

这竟使我产生了想搞摄影创作的念头，想在现实中去寻找那些富有美感的落尽叶子的树，以它们的曲曲折折的虬枝为审美对象，把它拍摄下来，做成一个图册，我想这图册一定是很有艺术感染力的。

文学家总喜欢把植物作为人的比赋物，因此很多植物都可以象征不同的人格。比如：木棉树是英雄的象征，柳树用来比喻女子，梅兰菊竹用来比喻文人或君子等等。茅盾喜欢笔挺的白杨树，在他的《白杨礼赞》中，笔直的白杨树象征着正直的北方农民，他似乎不大喜欢虬枝曲折的树，因此，在他的意象中，"直"代表了正直，那么"曲"就只能代表正直的反面了。

与茅盾不同，我并不贬低长着曲折虬枝的树。我喜欢长着曲曲折折的虬枝的松树，那种遒劲的枝条，不正显示了松树的沧桑，浓缩了松树的艰难的生活史吗？松树的虬枝是有韧劲的，任凭再大的风霜雨雪也不能把它折断；我也喜欢台湾相思树，它和松树一样，有着曲曲折折的虬枝，它是一种非常坚韧的树，因而，人们常用它来做防风树。

难怪那些长着弯弯曲曲枝条的树，总是画家笔下的爱物，我常常能在素描写生画册上看到它们的身影，尤其是梅树。梅树在开花的时节，不长叶子，那曲折的虬枝衬托着点点的梅花，是画家的最爱。梅的美主要靠它的枝来表现的，人们欣赏着它们的枝条的不同走向，"梅以欹为美，直则无态"！只有曲曲折折的虬枝才能显现出梅的精神和风骨。

"直"因为缺少变化而显得千篇一律，如果所有的树都长着笔挺的树枝树干，那么自然界就会少了很多风景。山因为崎岖不平、姿态百出才引来古往今来无数诗人画家的赞叹，如果所有的山都是整齐划一的，那么很快就会招致审美疲劳。相反，"曲"可以表现出事物的千变万化和富有个性的特征，使世界充满变化之美。

想起了潺槁树

在家乡，潺槁树不是人工栽培的，而是纯野生的。尽管，潺槁树对人们有用，但潺槁树对人们的有用程度，也许远未达到人们需要去人工栽培它们的程度，因此，直到目前为止，在家乡的这片土地上，潺槁树仍完全属于野生的。

潺槁树，又被称为潺胶树，青胶木，胶樟，是樟树科常绿阔叶乔木，是本地原生树种，常见于疏林、灌木丛及海边地带，我的乡人又把它称作"潺树"。在我故居旁的竹林边，就生长着一棵高大的潺槁树，它屡次被砍伐，但又屡次从原地的树头上生长出笔挺、高大的树干。

潺槁树树皮光滑，呈灰色。初夏时繁花满树，花细小，淡黄色；果实为球形浆果，成熟时深褐色至黑色。

潺槁树在我们传统的农耕生活中，曾经很着有大的用途。过去，妇女们会把浸潺槁树的树皮或木片所得的黏液用作美发品。潺槁树的最大用途就是它身上的"潺"，"潺"即它的树叶和树皮捣烂之后所产生的黏液，这种黏液在我们的方言中被称为"潺"，这黏液有什么作用呢？在我的家乡，它的作用可奇妙了，恐怕一般人都想象不到！

这得从与农人生活息息相关的竹编箩筐说起。过去，箩筐在农村的用途很广泛，用它来装稻谷、大米、红薯、芋头等五谷杂粮。箩筐是用竹篾编织的，箩筐有很多缝隙，用它来装大块头的东西没有一点问题，但装稻谷、大米、小米这些颗粒细小的东西就有点麻烦了，因为这些颗粒细小的粮食会钻进缝隙里去，因此浪费了一部分的粮食。过去，农人的生活是精打细算的，容不得这样的浪费，一分辛劳一分收获啊！

农人得想出一个办法来把箩筐的缝隙填满，使它不容易塞进粮食。农人想到一个绝好的办法就是漆"牛粪箩"，用潺槁树的"潺"搅拌新鲜的牛粪，然后涂抹在箩筐的内壁上，带上黏性的牛粪就塞进了箩筐的缝隙里，牢牢地粘在箩筐的内壁上，把箩筐的所有缝隙都填满了，然后拿到太阳底下去晒干，再用这样的箩筐去装颗粒细小的粮食，就不会浪费一丁点粮食了。

通常，人们担心潺槁树的"潺"的黏性不够，还会加上菟丝子藤，菟丝子藤捣烂之后也会产生很多"潺"，两种植物的"潺"混合了牛粪，黏性就大大加强了，这样，涂抹在箩筐上就更加不会脱落。

现在，潺槁树的这种用途，在农村已经没有人使用了！因为社会生活的变迁是朝着人越来越不用自己动手就能丰衣足食的方向转变。人越来越远离大自然，人远离大自然的同时，就越来越依赖于工业化的大生产。所以现在的农人，谁也不会再去不辞劳苦地亲自动手做那费时费力、又累又脏的漆"牛粪箩"的工作了。

其实，更重要的是，现在农人多数已不使用箩筐来装粮食，而是使用塑料袋。塑料袋比起箩筐有很多优越性：一是塑料袋本来就不会塞粮食。二是箩筐要用肩膀来挑，而塑料袋可以用自行车或摩托车来载。就这样，箩筐也慢慢地淡出了我们的生活，用来漆箩筐的潺槁树也跟着淡出了人们的认知视野。我相信，即使现在土生土长于农村的人，也大多不认识这种树木了。

一种生活方式的改变，使一种树木淡出了我们的生活，这是大势所趋，是谁也改变不了的事实，尽管我对过去那种纯朴的极其依赖大自然的生活方式有所依恋，但现在的生活更是大众共同选择的结果。然而，我希望，潺槁树不会因为对人们的用处少了而走向灭绝，我希望它们能够永远都生活在这个地球上！陪伴着人类，直到永远！

黄槿树下

家门前的黄槿树荫下，我闲散地躺在竹凉床上，树荫下摆着茶几与茶杯，我刚与来访的好友对饮过，好友离开后，我、树、茶几、茶杯四者，在凉爽的秋风下静默成一幅富有诗意的画。

下午四时的阳光涂染在黄槿树的树梢上，树上挂满了钟形的黄花，那一树辉煌的色彩！一些早开的花，已经结出干裂的果梗，在枝头随风摇摆；屋旁的苦楝树的黄叶也在农历十月的秋风中瑟瑟飘落，铺在地上的新收割的稻草散发出淡淡的清香，邻村远远传来的鸡鸣狗吠之声隐约可闻。天上的白云在渲染着蓝天的底子，不时画出一幅幅生动而多变的图画。躺在凉床上，我的思绪飘飞得很远，很远……

闲适而恬淡的故园生活，躺在黄槿树的怀抱里，我不必去思考太多的关于生存和奋斗之类的重大问题。在黄槿树的树荫下，我只会作着一些遥远而不着边际的梦，渴望知道那遥远的天边，又有哪些村庄，生活着哪些人和动物，发生了哪些新鲜的事情……

黄槿树是家乡极好的遮阴树，粤西沿海地区的农家，家家户户门前都栽种，形成了本地区一道独特的人文自然景观。

黄槿是锦葵科常绿乔木，分布于我国的广东、广西、海南、台湾等地区，印度及太平洋群岛也有分布，是典型的热带及亚热带地区海岸线树种，多生长于海滨、岩岸附近。如果有人说温暖潮湿的热带气候很适合植物的生长，"插根筷子都会发芽"，那么这根"筷子"就一定是用黄槿树的树枝做的！真的，只要随便砍一根黄槿的树枝往地上一插，它准能生根发芽。农村人常常砍黄槿树枝到田里搭瓜架，做篱笆，它竟然在田边地头长出叶子开出花来，可见黄槿树的生命力之强！

在闽南和台湾地区，黄槿叶又称"粿叶"，当地居民逢年过节包粿就以黄槿的树叶垫在粿底，避免粘锅，黄槿叶又可增加粿的香气。粤西和闽南、台湾地区的气候、民情、风俗都很接近，我们也用黄槿叶来包糕点。

小时候，蒸一个大大的年糕是我们家乡家家户户过年的头等大事。那时的农村生产力低，做一个年糕过年并非易事。村子里没有电动磨粉机，只有使用人力的"碓"，人们要用"碓"把米舂成米粉才可以做年糕。舂米取粉不是一件轻松的事，既费时又费力，做一个年糕，要舂大半天米。米舂好了，年糕做起来就简单了。把舂好的糯米粉加上糖和水，糅成坯状，把一个扁扁的圆形竹筐的底部和四周都铺上黄槿叶子，然后把糕坯放进去，压平表面，使糕坯跟竹筐的四周贴近，做成车轮状的年糕，最后放进大锅里蒸，就大功告成了。

蒸年糕通常是在除夕的夜里，要用大火蒸好几个小时才能熟透。年糕做成了，一放就是十天半月的，因此，糖要放得多，年糕才能保存得久而不变质。年糕要到年初二才可以切开，叫作"开年"，年初二走亲戚，人们喜欢互送年糕拜年。

做年糕的时候，大人去舂米了，我们小孩就去摘黄槿叶。近年的时候是黄槿树遭殃的日子，在这些日子里，黄槿树要把身上长得好的叶子全都奉献给乡亲们，一村人都在蒸年糕，要摘多少张叶子呀！孩子们像蝗虫一样争先恐后地爬上一棵黄槿树，霎时间，这棵黄槿树就枝零叶败了，接着孩子们又爬到另一棵黄槿树上，黄槿树就这样一棵一棵地被我们糟蹋了！不过，生命力强劲的黄槿树不会因此而元气大伤，她很快就会恢复，把树叶重新长回来。

童年我有一半时间在外婆家长大，外婆的村庄被众多池塘环

抱，外婆的家也在池塘边上，而环池塘则种满了黄槿树。外婆的围院外就是长在池塘边上的一棵黄槿树，这棵黄槿树已经严重倾斜，枝叶已有一半倒卧在水里，粗大的树干形成一座拱桥。我最喜欢到这棵树上去玩，和小朋友们捉迷藏，我喜欢藏到这棵树上；自己一个人玩，我喜欢躲在这棵树上静静地钓鱼。这棵黄槿树就是我童年的摇篮，曾带给我无限的乐趣……

黄槿树长得不高，分权又多，是我们童年时代最好的玩乐场所，我们喜欢像猴子一样在黄槿树上跳来跳去，在上面一时玩荡秋千，一时又玩抓人游戏。胆大的孩子爬到树梢尖上去，在上面晃晃悠悠，谁也不敢上去抓他。

黄槿树是我感觉到最亲切的一种树，她就像我童年的一个玩伴，伴我成长，带给我无穷的乐趣。如今我长大离家，但黄槿树依然在我美好的记忆中。

台湾相思树

搞不懂这种其貌不扬的树竟然有一个这么漂亮的名字——"台湾相思"，它是从台湾迁徙而来的吗？"相思"是代表树对台湾故土的相思，还是我们祖国人民对台湾的相思？

每年四月是台湾相思的花期，树上开满了鹅黄色的小茸球花，浓得化不开，树叶都给淹没了，一树的鹅黄。

我故居的屋后是一片浓密的树林，树林里最多的就是相思树和小叶桉树。故居与树林之间是一条泥公路，公路的两旁遍植相思树。每到四月，路旁的相思树便开满了密密麻麻的花，把整段路都染成了鹅黄。微风过处，树上的花纷纷飘落，像下了一场花雨，走在花雨里，染一身的芳香，染一身的鹅黄！我们小孩喜欢挑选花开得最密的枝条，把它摘下，摘掉枝上的绿叶，留下纯净的黄色，然后把它插到水瓶子里，放置于窗台。

花期一过，相思树便结满了豆荚形的果实，相思树是多子的树。果实成熟的时候，豆荚纷纷炸开，这时又有一场相思树的果雨降临头上。果实是黑色的扁扁的小不点儿，洒满一地。有一段时间，有人收购这些果实，我们就拿扫把去地上扫。土沟里最多，落了厚厚的一层，轻轻一扫就一大把，有的人收获甚丰，扫了满满的一麻袋。后来就再也没人收购它了，果实便遍地都是，一场雨过，果实便发芽了，果实落得密的沟里，真像人们用黄豆发豆芽的情形，小孩子不懂得疼惜植物的幼苗，就跑过去拔来玩，美其名曰："拔豆芽"。

在我的故乡，相思树尽管多子，但仍改不了子孙凋零的命运，由于村里人口爆炸的缘故，屋后的树林被夷为平地用于建房了，

相思树纷纷被砍，它的种子也被众多的人脚践踏而发不了芽，最终零落成泥碾作尘了。

相思树是坚贞的，即使焚烧成灰，它的本质仍然坚硬，散发淡淡幽香；相思树是顽强的，它的木质坚硬，树纹扭曲，当台风吹袭的时候，它庇护了我们的村人。台风过后，桉树的断枝残叶堆满一地，而相思树巍然屹立。相思树的好品质恰恰又是它致命的短处，现在人们不喜欢它了，现在人们的房子坚固了，用不着它来遮风挡雨了，人们嫌它做起家居来容易变形，劈起来费劲，烧起来也不容易着火。现在，人们满山遍野遍植桉树，因为桉树树纹直，劈起来一斧头到底，并且桉树可以再生，只要种植一次以后就可以一劳永逸，伐了又伐，相思树在势利的人们眼中已经一文不值，又怎能不被人们厌弃？自然是改不了子孙凋零的命运！

漫山遍野的桉树林

粤西之地是桉树的天下，此言不虚。我的家乡，处处长着美丽动人的桉树。桉树生长速度极快，是致富之树，也是生态效益之树。桉树笔直地生长在乡村公路旁，绝无旁逸斜出之枝，它们像守卫乡村的卫士一样。

桉树生长几年之后便能成才，成才之后就会被人们砍伐，但它的根部萌芽能力非常强。新芽萌发，活力依旧，长势繁盛，不久又是一派绿油油的景象。它们美化着公路，为乡村增色。

春天，桉树冒出新叶，比红花还要艳丽。新叶上泛出红色，仿佛婴儿晕红的脸蛋一样娇嫩。桉树的花开季节，林间空气里，浮动着桉树花淡雅的清香。小径上落满了丝丝淡黄色的桉树花的落蕊和小喇叭状的桉树花壳。骑车经过林间小径，我喜欢深深呼吸淡淡的桉树花香，吸饱花香之后，全身充满活力，然后蹬着车子轻快地驰过林间。

夏天，桉树林枝叶繁茂。风中摇曳的枝叶，像生命的舞者，述说一夏的欣喜。夏天是桉树生长的旺盛时期。树干常常会蜕皮，蜕皮之后的树干是华丽丽的白色，跟北方的白桦树颇为相似。那一身银装素裹，令人惊艳。桉树身型高挑，披一身银装，像冲天的剑，直插云霄。桉树坚挺地站成一排排，又像国庆阅兵式上的士兵，威风凛凛。顶着夏日毒辣的太阳来到这里，又累又热的我，会停下车来，在桉树林下歇息一会儿，享受一会儿凉风，然后上路。

萧瑟的秋风，让桉树林消瘦了许多。疏疏朗朗的桉树林下，是枯黄的山草和一层厚厚的落叶。远远望去，沐浴在金色秋阳下

的山草是毛茸茸的一片，极像一张浅黄色的地毯铺于林下，真想躺上去打几个滚，或舒舒服服地睡上一觉啊！

冬天，风过桉树林，发出"哗哗"的声音，像松涛翻滚，像龙吟细细。消瘦了的桉树，一株株，更显挺拔。它们的站姿优雅而舒展，外表虽有些萧索，却显出一副俊伟美男子的神态，遗世独立。我每在林下经过，都要对桉树林那飒爽的英姿行长久的注目礼，发出由衷的赞叹。

跌落头上的芒果

我读高中时，我家从小城中心的"十字街"搬到城郊新建的房子居住。那时候城郊房子的周围，只有零零落落的几家邻居，此外便是野草荒郊，门前杂草丛生。

不知何时起，家门前那块倒垃圾、倒废水的烂泥地里，长出一棵芒果树苗来。没人去呵护它，只是没人去毁坏它而已，它就在肥沃的土壤里茁壮成长起来。

十年树木，百年树人。二十多年的时间，它长成了一棵大树，今天，我们也已品尝到了它甜美的果实。

夏至前一天的傍晚，我在芒果树下闲坐乘凉，发现地上躺着一只已经"成年"了的芒果，但果皮看起来还未成熟，却不知何时跌落地上。

掉在地上的芒果，皮还很青，看不出有半点成熟了的迹象。我心痛地想：真可惜，又少一个可以吃到嘴里的芒果了。今年这棵芒果树结的果特别少，这样隔三岔五地掉落地上，到成熟时，怕树上也不剩几个芒果了吧！

我把地上的芒果捡起来，拿回屋里。心想：放它几天就应该能吃了吧。我走回屋里，对妈妈说："树上掉了芒果，真可惜，放几天应该能吃的。"

妈妈说："嘿，已经是可以吃的了，你爸爸已经在地上捡过几个吃了，特甜。"

我说："真的吗？看不出来它已经成熟了哦。"

"这是青芒，熟了你也看不出来，可以吃了，这是已经成熟到自己掉地上了，你吃一个吧。"

听妈妈这样说，我就拿起青芒果来尝尝味道。

剥皮的时候，芒果的皮和肉能够完全分离，干干净净，剥完皮的芒果也没有汁液流出，手也是不湿的。

我把剥完皮的芒果送进嘴里，一股清甜渗进口腔。这种甜，甜得很清透、纯净，没有夹杂着一丁点儿酸的味道，浓浓的芒果香味萦绕舌尖。这种青芒还有一个优点，就是果肉里没有果丝，不塞牙缝。

我把芒果核上的最后一点果肉都吮吸干净。到最后，果核上没有留下任何的一丁点儿的果肉。

我吃得意犹未尽，还想再吃，这时，妈妈在院子的较偏僻处又发现另一只跌落在地的青芒。这个芒果的个头比刚才的还要大，我又把它收进腹中。

能够吃到自家种出的水果，已是不浅的福气了。何况，这水果还成熟到掉落你的头上。这水果完全是纯天然的，没有农药，没有肥料，没有催熟剂，没有防腐剂，一切都没有！一切都那么纯天然，那样健康！这真是不浅的口福啊！

相思红豆

"眼珠子"散落在树下，被层层叠叠的落叶遮盖。扒开林下的腐殖土，便可寻到许多"眼珠子"，擦去其上黏附的泥土，立时闪现出一种耀眼的光泽。"眼珠子"是我儿时弥足珍贵的玩物。我把它们一粒一粒从地上收集起来，小心翼翼地珍藏在一个玻璃瓶子里。

"眼珠子"圆圆的，大小如绿豆。质地坚硬、色艳如血，放多久都不蛀不腐，依然光泽闪亮、永不褪色。

那棵能够结出"眼珠子"的树，与我老家的屋后背，只隔着一条红泥公路。那棵树恰巧长于林缘。它本不是一开始就长在林缘，而是公路扩张，树林退却，它才处于林缘的。

被我们称作"眼珠子"的这种坚果，其实是一种相思红豆。它拥有众多动听的学名：海红豆、红豆、孔雀豆、相思豆、相思子、鸡母珠……

红豆生长在这美丽的南国，吸取了南国天地的灵气，因而天生丽质，容颜美艳。因它经久不腐、不易破碎，人们便用它来寄托相思。人们希望自己的爱情像它那样天长地久、坚贞不变。就连诚心礼佛的王维，也禁不住动情吟唱："红豆生南国，春来发几枝。愿君多采撷，此物最相思。"小时候，我只知道红豆长得漂亮，完全不知此物竟然如此相思！

红豆种类繁多，颜色和形状都各不相同。我老家屋后背的那棵树，结出的果实是一头红，一头黑。红的那头占总面积的三分之二，黑的那头占三分之一。尽管它有着众多动听的学名，但幼时的我，只懂得它叫"眼珠子"。它确有几分像人的眼珠子。只

不过，人的眼珠子，是黑白相间的，而它是红黑相间。

严格来说，我老家屋后背的那种红豆，并不是王维诗中所说的红豆。王维诗中的红豆，应该是纯红色的。鲜红色的红豆象征秉心赤诚，用以致赠心仪的异性，寄托相思之意。红豆树类在我国境内有二十多种，分布于五岭以南至海南岛，其中约有十种的种子为鲜红色。

小时候我虽然在红豆树下捡到不少相思红豆，但在那棵红豆树的周围，却从来没发现过红豆树的幼苗。像相思红豆这种有坚硬外壳的种子，不易吸水，在野外自然条件下，发芽率不高。在人类活动如此频繁的今天，我担心红豆树会有灭绝的一天。我家屋后背的那棵孤单的红豆树，就是跟随着那片树林的消失而湮灭了。

如果红豆真的能够代表爱情，它的不易发芽，也警示着：坚贞的爱情，并不容易诞生。

记忆中的那片美丽树林

老屋后的那片树林，对于小时候的我来说，那就是一座原始森林。里面植被丰富，植物呈现多样化分布。

树林的边缘，有一条镇级乡村黄泥公路经过。一个天然的拱门横跨在公路的上空。那是一棵古老的白皮榕，它用树身搭成拱门。它的树皮洁白，树身粗壮得几个成年人才能合抱。

树林中以台湾相思树居多，间杂尤加利树，也就是小叶桉树。林下灌木繁茂，奇珍异果众多。有臭臭的马樱丹，带刺的乌柑仔，浑身挂满白色大喇叭的曼陀罗……百眼藤结出长串果实，艳红如鞭炮；龙船花有红色和白色两种；假鹰爪花奇香远播。还有潺槁树、露兜树、了哥王、黄牛木等许多植物。还有许多一时无法想起的奇珍植物，有的是能够想起的，却一直无从获悉它们的学名，无法在这里说出来。

林木郁郁葱葱，密不透风，荆棘丛生，无人涉足其中。地上落叶铺满，积成几寸厚。我母亲养了一群火鸡，到了产蛋时节，一到傍晚，其中一只雌火鸡就不见了。母亲担心火鸡被别人偷走宰来吃了。但是，一到白天，它又重新出现，在鸡盆里吃食。母亲观察了数天，发现它天天如此，据此就推测它是钻进林中产蛋了，于是她钻进林子里，扒开灌木，细细寻找，终于发现了那只火鸡，它在落叶堆中孵蛋。它坐在身下的，是满满一窝子蛋。

林下长满了低矮的乌柑仔（芸香科乌柑属），高度只及人膝。茎上长刺。浆果成熟时为乌黑色。叶子的形状类似于柑橘的叶子，小而肥厚。将叶子摘下搓揉后，也会散发出柑橘叶的味道。

乌柑仔果实成熟后，小孩们会采摘来吃。果实甜而多汁，是

那时我们小孩子采食的众多野果之一。但它的味道并不十分诱人，带有一种类似于柑橘皮的刺激气味，因而甜美不足。

林中有一种黄色的小果，是小孩们的最爱。这种树本地人称之为"观音木"。

观音木叶子的形态很像一种叫作基及树的叶子，结出果实也很相似。基及树的通俗名叫做福建茶。福建茶的枝条密集紧凑，枝条坚硬，树形矮小，生长力强，耐修剪，闽粤一带常种植作绿篱，也适于制作盆景。观音木很像福建茶，但观音木是乔木，而福建茶是小灌木。

观音木并不多见，已属珍稀植物。全村只有三四棵而已。其中一棵长在林中。另一棵位于村口，长在已废弃的棉纺厂前的那口大灶旁边，跟一棵高大的古榕长在一起，被古榕深深地拥在怀中。两树的树身已经不分彼此。那棵古榕至今还健在，但就不知那棵野果树，被古榕紧紧地拥抱了那么多年后，是否还能喘过气来。

林中有一棵高大的雀榕树。它在那里默然地生长了许多年，从未被我们发现。某一天，树下突然来了一群孩子。我们蜂拥而至，爬到树上，旋风般把所有的雀榕子都卷走，把衣袋塞得满满当当的。不知是谁，首先发现这棵树；也不知是谁，首先知道那些果子是可以吃的。雀榕因此遭了殃，变得枝残叶败，落叶满地。雀榕子未成熟时很酸，大嚼一顿下来，牙齿都酸倒了。果实成熟之后会引来小鸟享用。雀榕借小鸟为它传播种子，因此又叫鸟榕、鸟屎榕。

林中还有古老的藤本植物。盘曲的藤条像粗大的蟒蛇，攀缠在古老的大树上。树林的中央，是供奉土地神之处。我还记得最先的土地神的样子。那是一棵遒劲沧桑的大树下的两块石头。稍大的那块石头代表土地爷爷，稍小的那块石头代表土地奶奶。原先，村人要在密林中砍开一条小径，才能走进去祀奉土地神。但后来踩踏多了，密林竟然日渐稀疏了。

说到蛇，林中的树洞里，确实曾经住着一条眼镜蛇。那棵有洞的树，就长在土地神安放位置的后面。那里是神的居所，人迹罕至，眼镜蛇因而得到了土地神的庇护。那条眼镜蛇，在某个阴雨天里，曾爬到泥公路上来，我母亲亲眼见过，也有其他村民亲见过。那蛇后来被一个善于抓蛇的村民抓走了，也算是为民除害，消除隐患。

树林的边缘，还有一棵假鹰爪花。现在，假鹰爪花已十分罕见。如果在哪里发现了几株，都能成为新闻，登上报纸版面。其实那时也是不多见的，全村只有一棵。如今是早已绝迹。

假鹰爪花是灌木。一米多高的小树，叶子碧绿油亮。乍一看，很平凡，毫无奇特之处；细看才发现婆娑的小树上，吊着一个个嫩绿色的像小灯笼骨架似的花朵，散发着迷人的香气。通常，没艳丽容颜的花儿，必然有醉人的芬芳。小时候，我们就叫它"灯笼花"。还未成熟的假鹰爪花是嫩绿色的，然后慢慢变成了浅黄色。花事将了之时，就变成了深黄色。香气更甜腻，更芬芳馥郁。我们玩过家家的时候，就必定要去采摘这种花儿来玩。吸引着我们的，既有它的香气，也有它那独特的花形。

如今，那一小片树林已经完全消失。树林曾经占据的位置，建起了土地神庙，仿佛只有土地神，才有资格永久地驻守在这里了。

家住榕树下

村名"上榕",我们村也以"容"为姓,这是一个不常见的姓氏。村以"榕"为名,我们村中确是生长着众多的榕树。榕树爱水,顾影自怜。榕树多生长在池塘边,村边每口池塘的边上,都撑着一把巨大的绿色榕伞。千百年来,榕树的树梢上掠过白云,刮过台风,倾过骤雨,古榕都岿然屹立。它们树身粗壮,怪根盘缠,枝繁叶茂,浓荫蔽天,虽然显得苍老,但依然生机勃勃。

当初我们的祖先,他们是心中富有诗意的人,他们从远方迁徙而来,看中了这里环境幽雅,榕木苍苍,于是就决定定居下来,诗意地栖居于这片大地之上,然后繁衍生息。

我旧居后面的小树林中,生长着三棵古榕,呈三角形分布,交错的树冠搭起一片深绿色的枝叶凉棚。徐徐而来的南风,拂动榕叶,在地上筛下摇曳光斑。夏日悠闲漫长,知了聒噪,荒村寂寂。户内炎热难耐,榕树下却是凉风习习,在家中待不住了,就搬板凳来榕树下乘凉闲话。如有客人来,也领到树下来闲坐聊天。此时,榕树下是村人宽敞的会客厅。午后,下地忙碌了大半天的农人回来了,也到榕树下休憩。闲坐下来,人就容易昏昏欲睡,干脆回家搬一张凉床来此,睡个舒爽午觉,榕树下又成了村人凉津津的空调卧房;傍晚时分,村人端上一碗晚饭,来到榕树下,一边乘凉一边悠闲地吃晚饭。左邻右舍也都出来了。此时,榕树下又成了大伙儿绿意盈盈的饭厅。

榕树下也是我们小孩子的玩乐胜地。我们喜欢在古榕那低矮的树干上爬上爬下。长长的榕须垂挂下来,触手可及,成了小孩子们的玩具。两手各抓一把榕须,做引体向上,身体像体操运动员那样吊在吊环上，然后随意地在其上翻跟斗。

榕子和榕叶都是天然的玩具。有的榕叶里面住着黑色的小虫子。那种有小虫子居住在里面的榕叶，被小虫包成豆荚形。"豆荚"表面上布满小黑点，密密麻麻，很好辨认。我们喜欢采下来打开它，幸灾乐祸地看着里面的虫子慌乱地夺路而逃。

任意采下一片榕叶，都是很好的叶笛。把榕叶放进嘴里，吹奏出婉转的笛声，悠扬似一只夜莺在枝头流连，引得树上那些不知状况的鸟儿，也跟着啁啾起来。

成熟的榕子落满一地。榕子又红又紫，人却不吃它，它只是喂饱了蚂蚁。任意拣起地上的一颗熟透了的榕子，掰开一看，里面都有黑色的蚂蚁慌慌张张地跑出来。

童年的我，对榕树既怀有无比亲切的一份感情，也对榕树心存一份敬畏。在我那时的心目中，榕树是"雄性"的树。榕须飘拂在风中，活像一个美髯公，它是我心目中的"树爷爷"；那时的我还觉得，榕树也是有"妖性"的树，我害怕走近那些树身多孔、怪根盘缠的榕树，我总疑心那些洞洞孔孔里面，会藏着什么妖怪或者大蟒蛇之类；我还觉得，榕树是"神性"的树。村中的土地神旁边的那棵古榕，就是土地神的化身。村人把古榕当作土地神来供奉，丰盛的祭品就供奉在古榕的树根边，村人敬畏古榕如敬畏土地神本身。也因为有了土地神的庇护，那棵古榕得以享尽天年，千百年来，一直避免被砍伐的命运。

可是，在一个无风的细雨纷飞的傍晚，土地神旁边的古榕却轰然倒地了。我们跑过去一看，古榕的根部已经完全腐朽了。这么多大风大雨，这棵古榕都经历了，它不倒在大风大雨中，却倒在这微风细雨中！

我那榕树下的老屋，春去秋来，三十多年过去了，它早已失却了当年的风采，沦为村中的丑房子。遥想当年，它曾是村中最好的房子之一，领受过无数过往路人的艳羡目光。二十世纪八十

年代初，乘着改革开放的春风，父亲就建起了这座房子。在那时，这座房子最值得炫耀之处就是带有一个用水泥钢筋预制板建造的屋顶。自建成之日起，它就威风八面地站立在村口。从屋后的公路上过往的路人，都要为它暂时驻足，赞叹几句，对屋主人的羡慕之情溢于言表。岁月的风雨无情地冲刷侵蚀它，如今，它斑驳的砖墙上布满了黝黑的藓痕，活像一个老妇，满脸黧黑，沟壑纵横。老屋默然地站在村边，西风残照里，不胜沧桑。但这所老房子里，贮满了我五彩斑斓的童年记忆。那些幸福美好的童年时光，每当想起，总是那么丰盈和鲜活。

如今归来，目睹了村庄的改变。我家旧屋后面的树林，林木已被砍伐殆尽，众多古树也隐退了它们的身影。村人争相在此圈地建造楼房。经过多年的缓慢地生长，村人的房子终于长高了，三层高的楼房已不鲜见。他们到城里当建筑工人，在给城里人建造过无数座房子之后，才攒到钱一年一点地把自己的房子垒高。

水泥公路现已修得四通八达，把原本地处偏僻角落的村庄都连接起来了。小汽车、摩托车畅顺地在其上飞驰。

村中的房子普遍长高了，但树木越来越少，巷子却显得狭窄逼仄。那些生长在池塘边的高大古榕也逐渐消瘦了，有的甚至枯死了。村庄上空，飞鸟的身影也变得罕见。村庄已不是我童年时那个绿树成荫鸟语花香的村庄。我找不到那三棵曾经陪我度过多彩童年的古榕，我像失去了老朋友般惆怅，而对于常年居住在此的村人，他们是不会觉得有所失的，于他们而言，不见了三棵树，就只是不见了三棵树而已，他们没有任何遗憾！过去那种纯天然的自然环境，令人怀恋；但现在这种以破坏生态为代价而获得的便利生活条件，又让人欲罢不能，难以割舍。人，总是在矛盾的漩涡中裹挟前行。

院子里的黄皮果树

父亲的院子，树木葱茏，浓荫匝地。芒果树、杨桃树、龙眼树、广白兰树、桃子树、石榴树、黄皮果树混植其中，错落有致，织出一院清凉。那株黄皮果树在众树中显得低矮而瘦小。它长在院子中央，并恰好长在连接屋门口和院子大门口的水泥通道的一侧。枝叶不时会长到水泥通道上来，阻拦了人的通行空间，因而枝叶经常要被砍去许多。

再过几天就是农历新年了，常年生活在远方大城市的妹妹带着孩子归来了。我闻讯喜出望外，飞扑回到父亲的家，去跟他们团聚。我兴冲冲地推摩托车进院子，想把摩托车停靠在黄皮果树下，不想却一头撞在低矮的黄皮果树一个尖锐的旧断枝上。

我"哎哟"地喊出一声，伸手不停地摸着额头被撞红之处。此时，父亲正坐在院子的一个角落里，那里建有一个泥灶，极其简陋。父亲正在用木柴烧水。院子里到处堆满了木柴，这是勤劳的母亲，在街头巷尾捡回来的。现在，城里人都使用煤气了，随处可见别人丢弃的废旧木材。母亲利用家有院子之便，捡回废旧木材，在冬天烧热水，可节约一些煤气。

父亲听到我喊，立即关切地问道："怎么啦？"

"头轻微撞了一下树杈，不要紧的。"

"这树要锯掉了，长在这里害人啊！"

听父亲这么说，我立刻替树求情："不必锯了它吧，就因为我不小心撞了一下，就锯掉一棵树？太浪费了！"

父亲有时候是会小题大做的，我真担心他手起刀落，把树砍了。其实我觉得这树长在这里并不碍事，只怨我不小心才撞上了

它。

我停好车就飞奔进屋去见妹妹。不想父亲却坐言起行，他丢下手中的火棒，回到屋内，拿起锯子就去锯树。当我再次从屋内走出来时，只见父亲手起锯落，黄皮果树的一大半树枝已经掉到地上了。然后，他又把锯下的树枝拖走。

所幸的是，到最后父亲还是手下留情了，并没有把整棵树都锯了。黄皮果树一下暴瘦了许多，人再也不会撞不到它的枝丫了。当母亲从屋里出来时，看到黄皮果树下落叶缤纷。

她问："是谁摇了这棵树？把这么多树叶摇下来了？"

我回答道："是爸锯的。"

母亲这才抬头看树，赫然看见树上的新鲜锯口。

母亲唠叨起来了："哎，又把这棵小树锯伤了啊！它的枝叶才刚长浓密了一点！"

此时父亲已重新坐回到院子角落里的火炉旁，他说："我想干脆锯了它算了，长在这里碍手碍脚的。"

母亲絮絮叨叨地骂开了："锯了？你没看到它夏天长出黄灿灿果子，每一粒都被大家吃了……"

父亲老了。他须发全白，腰身佝偻了，行动也迟缓了。而我，已经长大好久好久了，可父亲还把我当成小孩子来呵护。他还是那样尽他的一切所能来做对我有益的事！他不遗余力地为我铲除一切可能伤及我的有害因素。几十年来他都这样做了，一辈子他都会这样做的，直到他老到不能动弹为止！然而，父亲对我的付出和关爱，我多是无法回报的！我无比惭愧！

现时的我不需要他这种过分的呵护了。相反，他更需要我来呵护。可事实上，我并没有对父亲投下过更多的关注。我习惯于有父亲照顾的生活。他就安静地生活在那里，我需要他时，就向他求索；不需要他时，就很少过问他。无论身体上心理上物质上精神上，我都没有很好地关心他，只习惯于他的照顾。我总觉得父亲依然是年轻时候的父亲，依然是健康强壮的父亲，他永远是我精神和物质上的强大靠山，我已习惯于他的无微不至的关怀和爱许多许多年了。

　　现在，是父亲已经变弱的时候，是我要给予他回报的时候了。

竹子的旧时光

在我小时候，我们村边遍布竹林。竹子的品种也呈多样化，有粉单竹、黄竹、刺竹、刚竹等。家家户户喜欢竹子，并不是因为竹子有多美，它的枝干有多挺拔，而是因为竹子是优良的建筑材料和竹编材料。

竹子素有君子的美称，也有"梅竹松"岁寒三友的盛誉。古今文人骚客，嗜竹咏竹者甚多。清代扬州八怪之一的郑板桥，以画竹闻名，他写的咏竹诗也是极好，他题写在其画上的一首，就很出名——《竹石》："咬定青山不放松，立根原在破岩中；千磨万击还坚劲，任尔东西南北风。"宋代大诗人苏东坡也留下了"宁可食无肉，不可居无竹"的豪言。但我们的村人并无太多风雅情怀，他们的眼睛缺乏对竹子的审美发现，在他们的眼中，只是看到了竹子的实用价值而已。

竹器是平常之物，日常生活中随处可见，如今却淡出了我们的生活。那时的生活起居，若缺少了竹器，就会有诸多不便。刚编织出来的新鲜竹器，带有竹子特有的清香气味；在厨房里经年累月使用之后，就染上了人间烟火。如今偶尔在市场上见到有人贩卖竹器，便不由得忆起在乡村度过的青葱岁月。竹器，连结着过去一段悠长而缓慢的旧日时光。

大姑妈所嫁到的村庄，是个竹器制造专业村。他们村的男人个个都是制作竹器的好手，手艺闻名于四邻八乡。他们懂得编织各种竹器，如围拢鸡鸭的竹栏，捕鱼的鱼筒，装粮食的竹箩，蒸制点心的蒸笼。此外还有竹篮、竹筛、簸箕、插箕、粪箕、竹帽等日常生活用品。还有夏日必备的凉床、竹枕、竹凳、竹席等。

他们简直无所不能，制作出来的竹器包罗万象，涉及家居生活和劳动生产的方方面面。

二十世纪八十年代，是竹器编织业的兴盛时期。那时候，大姑父的足迹遍踏附近的村村镇镇。他骑着自行车，到各村各镇去购买竹子。近处村庄的竹子砍伐完之后，就要到更远的地方，甚至到邻县去买竹子。竹子买下砍伐之后，就绑在自行车的车架上拖回来。拖回竹子是一项极其艰辛的劳作。我目睹了大姑父来我们村砍伐竹子，然后用他那辆陈旧的自行车拖回家去的辛苦情形。因为走一趟不容易，所以他想尽量一次拖多一些回去。一架瘦小单薄的自行车，左右开弓，累累地绑上两大捆沉重的竹子。竹头一端沉重，就架在自行车的车把上；竹尾一端在车尾处汇合，被捆扎在一起。自行车被绑上两大捆竹子之后，活像一艘颠簸在风浪中的小船。船超载会沉，车子负重过大，会头重脚轻，有翻车之虞。若是从遥远的邻县拖载一车竹子翻山越岭、跋山涉水赶回家，个中的艰苦，真是难以一一为外人道也！这样的艰辛劳作，也不知道大姑父曾经经历过多少回！

大姑父利用种田的间隙编制竹器挣钱贴补家用。由于竹器需求量大，竹器是不需要自己拿到市场上去卖的。有商贩进村收购竹器。辣椒笠是用来装辣椒的。辣椒是北运蔬菜。那时村村都种北运蔬菜，辣椒笠就成了畅销品。且编织辣椒笠的手工不需要那么精细，只要织得快就能赚到钱。大姑父的村子成了一条小富之村。大姑父凭着自己一双灵巧的手，辛苦赚钱，供四个子女读书上大学。我们家常用的竹器，都是大姑父赠送使用的。

自从廉价的塑料制品泛滥之后，竹器的使用就越来越少了。曾经盛极一时的竹编手工业，也在不知不觉中走向式微，大姑父他们村的经济也落后了。年轻一代外出打工谋生，村中只有几个老人，在斜阳残照里默然地编织着自己心爱的竹器。竹编业，作为农耕时代的一个行业，已退出历史舞台。大姑妈的儿女们长大

成人之后，个个都定居于城市，事业有成。只是大姑父大姑妈习惯了乡村生活，还留在村里。年老的大姑父已不再劳碌，他也弃了手艺，颐养天年。

是竹子的默默付出，帮助大姑父大姑妈一家走出了艰难岁月，走进今天的幸福生活。

回想起来，我们的来时路走得如此艰难，只是今天我们已经逐渐淡忘！希望我们今后都不要忘记那段曾经的艰难岁月。记得来时路，才能够使我们走得更远！

裹着“棉被”的种子

　　一天下班回家，我发现校道边被修剪得矮小而整齐的福建茶树枝上，塞着一团白色的棉絮状东西。我拿起来一看，是一团棉花，奇怪的是里面包着几粒黑色的种子。哦，这是木棉树的种子，我一下子就恍然大悟过来。抬头望向不远处教学楼前那两棵并排的高大的木棉树，只见树上正飘下一朵白色的绒毛。

　　我端详着手中的这一小团棉絮，它的颜色是米白色的，有蚕丝般的银色光泽；它的手感很好，捻起来滑滑的，有绸缎般的细腻柔滑。我小心地展开这小团棉絮，只见里面包着六颗小小的黑色种子。

　　校道的水泥地上，随风飘滚着一团团更小的更稀疏的棉絮球，校道旁边的草丛中，停满了一朵朵鹅毛般的白色绒毛。我想，手中的这小团棉絮，应该是被前几天的风雨刮下来后，就卡在了小灌木枝上的一颗木棉花种子，它的绒毛朵儿还未来得及充分舒展开来呢！

　　我捡起地上的棉絮球认真察看，发现每一团稀疏的小棉球中间，都挂着一颗种子。我凑近眼睛看，发现每一颗种子的尾巴上都长有一丝儿棉丝儿，正是这一丝儿棉丝儿把种子连在小棉球上。但它们的这种连接不是很牢固的，只要轻轻碰触，种子就可以掉下来。这正是木棉花种子的奇妙之处啊！既可以让风把种子带走，又不让棉絮儿成为种子的束缚。

　　第一次这样近距离地观察一颗木棉花的种子，我的心中充满了异样的感动。我分明感到了木棉妈妈那汹涌的母爱！她一早就为自己的孩子造好一床温馨舒适的“棉被”了，好让她的孩子们

舒舒服服地躺在这软绵绵的"棉被"里，然后才送它们踏上征程！母爱真是伟大呵！她用这一床"棉被"包裹着它们，保护着它们，大概是怕它们在路上冻着了，凉着了；又或者是怕它们从高高的树梢上掉下来摔痛了，摔坏了。有了这一床"棉被"，她的孩子们无论去到哪里，都有一个"软着陆"，也不会受冻了。呵！木棉妈妈那无私的母爱，让我的心也变得暖融融的！

也许我的情怀太过浪漫，植物学的常识只是告诉我，这是木棉树在借助风力传播它的种子。高大的木棉树不希望种子落在脚下跟自己争夺生存的空间，让风力带走种子，这样做既有利于种子的生长，也有利于自己的生存。

植物妈妈不能为自己的孩子做得更多，她只能好好地送孩子一程。而人类母亲的母爱比植物母亲的母爱更加汹涌澎湃、铺天盖地，她们为自己的孩子们做得更多，而且是只管付出，不问回报。

母爱是无私而伟大的，植物的母爱和人类的母爱原本也是相通的。

井栏边的旧时光

那口古老的水井，坐落在故乡的田野中央，静穆而幽深。不确知她诞生的年代，如今她已荒废颓败，满目苍凉。即使仍然流淌着甘甜的乳汁，但已没人走近她！乡人都已用上了自来水。井栏边的野草，早已高没人膝，砌井栏的砖块也早已四散，下落不明！离乡多年的我，只能在记忆深处，再次靠近她。轻抚她残存的井栏，在砖缝里掐一片醉酱草的嫩叶，放进嘴里细细咀嚼，酸味瞬时渗进舌根和两腮。乡村生活的酸涩，也在记忆深处漫溢混散开来！

水井位于村边一里多地之外的田野中间，要走下一段斜坡才能到达。家乡有个习俗，新媳妇嫁来的第二天早上，要去挑水，并把几个硬币扔下井里，以求婚后的生活幸福如意。在井水多的春夏季节，硬币就随水晃动，在水底呆足两季。明晃晃的硬币，对贫寒的村人来说，是个诱惑；待到冬季井水枯竭，硬币便不知落入了谁的口袋中。

更小的时候，母亲去挑水，我喜欢追随在健步如飞的母亲后面，去井栏边玩。看她灵巧地甩动水桶，打满一桶水，然后一用劲，三两下就把水桶提上井口。母亲挑起重担，甩开大步，飞一般朝家门奔去，我又咚咚咚地跟在她后面追赶而回。她把一担水迅速倒进水缸里，立刻转身又去挑第二担……如果在井边碰上邻家的女童，就留下来玩耍，等母亲挑到最后一担水，才跟她回家。

井栏边是一处天然的乐园。我喜欢在砖缝里寻酸酸的醉酱草叶来嚼；喜欢跟同伴坐在红砖砌成的井栏上，晃动双脚，幻想着有大水漫至脚下，就可以把双脚泡在荡漾的水波里踢着玩。在井

边一直玩至晚风清凉，暮色四合，落日变得又大又红。夜雾漫溢开来，打湿了发梢，沾湿了皮肤，有了刺肤的凉意，才不舍地离开。

至今仍清晰记得，那一次我和同龄的女孩珍娣在井栏边嬉戏。不知道她是有意或是无意，她把我从高高的井栏上推下来。随着清脆的"啪"的一声，我的脑门和鼻子重重地磕到井台的砖块上，鼻子顿时血流如注。我觉得天旋地转，天昏地暗。珍娣快速跑掉。我晕乎乎地挣扎着爬起来，跌撞着摸索回家。还要强打精神，刻意躲闪母亲的注意，偷偷蹩进家门。痛死也不敢声张，怕惹来母亲恶毒而又幸灾乐祸的责骂，雪上加霜。摸索到床上，倒头便睡，睡得不知今夕何年，天完全黑下来也不知道。母亲叫起来吃晚饭，就推说感冒了，继续睡。第二天起来，头终于不晕了，却从鼻孔里拉出一条长长的已经凝固了的血条来。

长到十多岁的时候，我再不能吃闲饭，我要去学习挑水了。挑水是农人一项绕不过去的每天都要干的气力活。挑水的艰辛，不但体现在肩上担子的重量上，而且还体现在挑水的全程都是上坡路上。

我个子矮，力气也小，挑不起成年人的大铁桶，就用一双只有大铁桶高度一半的小桶来代替。挑一担水回家，我要把担子卸下肩来，歇息两三回。

有时也会争强好胜，跟别人比赛看谁挑水挑得快。约好看谁先回到井台者，谁就是赢家。这时就逼着自己只歇息一回，憋着一口气向家门冲。到家后，桶里只剩下半桶水。用剩下的最后一点力气把两个半桶水倒进高高的水缸。然后挑起空桶向井台飞奔。比赛的结果，我总是输的。

严冬过后，春天来临。早晨去挑水，走上那条通往井台的小径。小径早被村人踏过千千万万遍，那上面的泥土被踏得坚硬泛白，且凹陷下去。小径旁的泥土则凸了起来，且被草芽钻得松软。

一场细细柔柔的春雨洒过，草芽争先恐后地冒出尖儿来，不久就长得嫩嫩油油的。其上挂满了晶莹剔透的露珠。那时的我渴望懂得魔法，把手一挥就能把露珠变成真正的珍珠，把它们穿缀成串，做成璀璨的项链挂在脖子上。但这只是幻想，永远变不成现实，贫贱的乡村姑娘无法拥有真正的璀璨珍珠。于是，一路走过去时，我用脚抹掉了它们。

橄榄核玩具

青橄榄树生于岭南，潮州是我国青橄榄树分布最多的地方。明代李时珍说："此果虽熟，其色亦青，故俗呼青果。"北宋诗人王元之作诗，把青橄榄果比喻为逆耳忠言，世乱乃思之，所以古人又把青橄榄果称为"谏果"。谏果回甘，初吃青橄榄时味涩，久嚼后，就像茶叶那样回甘，余味无穷，比喻忠谏之言，虽逆耳，而于人终有益。

我们小时候买用青橄榄腌制的凉果来吃，剩下的橄榄核，便是我们最爱的玩具。那时我们的玩具，和现时小孩的玩具相比，是多么的不同！我们的玩具是自己亲手制作的，并且材料是纯天然的。此外，树上掉落的相思红豆，随地捡拾的小石子、小木棒，在荒山野岭上捡到的黑陨石等，都是我们难能可贵的玩具。

但玩得最多的要数青橄榄核，青橄榄凉果是小卖部里最常见的零食。我们把能够弄到手的零钱，都花来买青橄榄凉果吃，然后把橄榄核存起来，做玩具。

在地上挖一个小窝，然后在距离小窝约一至两米之处，画一条横线，玩游戏的人站在横线处，朝小窝里扔橄榄核。每人从自己的口袋里拿出一粒或数粒橄榄核，凑在一起，便是满满的一捧。然后大家用石头、剪子、布猜拳，首先胜出者，拥有扔那一捧橄榄核的优先权。扔进小窝的橄榄核，就归扔者所有。不进小窝的橄榄核，就进入下一轮猜拳，仍是胜出者扔，如此类推，直至那捧橄榄核全都进了各人的口袋。有人赢得盘满钵满，有人颗粒无收。

橄榄核的玩法不止一种，或弹或扔，游戏自动产生规则。我妹妹最擅长玩橄榄核。她常能赢，足足赢了一瓦坛子的橄榄核，存放在家中，像宝贝一样珍藏着，谁也不许动。许多年以后，我们都长大了，时过境迁，那一坛子橄榄核也失去了当年的价值，才扔掉。我玩技不精，并且不执着于输赢，对于能存多少橄榄核，并不介怀，所以一粒橄榄核也没存下来。

冥冥之中，我这种对物质的疏离感，已经决定了我不是一个能够存钱存物的人。性格决定命运，我如今的生活窘况，与我的个性息息相关。如今这一切，当年已可窥见端倪，只是我不自知而已。

夏收的味道

炎热的夏天傍晚，我骑车向西，经过一座大桥，出了县城。顺着一条笔直的柏油大道西去。柏油大道两旁是开阔的平原。大道两侧种着整齐、高大的棕榈树，俨然两列严阵以待的士兵，守护着这片热土。

忙碌的夏收季节，农人在地里热火朝天干活。太阳在快要下山时，热度有所减退，农人赶在天还没有完全黑下来的这段稍微阴凉的时间里，拼命收割稻谷。空气是热辣辣的，农人流出的汗水也是热辣辣的。脱粒机工作的嗡嗡声此起彼伏。农人像一群忙碌的蚂蚁，在田野里走来走去。天空中弥漫着焚烧稻草的烟雾和浓烈气味。在这炎热、紧张、忙碌的光景里，整个田野热气腾腾。在蒸腾的热气中，还夹杂着其他的各种层次分明的味道。

一路向西，可以依次闻到各种不同的味道，经过路边拴牛的树旁，可以闻到牛屎和牛尿的气味，牛嘴巴里咀嚼青草的味儿，牛身上散发的牛的特有体味；刚刚被割下来的水稻秸秆，躺倒在田里，稻草头的一端还新鲜湿润，散发出一股清甜的稻草香味。

这个时候，万顷金黄的稻浪不见了，田野里只剩下未及收割的稻田，东一块西一块散落着。公路的两旁，被农人占用来做晒谷场。晒干了的稻草和稻谷又是另一种味儿，不再是清甜清甜的香味，而是一种干爽干爽的香味；水稻被收割的同时，花生也被连根拔起，农人摘走了花生的果实，把花生的秸秆留在地里晒，花生秸秆散发出独特的香味。

田野里到处升起了焚烧稻草的烟雾，东一缕、西一缕随风弥散。现在农村人也用起了液化石油气，稻草不再挑回家中当柴火，而是弃于田间，就地焚毁。烟雾在空中升腾、扩散和弥漫，这片天地笼罩在一股浓烈的烟火味中。这味儿让我的脑海浮现出一个词儿——"人间烟火"。这人间烟火味儿，是我小时候再熟悉不过的一种味道。那时每天每顿做饭，都可以闻到这种气味，现在久居城里，却是久违了这熟悉的味道。这烟火味把我带回到在乡间度过的农耕岁月。那时的傍晚时分，家家户户做晚饭，燃烧的都是稻草的秸秆，农人的村庄到处都是这种熟悉的烟火味道，整个村庄都被弥漫的烟火味儿笼罩。

　　勤快的农人没有一刻是停下来的，这边刚收割完毕，那边马上又把泥土翻过来，准备又种上新一轮庄稼了。新翻的泥土此时散发着清香的泥土味儿。田边地头还有农人遗下的秸秆和杂草，夏天充足的雨水和热量使它们腐烂了，腐烂的秸秆和杂草，此时又散发出一股股霉味。真是一时间五味俱在！

　　酸、甜、苦、辣、咸这五种味道都在这片天底下升腾翻滚。咸味是农人流淌的汗水；辣味是这热辣辣的天气和空气中混杂的刺鼻烟雾气味；酸和苦是农人在这番劳累过后才慢慢泛出的腰酸背痛；甜是收获之后洋溢在农人脸上的笑容，甜是来之不易的，要把酸、苦、辣、咸一一尝遍之后，才能够品尝到甜味，要有付出才有收获！

　　时已夕阳西沉，夕阳的余晖射向天空，粉红色的余晖把天空染出了一道蓝一道粉红。我扭头望向东边的天空，只见太阳的余晖把东边的县城下面的那片天空也染红了。那色彩比夜间的霓虹灯射出的色彩还要美艳。这时的天空就像一个满脸春色的美少女，分外妖娆和娇媚。当天空的五彩斑斓逐渐退去的时候，天色也渐暗下来了，这时农人才恋恋不舍地离开他们的土地。经过春夏两季的努力和汗水，农人得赶紧把成熟的庄稼收回家中，否则，保不定明天就是一个台风肆虐，风雨交加的天气了，到时他们的劳动成果就会泡汤了。

秋天稻草香

收割晚稻的时节，田里的稻子黄灿灿的，一株株都累弯了腰。一串串稻穗上缀满了一颗颗饱满的稻粒，散发出浓郁的稻香。每艰辛地弯下一次腰，就割下几株水稻，握在手中。等手中满一握了，直起腰来，把水稻放下来，堆成一小垛，然后逐渐把割下的水稻排成一行，然后又是一行。打稻机穿梭于割倒的稻行之间。农人奋力地踩动打稻机，发出和谐而悦耳的嗡嗡声，稻粒沙沙沙地飞进打稻机的木框中。新割下来的稻秆，散发迷人清香；农人的脸上，流淌下辛勤的汗水。这是我儿时无比熟悉的场景。

等打稻机的木框满了，就挖出稻粒，装到箩筐里，挑回家中。挑稻谷是最辛苦的一个环节，尽管辛苦，但已收获在手。最后，稻秆就留在田里，等晒干了水分，再收回家中。

等到田野里的稻谷收割完毕，稻秆也差不多都晒干了，挑回村庄，铺在人家的屋前屋后。有的人家是等稻秆晒得松脆，再捆成把，码进柴房。有的人家是柴房早已堆满了柴火，放不下稻秆了，就把稻秆留在屋外面，码起来，堆成草垛。

一捆捆簇拥着的金黄稻草，为古朴的村庄镀上一层丰收的色彩。门前随意铺洒的稻秆，成了小孩们的地毯。我们就在这稻草铺成的地毯上疯玩，你追我赶，跌倒在软绵绵的稻草丛中，就算摔倒了，也不会十分痛。我们时而翻跟斗，时而鲤鱼打挺，时而倒立。

一捆捆稻草安静地码在墙角下，沐浴在金色的夕阳余晖中。我们爬上草垛，在其上跳来跳去，草垛成了我们捉迷藏的"窝藏点"。这样疯玩之后，我们是要自食其果的。浑身发痒便是后果。

稻草的叶子有锋利的锯齿，不觉意间，稻草在我们的身上割出无数道细小的口子，只是我们疯玩的时候，太过忘情，太过投入，完全没有发现。激玩过之后，被汗水浸透的身上，才感觉到又痒又痛。

就算是在软绵绵的稻草堆中玩耍，也会有某种无法预知的危险。那一次，我和几个邻居的小孩子在稻草中玩耍。阿华跟我既是同龄又是同班。当我们玩得兴高采烈、大汗淋漓时，阿华突然停了下来，他指着自己的腹部说："我这里很痛。"

等他撩起上衣一看，大家都惊呆了。在阿华的软肋处，不知何时，竟被划开了一道口子。那道口子足足有一根手指长。口子很深，翻卷出白白的肉来。但奇怪得很，那口子处竟没有流出血来，只有白白的肉翻卷着，干干净净的。我们玩得很疯，而且谁也没有带刀子，阿华的软肋到底是如何被划开的呢？我们个个都错愕了。阿华对此也懵然不知，他痛得不能再玩了，只好跑回家去。

后来才知道，阿华身上的口子，是稻草叶子划开的。稻草叶的边缘锋利得很，就跟茅草叶的边缘一样锋利。在我们的小学课本上也说到，鲁班就是被茅草割了手，才发明了锯子。

更多时候，我喜欢独自一人静静地躺在门前的稻草堆上，感受着稻草带来的温暖，享受着属于一个人的孤独和清静。晒干的稻草有一股干爽的香气。傍晚时分，被太阳烤炙了一天的稻草，发酵出浓烈的香气，我把脸埋在稻草中，贪婪地深吸稻草的香气。这跟把脸埋在被太阳晒得干热的床单里的感觉是一样的。深吸着这种被太阳晒焦了的香气，身体的每个细胞仿佛都被激活了。

月亮出来了，皎洁的月光穿透云层，倾泻在大地上。这时，夜雾已弥漫开来，凉意渗进肌肤，我便起身回屋。在乡村度过的许多个秋天，留在我记忆深处的，并不是中秋的月饼香，反倒是稻草的那股独特香味。那一股清香，长久地留在记忆深处，令人回味。

第四辑　舌尖上的家乡味道

　　人们贪恋的始终是儿时熟悉的食物。从童年开始就吃惯的食物，其实也未必见得比后来遇到的他乡食物更加美味。但人所习惯且带有感情的，总是小时候吃惯的味道。

家乡的田艾米饼

田艾是在冬季的水稻收割之后长在稻田里的一种小草，它是一种我家乡人钟爱的草本食用植物，我奶奶生前就非常喜欢采集这种食用小草。她总是利用放牛的时间，一边放牛一边采集地里的田艾，她每次采集到的田艾都不多，但经过多次的积攒，她就能积攒起足够多的分量，用来做田艾饼。

秋收后的田野，经过初冬小阳春的爱抚，又经历了寒风细雨的洗礼之后，田艾便一丛丛，一株株地生长在收割后的稻田里。它的茎骨细且柔软，它的叶子只有蜂翅大小。叶子上长着黏且细嫩的绒毛，呈银灰色。人们喜欢吃这种植物，就是冲着它们的小小的绒毛来的。听家乡的人传说，这些绒毛可以吸纳人体内吸入的棉花絮和各种各样的脏东西。这仅仅是传说而已，这些绒毛是否真的具有如此神奇的功效，并没有经过科学的证明。

每年农历的腊月，田野上就有三五成群的采艾人。农家姑娘将田艾采集回来后，洗净晒干，然后用竹箕将田艾搓擦成艾茸。主妇把它掺入按比例拌匀的糯米粉和黏米粉中，加红糖水拌成饼坯，配以芝麻、花生、冬菇、虾米、荸荠、腊肉等美食为馅，做成一个个印花米饼，再经蒸熟，即成远近闻名的清甜芳香的"艾茸米饼"了。

田艾饼的半成品呈碧绿色，蒸熟之后就变成了墨绿色。田艾饼的味道清淡，甘中带着特殊的芳香。加入艾绒的外皮，入口细嚼，柔软而细滑，喉间鼻里尽得享受。而馅料中是令人回味无穷的虾米，加上荸荠的清甜爽口，鲜而不腻。田艾饼不但其味芳香可口，带给人美味的享受，而且具有健脾胃、驱风湿、清热去毒的功效，因此非常受人们欢迎。

美味假蒌叶

"假蒌",一个挺陌生的名字。也许有人从没听说过。其实,这名字虽然陌生,但实物可能你不一定陌生,假如你生长在南方农村的话。

假蒌是胡椒科植物,一般生长在村边的竹林缘,或和竹子混生在一起。它的别名有:假蒟、蛤蒌、山蒌等。它的叶子跟胡椒的叶子很相似,叶面光亮有革质,有一种特异的香味。它的花白色,由多数的小浆果集合而成圆柱状,也有特异香气。

在我的印象当中,假蒌应该是一种名不见经传,无人认识的植物,只有土生土长的家乡农村人才懂得怎么使用它。其实不然,假蒌叶是一种在南方广为使用的美味调味品,常常用它的叶子来做菜,它的美味经常和紫苏叶相提并论。

记得小时候,一到端午节,奶奶和母亲都喜欢包粽子。粽子的馅一般是用猪肉条来做。猪肉条要肥夹瘦的才好吃,单纯瘦的肉条不好吃。首先把猪肉切成条状,放到一个盘子里,拌上盐、油、五香粉等调味料,然后用假蒌叶子卷起猪肉条,再把卷着假蒌叶的猪肉条包进糯米里,这样做出来的粽子,吃起来有一股浓浓的香味。咬一口,猪肉的油香伴着假蒌叶的特有香气一起流出来,真是芳香四溢!

每当想起端午节的粽子,就想起假蒌叶那浓浓的特异香气。不知何因,现在农村人也很少用假蒌叶做粽子馅了,是不是他们也觉得假蒌叶太老土而不能登大雅之堂了?时下的粽子,都时兴用虾米、冬菇、火腿,甚至是鲍鱼等贵重的食材来做馅。可是,我总觉得这种馅的粽子,缺少了一点什么,似乎是缺少了一种来自乡土的原始风味。我怀念家乡的假蒌叶粽子！

此外，假蒌叶还有其他的调味用途。假蒌牛肉饼也是一道美味的菜肴。它的做法是：首先将牛肉剁泥茸状，放进生粉、小苏打、盐、胡椒粉、味精、生抽、适量麻油及适量的水，拌打至充分起胶；然后将假蒌叶洗净，抹干水分，在每张叶面拍上些生粉，把牛肉胶平均分成一份份，用假蒌叶两张夹一份牛肉胶，压扁修理整齐边缘待用；最后将油锅烧热，放入假蒌叶夹着的牛肉合炸，炸至牛肉熟后捞起装碟即成。这道菜的特点是：碧绿形美，清香，外脆内爽。

假蒌香辣田螺的美味更是令尝过它的人永志难忘。田螺要在清水里养几天，等它吐完泥才能用。用菜刀敲掉田螺尾，用水冲洗干净螺壳的碎末；锅里放半锅水，加姜、酒，把螺放进去煮开。水开后会浮起很多白色泡沫，水变混浊，倒掉开水，重新用清水冲洗干净田螺，沥干水分待用。在锅里放油，稍微加热，把辣椒、花椒、蒜米、姜片倒进去，慢慢炸出香味来；加辣酱一汤匙，慢火煸出红油来；把螺倒进去，加之前炒过的酸笋，翻炒；把盐、糖、蚝油、姜汁酒全加进去，继续翻炒；最后倒入高汤，大火煮开，转小火焖十五到二十分钟，等汁收得差不多干了，加进紫苏叶、假蒌叶，炒两分钟，出锅即成。

据说越南人还用假蒌叶做沙虫汤，如果我有机会到越南去，一定要找这道菜来品尝一下！

每个不同的地域都有它特有的植物物种。在民间，很多名不见经传的植物都有它的存在意义和使用价值。生活在其中的人们，懂得怎样利用这个地域中亿万年以来所孕育出的有别于其他地区的植物物种，并广泛用于日常生活中的衣、食、住、行、医药、甚至民俗礼仪、宗教信仰等范畴。经过长时间的演变后，就形成了当地特有的饮食习惯和民情风俗，这就是民俗植物的意义。

甜薯羹

甜薯，我认为它的名字最应该叫作"毛薯"，而许多地方（如广州）就是把它叫作"毛薯"的。比起番薯或其他薯类来，它的甜味并不突出，并且浑身长毛，叫"毛薯"是恰如其分的。但不知何解，我们湛江本地人却叫它甜薯。或许物质的命名本来就无解，只是约定俗成罢了。

甜薯皮呈黄褐色。煮熟之后，薯皮开裂，易于剥落，剥起来不易粘脏手指。薯皮裂口处呈露肌肤胜雪的洁白肉质。如果把煮熟的番薯和甜薯摆放在一起，我会选择甜薯而放弃番薯。因为甜薯的淀粉含量多，糖分含量少，肉质松脆粉嫩，甘香可口，吃多少也不会感到甜腻。

甜薯是中秋佳节必不可少的一道美食。本地人过中秋节，餐桌上一般都要备上甜薯，眉豆、芋头一起煮的糖水，柚子、提子、月饼等食品。

甜薯羹是一道糖水。"羹"实际上是指糊状食品。但我印象之中，在本地的方言中，很少被称作"羹"的食品，"羹"的意义一般都用汤、糊、花等字样来代替，如鱼翅汤、芝麻糊、豆腐花等等。

制作甜薯羹的用料：甜薯、熟芝麻、黏米粉、糖、清水。制作方法：首先把甜薯洗净，煮熟，然后去皮，再压成甜薯茸泥。然后在茸泥中加入清水、适量粘米粉、少许熟芝麻，搅拌成黏稠的糯糊状。最后用勺子把搅拌好的甜薯糊舀入已经煮沸的糖水中，搅拌均匀，甜薯糊便在滚沸的糖水当中形成颗粒状，待颗粒滚至刚熟，即可捞起食用。甜薯羹有独特的风味，软韧，爽口弹牙、甜而不腻。

让人吃上瘾的通菜

香港有一条著名的街道，叫"通菜街"。此街位于香港油尖旺区，旺角弥敦道之东，北至界限街，南至登打士街。街道所在的位置本是种通菜的田地，随着城市的繁华，菜田早已消失，变成了繁忙的商业区，尺土寸金，通菜早已悄然引退，隐居到荒郊野外，但"通菜街"之名却留下了。

在粤地，通菜是村村种植，户户收割的美味蔬菜。通菜又名蕹菜、空心菜，是旋花科番薯属一年生或多年生草本植物。通菜也会开花，花儿的外形跟番薯花相似。

通菜喜水，易生长。不待人们精心培植，而自己生长得极好。一些水流缓慢的河汊，野生通菜遍布其中，繁茂葳蕤，甚至堵塞了水道。

农人在靠近水源，如池塘、水渠边的耕地上，留出一角地或一畦地，用来种通菜，就可以足够一家人吃了又吃。割了一茬来吃，另一茬很快又生长出来，怎么吃也吃不完，真是镰刀割不尽，春雨洒又生。只要不时给它施点肥，它就会疯狂生长。藤蔓肆意伸展蔓延，吃不及时，它们像野草那样爬满田间。

通菜是时令蔬菜，春天上市。春夏两季的通菜最脆嫩最好吃。由于种植容易，所以价格很便宜。到了秋季，通菜老了，我们居住在沿海平原县市的人们就不怎么吃通菜了，因为此时的通菜，口感不好。但是我们邻近的山区县的人们，他们是一年四季都吃通菜的，也许是因为他们的交通并不便利，物质流通较为困难，他们过的是自给自足的日子。他们甚至有"十月通菜，香如油渣"的说法。

　　通菜极易生长，就算是秋冬季节，只要农人稍微用心栽培它，它仍然可以长出嫩脆的茎叶。只不过，我们沿海平原交通便利，物质丰富，人们在秋冬季就舍弃了价廉物美的通菜，而选择更加花样繁多层出不穷的蔬菜了。

　　如果我说，我吃通菜上瘾了，你会不会笑话我？怎么会对一种极为贱生的蔬菜上瘾啊？你疑惑不解。我说，通菜虽然贱生贱长，但无可否认是一种极为可口的蔬菜，它的可口主要来自它的脆嫩清爽的口感，百吃不腻。我对通菜的喜欢，几乎达到了餐桌上不可一日无此君的程度。

　　蒜子跟通菜是绝配。蒜蓉炒通菜是一道简单易做又美味的素菜。首先把通菜掐段，每一小段上留一个叶片。从一株通菜的叶芽顶端往根部掐，选最嫩的三到四个叶片，掐成三到四小段，其余的根部老梗和老叶片就扔掉。洗干净通菜，沥干水，待用。拍碎一整个蒜头，蒜子剥皮，然后切成蒜蓉。烧热油锅，把蒜蓉煸香，然后下通菜一起炒，炒至熟透，调味，起锅，一道可口的家常菜就做成了。

　　腐乳炒通菜也很美味啊！而虾酱炒通菜的美味，也许只有海边的居民才懂得欣赏了。

挖藜菜

小时候，我也挖过野菜。但我挖野菜的目的并不是为充饥，而是一时的兴趣。藜是一种儿时熟悉的野菜。我视藜菜为最美味的野菜。但藜菜必须是嫩的，才好吃，老了则茎可为杖了。

藜，我们村人称之为"盐屑"菜，说的是藜菜的叶顶端覆盖着一层白色的粉末，像下了一层白色的盐屑于其上。原来，它的命名，源自于这一层白色的粉末。既然如此，那为何不称之为"霜雪"菜？霜雪也是白色的！但我们粤地，何来霜雪？来自民间的命名，本是人们随意呼之，并无严谨可言。在其他地区，它叫何名？别的地方称它为灰条菜、灰菜、灰灰菜、落藜、小藜，名字很多，不一而足。

藜菜是在冬天才野生在田间地头的，从来没有农人专门去栽培它，但它每年仍生生不息。记得小时候，田野里的藜菜很抢手，我们放牛娃看见藜菜，都争先恐后地采摘。尤其是番薯地里的藜菜最受欢迎，因为藜菜跟番薯藤长在一起，长得嫩。野地里也有很多藜菜生长，但缺少养分，长得老，口味不佳，无人采摘。

奶奶已经去世多年，但是说起藜菜，我很自然就想起奶奶来。奶奶一向视藜菜为宝物。她去放牛的时候，见到田间地头长着一株半株藜菜，她都不放过，她会拔了塞进衣袋裤袋，带回家来。有时候，藜菜采得多了，她会解下头巾或外衣，包一大包藜菜回来。

奶奶用她那苍老的声音语重心长地对我说："在贫穷年代，盐屑菜也是吃不到的，盐屑菜还未长出来，早被人抢挖光了，哪有现在这么嫩的盐屑菜吃啊？"

我好奇地问她："那个时候人吃什么啊？"

她说："吃番薯地里干枯落下来的已经变成黑褐色的番薯叶。"

"那东西人能吃吗？那是给猪吃的啊！"我吃惊地说。

"猪吃它，人也吃它！孩子，你知道吗？你的曾祖母，我叫她是家婆的，她在穷极了的时候，就让全家人跟着她吃枯番薯叶。"

"曾祖母她为什么不吃新鲜的番薯叶？"我问。

"新鲜的番薯叶哪里舍得吃啊？既舍不得吃，也不能够吃啊，吃了番薯叶，番薯藤就死了，番薯就长不出来了，那损失就大了，那样做无疑是杀鸡取卵来吃啊！"

"那，干枯的番薯叶怎么做来吃啊？"

"用盐腌制了当作咸菜吃。"

"啊——这样都可以！"

如此说来，我彻底明白了奶奶把藜菜当成宝物的原因了。

把藜菜采摘回来之后，掐掉根部，连同接近根部的老茎也掐掉，还要摘掉叶顶覆盖着厚厚白粉的花蕾，花蕾味道苦涩。留下嫩茎和叶子，洗干净，煮开水烫熟藜菜，捞起，放进冷水中泡一下，在冷水中捞起来，挤干水分，然后用鱼的汤汁或者豆瓣酱来拌匀，美味的野味——藜菜便做好了。嫩的藜菜，口感绵软，入口即化，嚼不留渣，非常好吃，可以吃到饱，仍然想吃。

一粒会爬行的蒜子

家中的厨房里有一个蓄水池，建这个蓄水池的目的自然是蓄水以备万一停水之需。但停水的机会微乎其微，又由于蓄水池的做工不好，陈旧的水很难排放干净，加上蓄水池的设计也不合理，离洗菜盆太近，洗菜时不小心常会把菜渣掉进去，所以蓄水池自建成之后基本上就是废弃不用的。池里还经常留有一截十几厘米深的死水没有被清理干净，死水下面沉淀了一层浅浅的黄色的泥。

有一颗被剥了皮的蒜子掉进水池里了，不清楚到底是谁不小心掉它进去的，也没留意它是什么时候掉进去的。本来，一颗掉进水池的蒜子是不会引起任何人注意的，但是有一天，我惊奇地发现蒜子竟然会"爬动"，它已经在水底"爬"出了一道十来厘米的轨迹来，那黄色的泥被清清楚楚地分开。真是奇怪啊！蒜子竟会爬行，这是前所未见，这个发现令我震惊不已！小时候在乡下，我见过养在缸水里的田螺，会在积满黄色泥的水缸底下爬出这么一道痕迹来，却没见过蒜子爬行。

田螺是动物，会爬行一点也不奇怪。但是蒜子不是动物，它只是植物的种子而已，它竟也会爬，那就非常奇怪了。我细想：蒜子是绝对不可能真正会爬行的，它的爬行一定是其他原因造成的。它的爬动会不会是人为造成的假象呢？这种可能被我排除了，如果是人让它在水底划过一段距离，那么一定会搅动水底的蒜子周围的黄色泥，但蒜子周围的泥是好好的，没有被搅动过的迹象，因此蒜子被人为移动的可能性是不存在的。

经过我的仔细推想，我认为蒜子的爬动确是由它自己完成的，但它的爬动又是怎样完成的呢？据我分析，它的爬动是这样完成

的：蒜子遇水就会吸收水分，吸饱了水分就要发芽，它就有了一股萌动的力量。如果蒜子是种在泥土里的，这股力量就使它顶破泥土破土而出，但这蒜子是被泡在水里的，这股力量就推它前进，在水下划出一道轨迹来。种子萌动的力量是很大的，记得小学课本里有一篇课文叫作《种子的力量》，课文上说道：发芽的种子可以顶穿坚硬的头盖骨，顶翻大石头，什么力量也阻挡不了种子的萌发，它总会竭尽全力钻出地面来。掉进水里的这颗蒜子，它也正在奋力萌发，它不断萌动，不断地向前移动，因而留下一段长长的爬行轨迹。

蒜子的力量真是令人叹服啊！我不禁对它肃然起敬了，可是我转念同情起这颗蒜子来。掉进水里的蒜子啊，它不知道自己的命运，它不知道自己是被泡在一截很深的水里的，它以为只要努力就会有见到天日的时候，但是这样的处境，无论怎么拼命也是不可能得到生存的机会的，它只有在水里被泡烂的命运而已！多年以后我竟还能想起这颗不幸的蒜子，心中仍有一丝戚戚焉，感而记之！

第五辑　丰盈的季节

　　生活就像一条匆忙的河流，不舍昼夜地流走。分散于一年之中的不同的民间节日，就是生活这条河流中泛起的朵朵美丽的浪花。每个节日都有趣味盎然的独特风俗，这些风俗体现了人们对美好生活的向往和追求。风俗是一个民族集体创作的生活的抒情诗，反映了一个民族对生活的挚爱，对活着所感到的欢悦。风俗中保留了一个民族的常绿的童心，风俗使一个民族永不衰老。我的家乡就是一个充满独特风俗的地方。

烟雨除夕

除夕的午后，铅灰色的天空飘起了毛毛细雨。湿冷天气，寒气逼人。在南粤，这样的天气，才最像过年，最有年的味道。

我母亲用菜篮子装了满满一篮子刚分到的新鲜猪肉，让我提去邻村送给外婆。这一篮子猪肉，没有十斤，也有八斤吧！我那时只有七八岁光景，提起来十分吃力。好在外婆的村庄并不遥远，她的村子就在我村的隔壁。两村之间只隔了一片田野，实际距离也只有两三里路程。逢年过节，给外婆送食物是我的例行之事。过年的猪肉，端午的粽子，中秋的月饼……都少不了外婆那一份。

每年除夕，我家都会分到很多新鲜猪肉。爸爸镇上的单位分了猪肉，我们本村的生产队也杀猪来分，每家每户都可以分到几斤，还有就是妈妈任教的村校也有猪肉分，加起来就重量可观了。面对这么多猪肉，母亲第一个想到的就是要给外婆送去。

母亲对我说："你外婆馋猪肉已经馋很久了，你赶快给她送去吧！"

母亲知道，外婆平时粗茶淡饭，吃糠咽菜，肉是绝对舍不得买来吃的。出门前，母亲反复叮嘱我，要注意安全。经过池塘不可下去玩水；跨过水沟要挽起裤管，以免弄湿；走在田野上，远远看见邻村的放牛娃要懂得绕路……母亲还要我快去快回，回来还得帮她做家务。

提起篮子，我走起路来已是脚步斜斜。篮子提久了，手掌会被提梁勒得发红发痛。要左右手不停地更换，走一段路就得放下篮子歇息一会儿。

冬天田野光秃秃的。在这小雨霏霏的除夕午后，更是空无一人，连个放牛的人都没有。田里只有稻茬，颓败地裸露着。四野雾霭沉沉，只有寂寞的冷风，四处奔走。这个时候，谁还会劳作在外？耕种了一年的农人，早已躲在暖洋洋的厨房里，为自己和家人张罗好吃的。走着走着，我心中掠过一丝寂寞和恐惧，不禁加快了脚步。

我终于跨过那道让母亲担心的水沟，走近了外婆的村庄。外婆的村庄外，也是空无一人。我经过村小学，走进村巷。经过一家人的门口，门外有个老妇人坐着。她拦住了我，要看我的篮子。我没敢反抗，顺从地让她看了。她揭开篮子表面铺着的报纸，露出满满一篮子新鲜猪肉。她的眼里闪现出艳羡的光芒。

她说："哎，你外婆真有口福啊，有一大顿好吃的了！"

她为我铺好盖篮子的报纸，放我走。我经过水井边，许多妇女在洗洗刷刷，有人冲我喊："你又给外婆送好吃的来了？"

我腼腆地"嗯"了一声，没敢多作停留。有妇人丢下手中正在洗着的衣物，跑过来翻看我的篮子，我也顺从地让她看了。我走过了池塘边，又经过一户养狗的人家。我的到来，惊动了狗群，吠声大作，众狗猖猖。狗群轰然逼近了我，我吓得放声大哭起来。好在主人闻声跑出来，及时为我驱开凶恶的狗群。

我终于到达外婆家。外婆裂开凹陷的嘴巴迎接我，嘴巴里一颗牙齿也没有。我认识的外婆，从一开始就是无牙的，因此她的嘴巴始终都像在微笑，显得那么和蔼慈祥。

我来的时候，外公一般很少在家。他不是在田野里干活，就是在村中的小集市上看人赌博。

"外公去哪里了？"我问。

"去集市了，他又不知道到什么时候才回来，过年也不快点回来……"外婆抱怨着。

我把盖在篮子上面的报纸掀开，一扬手把报纸随手丢弃在院子里，然后奋力抬起手臂，把整篮子猪肉呈送到外婆面前。外婆

笑眯眯地接过沉甸甸的篮子时，手往下一沉，差点没接住。

外婆接过篮子后，又把篮子暂放下来，她最关心的仿佛不是猪肉，而是那张随风乱走的沾满了猪血的血迹斑斑的破报纸。她怕报纸被风卷走了，第一时间就去把报纸抓回来。

我问："外婆，你要那张脏报纸干什么？"

"你外公要看的啊！"她在太阳底下小心平整报纸，摊开，用石头压住四角，让报纸晒干，然后给外公看。外公喜欢读书看报，但活在穷乡僻壤，能够得到的书报少之又少，所以连一张破报纸也不舍得放过。

我转头就跑去翻外公的抽屉了，在那里找寻硬币，然后跑去村中的供销合作社买零食吃。可是，这一次我失望了，我没有找到硬币。不知从何时起，外公的抽屉里不再有硬币。

我的童年时光，大部分是在外婆家度过的。那时候，外公也很少在家，他身体还硬朗，常常出远门做小本生意，一去就是十天半月。外公把赚回来的零钱，随手丢进抽屉里。时光飞逝，我长大了，外公却日渐年迈，他逐渐减少了出门做生意的次数，抽屉里的硬币也变得罕有。也因为社会急遽发展，他贩卖的货物已跟不上时代的脚步，没了销路。年老体衰的外公只能停留在家里，他更加珍惜他的每一分来之不易的钱币。外公终其一生，都极为俭朴。我知道，喜欢逗留集市的外公一定不会买回什么的，最多也只是买几条小得只有猫才肯吃的罗非鱼回家。

就要过大年了，外公外婆的庭院却并不热闹，显得异常冷清。若不是我来，他们的门前，几乎是人迹罕至。外公外婆晚年过得贫寒凄凉。

外婆一定要招待我吃完饭再回家。我揭开她的锅，灶冷锅清。她所有的食物，只有一条咸鱼。外婆要煎荷包蛋招待我。她在简易的泥灶里点了火，只放进两三根稻草，就能把火烧得旺旺的。她小心翼翼地煎着荷包蛋，慢慢煎，轻轻翻，不时又给灶里添几根稻草。荷包蛋煎得金黄结实，吃起来香喷喷的。我在家里，母亲从没有给我煎过这样的荷包蛋。我吃完了荷包蛋，就不想走了。每次来外婆家，我都不想走，都要住上好多天。我万分舍不得离开外婆，我想多陪陪晚年孤寂的外婆。但今天是除夕。外婆一定要我回家过年，她希望我们一家人团团圆圆过新年。

外婆送我回家。她把我送过了养狗的人家，又把我送过了池塘，又送过了井边。井边的妇人对外婆说："你又送外甥女回家啦！"

"是呀！"外婆微笑着答道。外婆跟大多数农村妇女有所不同，她容貌清丽，肤色莹白，气质清冷，但却讷于言辞。平日里从不喜欢串门，在外路遇邻人跟她打招呼时，她总是微微一笑，以简短的言语应答。外婆又把我送过了那个翻看我篮子的老妇人家门前。

那老妇人对我外婆说："你有口福啊！外甥女送来这么多猪肉！"

外婆仍然是微微一笑答道："是呀，我有口福了！"

送过了小学，送到了村口的那排马尾树下，外婆停下了。外婆一般是送我到这里，就停下来。剩下的路，我独自回家。外婆最担心的那条水沟就在不远处。如果是夏天，沟里水满，外婆就一定要亲自送我过水沟，然后她就站在水沟边目送我回家。冬天是枯水期，外婆就站在马尾树下，目送我回家。我走了一半的路程，回望外婆，她在。她瘦削的身影，伫立在寒风中；我又再走一段路程，再次回望她，她依然在。她瘦高的身影，已缩小成为一条黑线。我走近了我的村口，我又再一次回望她时，她和她的村庄已朦胧成一片。但我坚信，外婆一定还站在那里，目送着我……

如今，外婆已经逝去多年。今年这个除夕，我特意回来走一走这条路，这条我小时候去外婆家的路。我来时，天空也飘着毛

毛细雨，绢丝样的细雨在风中飘散。田野里四下无人。稻茬裸露的田里，长着簇簇白色的田艾草，草叶上点缀着晶莹的雨珠。我不走这条路已好久了，久远得恍如隔世。外婆死了多久，我就不来多久了。其实，我不来的时间比这还要久远。我长大之后，就很少来了。外婆生命的最后几年，我已经很少来看外婆。外婆荒凉的晚年更加荒凉。

我多年没回来看过这里，一切都非常陌生了。死去的外婆，也多年没有回来看一眼这里了，她对这里也陌生了。外婆要是能回来的话，她的感触，和我此时的感触，不也是一样的吗？

眼前的这片田野，变得不那么宽广了。外婆的村庄和我的村庄，现在看来，也只有箭步之遥。我眼中的田野变得平坦了，儿时视野中的那些高的坎，低的坡也没有了，极目所见，是坦荡荡的一大片。

昔我往矣，杨柳依依；今我来思，树老田荒。村边的田地荒芜已久。外婆目送我所站的地方，原本是花生地，现已被村人的房子侵占。那一排马尾树，只剩下两棵。我走近马尾树，细细辨认，它们的树皮那么沧桑，那么古老。我认出，它们就是当年外婆身后的马尾树。

外婆死了那么长久，我一直觉得外婆没有离去。梦中，我无数次梦回外婆的家，外婆音容宛在。今天，我希望外婆在我的身体里复活，也来看一眼这里的一切。我的躯体，不单是我一个人的，外婆也在我的身体里。我眼睛看到的，也是外婆看到的……

年的味道

小时候在乡村过年，深感那时的年，有着特别醇厚和悠长的滋味。那年那月的年味，是多么的不同！那滋味留在我的记忆深处，浓结不化，历久弥新。那时年的味道是由年晚岁末大扫除的灰尘味，在池塘里抓鱼摸虾的泥泞味，除夕傍晚的饭菜香味、年糕味和大年初一的香烛味、烟花爆竹的硝烟味组成的。

粤语说，"年廿八，洗邋遢"。大扫除是过年少不了的重要环节，是过年的前奏。其实，大扫除一早就开始了，并非一定要等到腊月廿八日才开始。一年积攒下来的灰尘、污垢，都要在过年前洗刷干净，不早点开始怎么行呢？

过年前的那些天，家家户户都显得特别爱干净。首先是扫屋顶。采下竹叶，找来长长的竹竿，扎一把竹叶扫。把竹叶扫抬进屋里，伸到屋梁上去，把上面的蜘蛛网和灰尘扫下来，这是母亲的工作。她让我们帮忙把家具都搬到屋外去。搬不动的大件物品，就用席子和布幔盖上。她用毛巾包裹住自己的头和脸，就开始工作了。她在屋内一阵扫之后，屋内灰尘弥漫。当她完工从屋里出来时，简直像个鸡毛掸子，浑身上下，都沾满了灰尘和蜘蛛网。扫完房顶，还得打扫地板上的落尘。屋里屋外，上上下下都打扫干净了，才算完工。我们就帮她把家具抬到池塘边去清洗。家里的一切用具都要洗刷干净。从被子、蚊帐，到锅碗瓢盆，无一落下。大家不辞辛劳这样做，其实是图一个吉利，希望把旧年里一切不干净的东西都洗刷干净，随水流去了，不带到新的一年中来。

洗洗刷刷的主力自然是妇女们和姑娘们。过年前的那些天，水井边、池塘边是最热闹的地方。妇女、姑娘都聚集于此，家长

里短，关于过年吃什么穿什么等话题，也唠唠叨叨地开场了！

干塘是过年的常规节目。干塘其实是涸泽而渔，抽干了池塘里的水，然后抓鱼来分给每家每户。池塘底的泥湴彻底地暴露在太阳的暴晒之下，龟裂成好看的龟甲状。等待开春，雨水来了，池塘水重新涨满，又放下鱼苗，如此循环往复，生生不息。在那时，鱼塘是一村人的公共财产。过年的时候，正是一池塘鱼养满了一年时间的时候。这个时候抓鱼来分，塘鱼又肥又大，馋得人直流口水。一年到头难得吃到新鲜鱼，就盼着过年能痛快地吃上一顿了。这时候，村人个个笑逐颜开，谈论着鲜鱼的各种烹调方法。

小男孩们最兴奋的事情，就是到抽干了水的池塘的泥湴里抓鱼摸虾。泥里藏有泥鳅、田螺，还有漏网的小鱼小虾。某些机灵的小男孩，会趁人不备，在公家的鱼篓里浑水摸鱼，偷偷地拿一些出来。嘿，他的收获真不少呢！可以为家里再添一份过年的厚礼了。那些抓鱼摸虾的小男孩们一高兴起来，就在泥塘里打泥仗了。他们抓起黑油油的泥互砸，一时间，彼此的头脸和衣服上，都沾满了斑斑点点的黑泥浆，个个都成了斑点狗，浑身散发着浓浓的泥味！瞧着彼此的滑稽样子，大伙儿不禁乐了，嘻嘻哈哈的笑声，在村庄的上空传播开去……

蒸一个大大的年糕过年，是家家户户的头等大事。那时，乡村的生产力低，做一个年糕过年也并非易事。村里没有电动磨粉机，也没有石磨，只有石头做的"碓"。"碓"是用木头和石头做成的长形卧式捣具。石的部分，是石臼和石椎；木的部分，就是一整条树干。树干其实是起到杠杆的作用。石臼是放米的地方。杠杆长的一端装上沉重的圆形石椎。杠杆短的一端削成扁平状，用于踏脚。脚踏上去，抬起树干那一端的石椎；放松脚，石椎落下，砸在石臼中，就捣去稻谷的皮或者把米捣碎成粉。

家家户户都要做年糕，可村里只有两个碓，碓因此异常忙碌。

每年一到岁末，村人就要去排队舂米。每家都要派出一个人全天候守在那里，否则别人就会插队。那时我还小，排队的事自然是派我去做合适。舂米是小孩子干不了的重活儿，因为碓很沉。小孩子就是整个人站在碓的踏脚处，双脚离碓，使劲一跳，都不能把碓抬起来。这么费劲的事，又怎能靠一个小孩子去完成呢？

舂米费时费力。做一个年糕的米粉，母亲要舂大半天。然而，年糕的做法却简单，就是把舂好的糯米粉，加上糖和水，揉成坯状，放到一个扁平的竹篓里。竹篓的底部和四周事先用芭蕉叶子垫上，防止糕坯外流，然后压平糕坯的表面，使糕坯与竹篓的四周紧密接触，做成一个车轮状的东西，最后放进大大的铁镬里蒸。蒸年糕通常是在除夕的夜里，要用木头大火蒸了大半夜，才能熟透。年糕做成了，一放就可以十天半月。因为糖放得多，年糕可以保存很久而不变质。年糕要等到年初二才能切开，叫作"开年"。年初二，亲戚们开始互相走动。那时候，人们喜欢互送年糕拜年。现在看来，车轮状的年糕搬起来沉甸甸的；拿菜刀来切，硬邦邦的；放到煎锅里煎，又互相粘成一团。现在生活好了，农村人也不愁吃穿了，做年糕的麻烦大概也省了吧！

大年夜零点的钟声一响起，鞭炮声便轰然大作，万炮齐鸣的声浪刹那间掩盖了世间万物。村人不约而同地把鞭炮燃起来，大家都在争谁是第一个燃放鞭炮的人，就像去庙宇争上"头炷香"那样争先恐后。爆竹爆炸散发的浓烟也在夜晚的村庄上空升腾起来，淹没了村庄。在远远近近、纷然杂糅的鞭炮声中，也可以分辨出许多不同。某一串鞭炮声响得很短，噼里啪啦几下就停了，那是清贫人家的鞭炮声；某一串鞭炮声响得持久，那是富裕人家的鞭炮声。我在睡眠中惊醒，在喧闹的鞭炮声中一时无法再次入睡，就躺在床上听热闹，其实不听也没事可做，仿佛是在等候着响得最持久的那一串鞭炮声响起，直至它停息。黑暗中我数着时间，听着那最长的一串鞭炮声在不停不歇地响着，仿佛它要响彻

一个世纪。那是村中的首富在炫富，他在拼自己的鞭炮是这十里八乡之中最长的一串。世上没有不散的筵席，爆竹的喧闹终要消歇，我在零星的爆竹声中又睡去了。第二天起来，家家户户门前，都铺满了红红的爆竹纸屑儿，像落红满地，好闻的硝烟味儿还在空中弥散……到了年初二的凌晨，人们燃放鞭炮就悠着点了，四下村庄，鞭炮声响得零零落落，此起彼伏，从凌晨一直拖延到早晨八九点钟。

我离开乡村多年，从前乡村过年的保留节目，如今已所剩无几！农耕社会，过年是事必躬亲，主妇异常忙碌，小孩也没闲，过年的滋味才会那样深浓。而现在是发达的商品社会了，过年用的吃的穿的，随时都可以直接购买，中间省去了许多曲折麻烦，但年的味道也因此变得寡淡了。过年的滋味，只有在小时候才显得最为悠长醇厚了，就让那滋味永远地留存在记忆的深处吧！

城中的飘色

等我长到刚好懂事的年纪，世间仿佛突然涌现出一堆热闹非凡的节日——春节、元宵、清明、端午、中秋等节日，令人兴奋不已。事实上，在我更小的时候，这些节日也是存在的，只是那时我还未懂得而已。吴川梅菉城中的元宵节——我们称作"年例"，我要等长到十多岁的时候，才能够体验得到。

改革开放之初的某一年"年例"，爸爸最小的弟弟，借了他所在单位的一辆五十铃小货车，从县城开回村中，载我们家族里的大人和小孩去城中观看"妖色"。一族人，大大小小，都涌上了卡车，小卡车瞬间被塞得爆满。我像一根牙签那样插在拥挤的车卡上，但我还是一路和风，喜形于色，急切期盼着快点和从未谋面的"妖色"相见。何为"妖色"？我不甚了。只是听大人们说，非常好看，精彩极了。其实大人们也没几个是看过的，他们也是语焉不详。

"年例"这天，县城梅菉镇的主干道解放路上，人潮汹涌，锣鼓喧天。城中的男女老幼都出来了，万人空巷；四面八方村庄的人也来了，水泄不通。许多人都还是第一次看"妖色"。我们倚在街道的铁栏杆上，等候多时了，传说中的"妖色"始终不见影子。两个小时过去了，三个小时也过去了，终于等来了"妖色"，真是望眼欲穿啊！

伴随着锣鼓声声，一支打扮得五颜六色花枝招展的队伍，姗然而来。打头阵的是彩旗队，舞狮舞龙队，小学生仪仗队，民乐队，彩车队等。"妖色"要到最后才粉墨登场，千呼万唤始出来啊！

几个穿着武术散打服装的壮汉，合力推一辆板车。板车用彩布装饰四周，外表像一个彩色的箱子。箱子上面长出一棵"树"，"树枝"旁逸斜出。每条细弱的"树枝"上，都凌空站着一个身子小小的人儿。他们是古装扮相。有的"树"长得单薄瘦弱点，只有三五个"枝丫"；有的"树"就繁复生长，开出十几个"枝丫"来。那些小人儿站在"枝条"上，迎风招展，神态怡然，飘然若仙！这一切，看起来如梦似幻！

那些小人儿到底是人还是妖？"妖色"的"妖"，指的就是他们吗？再细看，他们脸上并无妖气，他们都是五六岁的可爱稚童，被浓墨重彩画成了古装戏剧中的人物。

女孩子那一身艳丽的古装戏服，是我的心头至爱。我从小就喜欢在课本、作业本上乱涂乱画，画的全是古装美人。我甚至把洗脸用的毛巾缝在自己的衣袖上，做成水袖，然后把床当戏台，登台表演。

真够羡慕他们啊！小小年纪就练就这身轻功，身轻若燕，栖于"枝头"。他们简直就是飘在其上，而我却只能沉重地落在尘埃里。我是羡慕极了，但也有许多疑问塞在胸中。小妹妹、小弟弟，你们站在上面稳当吗？站那么久了，累吗？饿吗？

如今，当我被邀请参观了吴川市梅箓镇梅岭街道的飘色艺术团之后，才知道"妖色"确切来说应该叫作"飘色"。他们是飘在空中的色彩与传奇！梅岭街道创作的最著名的一板飘色叫作《八仙贺岁》，有的孩子脚上踩着一把剑，有的踩着一个花篮。仅这一点点的依凭，何足以让孩子稳稳当当站在其上？看官不禁捏一把汗。而有的孩子更是无依无凭，脚上什么也不踩着，整个人孤悬于空中，真是太悬了！

这一次，我有机会走近制作飘色的民间艺人，跟他们进行了面对面的亲切交谈，深入了解了飘色的制作过程。其实，那些小孩子不是站在上面的，他们是被绷带稳稳地绑牢了，舒适地坐在上面的，他们的胸前有围栏，难怪他们的神情那么怡然了。

他们的长衫大袖遮盖了一切的秘密。他们坐的铁架子是早就设计好并焊接好的。每一板飘色的造型，都是一早就研制出来，并固定下来的，绝不是临时才拼凑起来的。

了解这一切之后，我才恍然大悟：他们其实并不太飘，而是非常的固。民间艺人将"飘"和"固"这对矛盾很好地糅合起来，创造出飘色这种独特的隐秘艺术。小孩子坐的铁架子的承重量也是经过精确计算的，远远超过小孩子体重数倍，安全得很，绝不会出现事故。

嘿，我们是不是被忽悠了？

年例大宴

正月十五是中华民族的传统节日元宵节，但在我们这里，它被称作"年例"。此地民间素有"年例大过春节"的说法。何谓"年例"？就是年年照例，年年如此。很多村庄选择以正月十五为年例，县城梅菉镇的年例也是正月十五。那些不选择以正月十五作为年例的村庄，它们的年例就分散在从正月至三月的不同的日子里。整个春天，隔三岔五就会被不同的亲朋好友邀请去大撮一顿年例大餐，难怪人们惬意地把这段春光明媚的大好时光称作"饭期"了！

年例不单有丰盛美宴，还有粤剧大戏，民间艺术巡游，吃的、看的、玩的，异彩纷呈。在那些大搞庆典活动的年份里，年例那天，梅菉城里的街道处处张灯结彩，彩楼、彩廊装饰一新，溢光流彩，就是偏僻的小街小巷，也插满迎风飘扬的彩旗。城中的社区搞各种纷繁复杂的活动来庆赏年例。他们捏泥塑、搭花桥、搭牌坊、搭花塔，从正月十五起让人观赏；正月十六、十七两天，则会制作飘色，组织仪仗队、彩车队，举办环城的民间艺术大巡游。此时梅菉城中鞭炮声锣鼓声此起彼伏，醒狮班蜂拥前来助兴。

本地俗称"大戏"的粤剧，在年例前后连演数天，令观者流连忘返。各种民间艺术表演团体竭尽所能，献艺于众。粤剧、电影、轻音乐、木偶戏、采茶戏、杂剧等各种戏剧形式纷纷亮相，粉墨登场，你方唱罢我登台。此外，年例的必备节目还有游神祀神、大摆筵席，广宴亲朋戚友，家家户户为此花费不菲。年例大餐菜肴的丰富程度甚至直追婚宴。这是浓墨重彩的一方习俗！富裕人家的年例酒席，食材华美而珍稀。他们把禾花雀、鲍鱼、海参、鱼翅、闵肚等山珍海味都摆上筵席，决不吝啬。

在过去，年例的主旨是敬神、游神、祭祀社稷，祈祷风调雨顺、百业兴旺、国泰民安。如今，年例的主要功能已演变成加强人们之间的交际往来了。

某一村庄的年例期一到，他们便会在村口处用竹木搭建临时牌坊，以欢迎来客。然后张灯结彩，把村庄打扮一番。白天游神舞狮；傍晚邀请亲友聚餐饮酒；到夜晚便演大戏，唱木偶戏，放电影、烧炮仗、放烟花……外出做生意发达了的老板们也回到村庄，广宴宾客。他们舍得耗费巨资请国内著名的篮球队前来表演助兴，请粤剧名伶、当红流行明星、著名歌唱家前来登台献艺，请本地的飘色队、仪仗队前来环村巡游，请高桩狮队来舞狮……极尽奢华之能事。小小村庄引来八方宾客，热闹非凡。

最热闹的时刻要数傍晚时分，村外的道路骤然热闹起来了，车辆纷至沓来。此时，客人们开着小汽车，骑着摩托车从四面八方涌来做客了，道路很快就会严重堵塞。宴席结束时，客人又在同一时间涌出村庄，村道再次堵死。车辆蜿蜒成一条火龙，村道上灯火通明，灯光照彻，车辆要塞上几个小时才能慢慢散去。

爱面子、重情义，是吴川人的最大特点。因此吴川人最注重在年例时表现自己了，他们舍得全年挣钱在年例花。摆年例大宴，主人都出手大方，毫不吝啬。就算一年之内省吃俭用，也要为摆一场体面的年例大宴预留出足够的钱物。年例大宴通常是一桌花费上千元，餐桌上满是山珍海味，珍馐佳肴。这里的人们把"十八"信奉为一个吉祥的数字，因此每一席通常有十八道菜，多则有二十道菜。

无论手头多么拮据的主人，都希望摆一两桌来宴请亲友。若在此时，全村人都热热闹闹过年例，唯独自家门前冷落鞍马稀，那是谁都不愿意的。平常人家摆三五桌是最常见的；富豪之家的年例大宴，菜肴之丰盛程度、阵容之庞大，令人咂舌。他们摆多

至两三百桌，也不令人惊奇。这些发达了的建筑工头、老板，舍得花几万乃至几十万来办一场年例大宴，摆几十桌酒席，宴请几百号人。他们希望众多的亲友前来凑热闹，来的人越多，自家门前停泊的车子越上档次，他们就越有面子。前去吃年例大宴的客人，不用给主人送礼；相反，主人还给客人们派"利是"，以表达对客人的美好祝愿。

从前过年例，主人事必亲恭，亲自下厨。然而，并非每个主人都是厨艺好手，因此年例的菜色无法做到丰富多彩，变化无穷；如今过年例，多是请专业厨师来打理，主人便可把烹调的重任抛给专业厨师，他们则从繁忙的劳作中解脱出来，陪客人闲聊唠嗑。年例期一到，简易的工棚就纷纷沿街搭起来，一群忙碌的人就开始为年例大宴工作了。各种厨具在酒棚内一字摆开，各个环节环环相扣、有条不紊，迅速地展开，因此几百桌的酒席只用很短的时间便可准备妥当。

在贫困的年代里，年例的菜式是肥猪肉、青菜、米粉、咸萝卜干、花生肉丁等。改革开放之初，人们的生活水平有所提高，年例宴席上的菜式马上就有所不同了。食材变成以猪、鸡、鸭、鹅、鱼为主。菜式随着生活水平的逐年提高而丰富起来，可有"四海"（鱼翅、闽肚、鱿鱼、虾），"四盘"（扣肉，八宝饭，炒粉，炒面），"四荤"（猪肉、鸡肉、鸭肉、鱼肉），"四素"（炒青菜，炒鸡球、炒鸭片、炒珍肝）等。

如今生活水平大幅提高了，龙虾、大虾、海蟹、海螺、鲍鱼、鱼翅等名贵海产品成为年例大宴的主流食材。原盅雪蛤、原盅冬虫夏草等珍稀炖品，茅台、五粮液等著名白酒，轩尼诗、XO等名贵洋酒，甚至登上了富豪之家的年例大宴的餐桌。吴川的年例大宴的丰盛程度，真是令外乡人目瞪口呆。

每到年例期，厨师们便订单不断，忙得不可开交。一些名厨，如不提前预约，是绝对请不到的。吴川县城梅菉镇的名厨不下几十个，这些名厨的成长、成名，都离不开年例的这一方风俗的培育，缺乏这里的生长土壤，他们就不可能成长起来。厨师的分工明确且精细，洗、煮、炸、炒、煎、炖，均有分工。此外，还分打杂、打荷（配盘、配边、传菜）、砧板（切菜工）等诸多工种。负责烧烤的师傅，例如负责烤乳猪的师傅也单独分出来；凉菜师傅是专门做卤水的，有时也要负责雕刻花艺和配边。

年例大厨技艺高超，烹调出的美味珍馐，令人食过返寻味。吴川的年例风俗，成就了一批名厨，创造了吴川辉煌灿烂的饮食文化，也为吴川人创造了宝贵的商机。

乡村的年例

正月十五的烟雨朦胧了天地；正月十五的酒肉香飘十里；正月十五的爆竹声声萦绕耳际，空中弥散的硝烟，久久仍未散去。

正月十五是中华民族的传统节日元宵节，但在我们粤西这里，被称作"年例"。小时候，我每年都要去大姑妈家过年例。那时的欢乐情景，至今历历在目。大姑妈家离得近，只有五六里路程。开春之后，春无三日晴，年例时节总是笼罩在这种烟雨迷蒙的天气里。那样的天气，那样的景物，早已定格在我的童年记忆中，永远无法磨灭！

早晨起来，家族里的七八个小孩，个个都怀着兴奋的心情，忙碌地翻箱倒柜，找鞋子找袜子找衣服，从头到脚把自己穿戴一新，为去亲戚家过年例而准备好一切。一番忙乱之后，众人都收拾停当了，奶奶像一个领头雁，带领着我们这队小雁儿去大姑妈家。田野里，烟雨蒙蒙，寒风嗖嗖。草色返青了，草芽上沾满了春天的雨珠，湿漉漉的，青翠欲滴。我们一行人，且行且欢声笑语，逶迤蛇行在嫩绿的田塍上，雨珠打湿了我们的鞋袜。春天的雨雾笼罩了远村和近树。我们经过村庄、树林、田野，旷野无人，静悄悄的，不见农人在田野里忙碌的身影。

走进村口，村口处有一口水井。井边的石头缝里长满了井栏边草、凤尾蕨等蕨类植物，井壁苔痕斑驳，井水幽深暗黑。村妇们打起清澈透亮的井水洗刷炊具，为做年例大餐做好准备。村人挑水繁忙往来，水桶里洒落的井水，把村巷打湿。我们踏着湿漉漉的村巷，走进大姑妈的家。大姑妈笑逐颜开，热情四溢，她丢下手中正在忙着的活儿来迎接我们。印象中，无论何时，大姑妈总是这般亲切无比，对我们关爱有加。

我们是提早了一天到来的，第二天才是年例。年幼时在亲戚家过夜，我总是很认床。夜间辗转反侧，难以入眠。那夜的灯光亮得很深夜，我清醒地躺在床上，眼睛毫无倦意地追随着大姑妈进进出出的身影，看她在灯下忙碌。她要备好明天使用的一切。等她躺下，又听见她在床上跟奶奶窃窃私语，说话到深夜。夜深我才蒙眬睡去，天光微亮时，又在喧闹声中醒来。大姑妈一家人都起得很早，手忙脚乱地为客人准备丰盛的年例大餐。他们忙碌而愉快。鸡鸭被杀之前垂死挣扎，拼命嘶叫；厨房的火灶里，木柴在熊熊燃烧，发出噼啪脆裂声响；碗碟杯盘相碰，说话声音纷乱，往来脚步杂沓，各种声响混在一起，惊动一个寻常的早晨。村巷中传来咚咚咚的快速移动脚步声，那是表姐挑水走过，然后听见她跨进家门，把水倒进水缸的声音……种种声响，搅动了那个清晨微寒的空气，惊了我，我也早早起来。

在盛宴开始之前，我们这些来做客的小孩就在别人的村巷中捉迷藏，四处追逐，奔来跑去，兴奋地大呼小叫。还与他们村的小孩做成好朋友，爬到杨桃树上摘果子吃。玩累了玩饿了就等着盛宴开始。吃完丰盛的年例大餐，我们就要回家了。这样的欢乐日子毕竟是短暂的，大多数时候我们只能够在平淡中度过！

大姑妈早就为我们备好了带回家的食物和红包。离别之际，大姑妈给我们每个人都分发红包。大姑妈为人慷慨，她给的红包，决不会出手吝啬。她跟我们一一道别，抚着头我们的头，拉着我们的手，依依惜别，不厌其烦地给我们说祝福话语，寄予殷切厚望，才放我们走。她还要送我们出村口，伫立在寒风中，目送我们走远。在弯曲的田塍上走回去，我们频频回首，看见大姑妈还一直站在村口。大姑妈一贯有长姐风范，她对她的弟妹们，以及他们的众多子女，从来都是无比关爱，照顾周到。时至今日，大姑妈的形象，在我心目中仍是那么美好，并且只代表着温暖。

留在家中而没去大姑妈家的小孩子，带回来的红包也有他们的份儿。去吃年例盛宴的人，有吃的有拿的；在家没去的人，大姑妈也没把他们忘掉。我们带回来的食物，是炊熟了的猪肉和鸡肉，有时是鸭肉或鹅肉，还有粉丝、慈姑等。这些都不是吃剩下来的残羹冷炙，而是大姑妈特意留出来的新鲜食物。她让我们带回来，也给留在家里的人尝尝，也分享她家过年例的欢乐。

大姑妈对这世间从来都是情意充沛的，她处世温厚、待人热忱，身上时时散发着俗世的温暖。只是我成年以后，个性与大姑妈大相径庭。我在人生道路上屡遭挫折，然后逐渐深居简出，与世隔绝，甚少去亲戚家走动了，也绝迹于大姑妈家，实在愧疚！

盂兰盆节

　　家乡把农历七月十四称为"鬼节"。这一天道教称为中元节，佛教称为盂兰盆节，在民间，一般称鬼节或七月半。"盂兰"是梵语的音译，意为"倒悬"（人被倒挂）。盆是指供品的盛器。佛教认为供此具，可解救已逝去亡亲的倒悬之苦。民间传说，从农历七月初一鬼门大开，到七月三十鬼门关闭的这段日子里，阴间的无主孤魂会涌上阳间，徘徊于任何人迹可至的地方找东西吃。因此，人们纷纷在七月里诵经作法事，举行"普度"来普遍超度孤魂，以防它们为祸人间，又或祈求鬼魂帮助治病和保佑家宅平安。

　　居住在县城中的人，也重视鬼节。农历七月十四的傍晚，城中的大街小巷，家家户户的门前，纸扎制品堆成一座小山。祭祀过后，燃烧纸品，灰烬遍地。一片片黑色的灰烬屑片，被阵风吹得满街飘来荡去，时而又被乱风旋上天空，气氛阴深惨恻。人们似乎都怕撞上徘徊在街上吃祭品的鬼魂，纷纷躲进屋内。街上原本人来人往，此刻变得空旷无人，岑寂凄清，如同空城。

　　乡村的鬼节更是弥漫着一种诡异的气息。家家祭祀鬼神，焚烧纸品，香烟缭绕，鞭炮声声，此起彼落。傍晚时分，人们先要在家中拜祭自家的列位祖先，然后再到野外拜祭孤魂野鬼。人们拿出为鬼魂们准备的纸扎品，在荒野或水塘边焚烧，供奉给无家可归，在野外徘徊游荡的鬼魂。拜祭完毕，迅速回家，早早闭门不出，以免招惹到鬼魂。传说这天野外的阴气太重，最好不要逗留在水边，以免失足落水，成为水鬼的替身。

　　七月流火，空气中真的是流动着火焰。在暑热中，人的处境十分煎熬难耐。最渴望的就是整天泡在水里，都不愿起来了。村

童们经不住池塘的诱惑，纷纷跳下池塘，咚咚咚的溅起一片水花……

池塘既是村童们的池塘，也是青蛙的池塘，蛇的池塘，虾子的池塘，螃蟹的池塘，翠鸟的池塘，浮萍的池塘，香蒲的池塘，睡莲的池塘，芦苇的池塘，红蓼的池塘，冒着气泡的池塘和不冒气泡的池塘，有传说的池塘和没有传说的池塘。池塘，也是水鬼的池塘。

那一年，恰是鬼节那天，我们村的池塘里淹死了村中的一个小女孩，她大概只有三四岁。她淹死在离自家门前不远处的那口池塘里。出事之后，全村人都跑去围观，那时她已经被捞起来，不会动了。只见她身子光着，被俯身放置在一口倒扣的大锅上。锅垢染黑了她全身的皮肤，乍看起来像一个黑色的青蛙，四肢瘦小，喝饱了水的肚子圆鼓鼓的。

不知是哪一个村民，想出了用一口大铁锅来挽救小女孩生命的办法。他们把小女孩腹部朝下倒扣在一口大铁锅上，希望凸起的锅底能够挤压出小女孩喝进肚子里的水。折腾一番，水怎么也流不出来。后来，有人去检查她的嘴巴，掰开嘴巴时，发现里面塞了满满一口糍粑。把糍粑挖出来后，水便流了出来。有人抱怨太迟发现她嘴里的糍粑了，他认为是糍粑堵住了水，水没法流出来，小女孩才没救的。

这种救人的办法最终无法奏效。没有一个人懂得使用正确的急救措施，没有人试着给她做人工呼吸。小女孩原本软软的身子渐渐僵硬。一个鲜嫩的生命就此逝去，悲痛啊！

她的父亲瘫在地上，号哭不已，涕泪纵横；她的母亲哭得满地打滚，以头抢地，凌乱的头发沾满了地上的草根和灰尘！即使如此，也难以宣泄那母亲心中的失女之痛！围观的村人，表情各异。妇人们通常是眼泪浅，就陪着抹眼泪！但大多数人，只是表情呆滞地看着。除了如此，他们又能做什么？最多只能回家教育孩子，千万不要到池塘里去玩水。

亲人或余悲，他人亦已歌！围观的人群散去，各自还其家。又有人跑去看小女孩跌下水的现场——池塘的一个出水口边。那天刚下过大暴雨，池塘里的水暴涨，几乎要漫上堤面来。众人估想：小女孩手里拿着为过节而做的糯米糍粑，一边吃一边独自来到池塘边玩耍。水触手可及，她一失足就掉下去了。等有人发现她时，她已经喝饱了水，浮了上来。或许，她是早就没救了。人们这番忙碌也只是徒劳！

从此，传言在村民们的口中流传：小女孩是被水鬼瞄上拖去的。自发生了小女孩溺毙事件后，从此，每年七月一到，村童们的心中，便惴惴不安起来。大家都向往池塘，但耳边又不时响起家长们警告：别整天泡在水里，小心被水鬼拖去！

没人敢独自前去池塘游泳，更不敢肆无忌惮地在池塘里泡上大半天，想去游泳就只能约上一大群伙伴才敢去。一群相约而来的小孩，没有十个也有八个，大家争先恐后地跳进池塘，个个像蛟龙入海，把池塘搅翻了天，水鬼也悄然躲到一边去了。

传说水鬼的眼睛是红色的。红眼水鬼会趁孩童们不备之时，变成人形混进队伍中，然后伺机把孩童中的一员拖进水底，然后在脚板上打一个洞，吸光了血，才让他（她）浮上来。大伙儿在下水之前，就互相告诫，要时刻保持高度警惕。要不时彼此看看对方的眼睛，如果发现有人的眼睛变红了，那人就极可能是水鬼变的，也就说明有水鬼混进了队伍中来了，那么就要立即上岸。

当大伙儿在水中正玩得得意忘形之时，有人忽然发现身边少了一个人，就大声喊叫起来：水鬼来了。大家一下子镇住了，急促地环顾四周，果真发现少了某某，她不知何时远离了大部队，滑到离大家较远的深水区，此时正一上一下地在水中乱窜，眼看就要沉下去了。谁也不敢前去救援她，因为大家的水性都不算熟。只有我们的"女孩子王"——阿金，她的水性非常纯熟。说时迟

那时快，只见阿金像只鸭子，一头扎进水里，屁股一翘，便从水面上消失，她潜到水底去了，瞬间就游到了遇溺孩子的身边，一把抓住她的头发，把她拖回到安全地带。

值得庆幸的是，自村中淹死了那个小女孩以后，村里就再没有发生类似的事件。也许，那个小女孩已去了水底做水中仙子，她在暗中保佑着我们所有的人！其实小孩子是有自我保护能力的。游泳时，村童们当中，是时有人遇险的。而当有人遇溺时，便会有水性特别好的孩子奋勇地前去救援。

第六辑　乡梓情浓

　　"此夜曲中闻折柳，何人不起故园情？"童年在故乡生活的时光短暂而快乐，但那些日子犹如白驹过隙，转瞬即逝，而那时的一幕幕场景，却像一张张清晰的底片，深深地印刻在我的脑海，无论时间如何磨洗，都不能消退一点点颜色。

挑水的母亲

　　无论家乡的井里流淌出来的水多么甜美甘醇，挑水仍是一项辛苦的劳作。一口井的历史，就是一部乡民生活的热汗史。农人白天在田野里挥汗苦干，到了傍晚，还要到井上挑水做饭。乡村生活，没有一刻是悠闲自在的。

　　母亲年轻的时候，非一般强悍能干，简直就是个女超人。她在村校里担当一份民办教师的工作，还在家里养两群家禽（一群鸡，一群鸭）、三头猪、四个孩子，耕种五亩田地（包括旱田和水田）。父亲在镇上任公职，只有周末才回家。母亲每天都忙得三头六臂似的，但她刻苦耐劳，不知歇息，也不向父亲抱怨说累。就算只有周末在家，父亲也要赖床，睡到日上三竿，太阳晒屁股。母亲三番四次催迫他起床去犁田，但他仍在床上支支吾吾，翻个身又睡过去了。真是求人不如求己！除了犁田的活干不了，绝大多数农活，母亲都不用求父亲帮忙。她自个儿累到吐血，也一声不吭地扛过去了。她最大的优点就是像头老牛那般任劳任怨，且从不诉苦。她仿似对物质的生产有着无穷无尽的劲头，唯一的缺点就是对孩子们的脾气不怎么好而已。

　　某年冬天的一个下午，她背着一岁大的小儿子在本村的民办小学上课。下课回家，发现水缸底可以当晒谷场用了。她迅速挑起水桶直奔水井而去。傍晚是村人挑水做饭的高峰期，此时又值冬季枯水期，水井也见底了。井底的沙窝里只盛着一小窝子水，是前一个来挑水的人下到井底舀水之后，又从地下渗出来不久的水。看到这情形，母亲毫无办法。她想，无论如何也要挑一担水回家。没水就做不了这顿晚饭，孩子们就会饿得嗷嗷直叫。她只能决定下到井底舀水了，但身后背着小儿子。这如何是好？她想解下儿子放在井栏旁边上，让他独自玩耍，但又担心儿子会乱爬，掉下井去。她转念又想，就算儿子不会掉下井，又怕从井边小路上经过的外村人把儿子抱走。思前想后，她始终放不下心来。最后，她只好痛下决心，背着儿子一起下井舀水。

她先把水桶和勺子用绳索放到井底去，然后小心翼翼地探出一条腿，把脚踩到井壁的踏脚孔里。井壁为红砖所砌，常年潮湿，长满了黏腻湿滑的青苔。如果脚踩得不稳，一不小心就有滑落的危险。好在整个冬天都缺水，村人早前已无数次下井底舀水，井壁上的踏脚孔的砖已被脚踩新了，不再滑溜。母亲的双脚好不容易撑稳两边的井壁，一步一步往下移，小心翼翼，否则，母子就会掉下井底。好在井并不深，大概只有三米多深。终于，她顺利到达井底。抬头望天，只见井口上是六边形的天空。井底死寂，她只听见自己粗重的呼吸声，井外也一片岑寂。

此时正是穷巷牛羊归的时刻，放牛的、下田的、挑粪的、挑水的农人都已归家。井底静得可怕，狭窄的井壁也带来强大的压迫感。恐惧油然而生，塞满母亲的心胸。母亲越想越怕，她害怕这古老的井壁随时会坍塌下来，把母子俩埋在井底里。她身上的汗毛竖了起来，额上渗出汗珠。这个时刻，如果发生不测，则是叫天不应，叫地不灵。她不由得加快了舀水的速度，但沙层里出水速度很慢。她心急如焚，连水带沙舀满了一担。好在背后的儿子不哭不闹，安安静静。他在母亲的背上睡熟了。母亲艰难地踩着井壁的踏脚孔，从井底一步一步地撑上来。下井容易上井难，支撑母子二人体重的双腿，不停地颤抖。只有三米多高的距离，她觉得有三里多远。终于，她爬上了井口，重见天日，长长地舒了一口气。晚风吹来，吹得母亲汗透的身体泛起一阵冰凉。这时，她才发现手指已经在爬上来时用力过度，磨破了。她迅速把井底的水桶拉起来，挑起水桶就匆匆赶回家。回家之后，还要等水澄

清了才能做饭，这顿晚饭做得异常艰难！一个月后，四里多外的邻村就发生井壁坍塌，把下井舀水的人活埋在井底下的惨剧。

这段往事，母亲从来没有跟父亲说起。最近的一次闲聊，说到了井的话题，母亲才无意间把这件事情说出来。

父亲："竟有这样的事？我怎么没听说过？"

母亲："我怎敢说出来？我不怕你骂呀？我怕你骂我不要命了，甚至连儿子的命都不要了。"然而时过境迁，父亲并未责骂母亲。

听罢母亲述说挑水的往事，我不由得叹服。我惊叹于她的勤劳和顽强。她那种不屈不挠的生存意志，是我望尘莫及的。母亲用她柔弱的双肩，挑起了家庭生活的半边天，为父亲分担了重担，给我们营造了充实的物质生活。这是我时刻都要铭刻在心并知恩图报的。

父亲为了表达对母亲几十年来同舟共济相濡以沫的感激，写下了一首《赞吴老师》的诗：

> 身为老师兼种田，孩儿襁褓不离肩。
> 认真备课翻书本，严谨登台执教鞭。
> 哺子相夫皆尽力，持家报国两周全。
> 世间难得贤良妇，的确堪称半个天。

我很清楚父亲写下的并非溢美之词，我母亲以一辈子的辛劳，换来这样的赞美，她真的配得起！

背井离乡，奔赴城市

本村人要去八里外的镇上赶集，就得从水井边经过。久而久之，赶集人的脚步就把井栏边的田埂踩得亮白且坚硬。早上踏着露水沐浴着朝阳来到井栏边玩耍，可以看到行色匆匆的赶集人。有本村人，也有外村人。

坐在高高的井栏上，我用艳羡的目光把去赶集的人送远。我的心也跟随着他们的匆匆脚步远去了。镇上有我渴望涉足的新华书店。书店的柜台上，高高地搁着我喜欢的连环画、童话和作文选。与新华书店仅一墙之隔的是供销社的门市部。柜台上货品琳琅满目。最引我注目的是五彩缤纷的布匹，浓香四溢的雪花膏和花露水，此外还有颜色鲜艳形状各异的纽扣，明晃晃的镜子、金属外壳铮亮的手电筒……供销社对面的大树底下，有个摆地摊的货郎。货郎担里的货物，更加诱人。有发夹，彩带，花边，红头绳，搽脸的蛋粉等等。最重要的是，镇上有我的父亲，他是非农业人口，在镇上工作。

母亲有时也在周六日去赶集，一去就是一整天。从下午三点钟开始，我就在家里盼望她回来。我心里设想着，此刻她应该是抬脚离开镇上了！过一个小时后再设想，她就快到了村庄对望东南面的那个叫作"上博古庙"的地方了。她过了上博古庙，就快到井边了。近了，近了……过了井边，过了池塘，就进村口了……这会儿马上就迈门进家了。果然，我听到门外响起了脚步声。我兴奋得心脏都快要跳出嗓子眼了，匆忙从家里跳出来，一看，失望至极，原来是邻人扛着锄头从门外走过去，到田里去除草。

　　然后又开始下一轮的等待。等人是心急如焚的，等着等着，我的脚步就禁不住向井边迈去。到井边去等她回来，岂不是能够更快看到她？

　　上博古庙与水井之间隔着一片田野。她如果到了上博古庙，那就是我视线所能及的距离了。上博古庙在水井东南面不远处的小山丘上。那里虽然叫作"上博古庙"，但其实早已没有庙了。那里只耸立着两棵高大的古榕，邻近几条村庄的人，仍旧到榕树下拜祭。只要母亲出现在小山丘顶的古榕树下，我就能望见她朦胧的身影了。

　　望眼欲穿，总算盼到一个身影出现在小山丘顶上了。等着那身影越走越近，越来越清晰，终于能够辨清那是什么人了，却发现是邻村人，根本不是我母亲。希望转眼间变成了失望。又指望着另一个身影快点出现在上博古庙的小山丘顶上。过尽千帆皆不是。眼看就快日落西山了，赶集的人几乎都回来了，可母亲仍迟迟未归。母亲不可能不回来吧，虽然镇上有她丈夫，可家里有她四个嗷嗷乱叫的孩子。

　　我真傻，何必心急如焚地等她回来？我不过是想快点吃到她买的零食，想快点看到她扯的棉布到底漂不漂亮。可是结果总令我失望。我望眼欲穿等她回家，等来的却是这样的结果：她不给我们买回任何东西，甚至连一颗糖果也不买。买回的只是给她自己做衣裤的灰不溜秋的布或者其他日用品。对于我的期盼，她从来都是忽略的。

　　等我长到十二三岁时，我也要从井栏边的小路上走出去，去镇上赶集。我向往镇上的生活，对农村生活有着本能的厌恶。我渴望快点长大，离开农村，走向城镇。

　　记得那年冬季的一天，我和同村的女孩阿金约好去赶集。阿金是我们女孩子们的大王。我好不容易才跟她改善关系，攀上交情。她同意和我一起去赶集，是对我的垂爱，我心中振奋莫名！

　　以前她一贯孤立我，是无缘无故就随意地孤立我，甚至发动全村女孩都不跟我玩。后来不知何因，我竟然得到了阿金的青睐。我受宠若惊，马上加入她领导的团队中去，整天跟在她屁股后面，到处瞎逛，不亦乐乎！这时的我，唯阿金的命是从。

　　这天，阿金跟我约好，只有我们两人去赶集，其他人一律不许参加。我和阿金出发了，不想，我们的秘密行踪却被我妹妹发现了。妹妹是出名的难缠。她一定要跟我去赶集。我一路走，一路回头驱赶她，像驱赶一条跟尾狗。可无论我怎样驱赶，她都不肯善罢甘休。阿金也非常讨厌有我妹妹跟在后面。

　　我从来不曾喜欢过我的妹妹，她是我的天敌。她仿佛是要成为我的克星，才降生于这个世上的。幼年时期的我们，是两座活火山，不能碰在一起，若一不小心接触了，就要朝对方猛烈喷发炽热的岩浆。

　　她勤劳，我慵懒，是鲜明的对比。她每天都主动为母亲分担家务，因此很忙碌；而我却从不主动，母亲说我像一段笨木头，一定要她推一推，我才动一动，否则我就终日端坐窗前，发着无边的幽思，对花凝眉，对叶兴叹。妹妹一大早起来，就手脚麻利地劳作，洒水扫地，扫除鸡舍里的鸡屎，家里家外，打理得井井有条。

　　我认为妹妹的忙碌是自取的。作为一个小孩子，为啥不充分享受快乐的童年时光呢？非要像个小大人活着！那样太累太无趣！妹妹身上那种小大人气质，令我讨厌。她没有小孩子贪玩贪吃的特性。她喜欢大人们的称赞。为了得到称赞，她把自己弄得非常勤劳和忙碌，十足像个家庭主妇，甚至比家庭主妇更加称职。有客人来的时候，我会躲开，她则喜欢迎来送往。最讨厌的是，她喜欢管束我，还喜欢向大人告我的密。我们习惯打架，有时甚至一天打三次。我们的关系糟糕透顶，我是不可能要她跟我去镇上的。

　　我和阿金怎么也摆脱不了妹妹的跟踪，就这样拉拉扯扯地来到了水井边的稻田里。冬季的稻田已经收割完毕，稻田被晒得龟裂，裸露着稻茬，还有晒干的稻秆未被收走。此时，阿金的脸色已经非常难看了，我决意不能再让妹妹跟下去了。不摆脱妹妹的跟尾，意味着我们此行即将报废。

　　我开始发狠，把妹妹推倒在稻田里。然后狠狠地踢她的腿和屁股。妹妹在田里哭得满地打滚。我以为妹妹被打怕了，不会跟着来了，我马上就和阿金继续上路。可是，妹妹一见我们上路，立即就从地上爬起来，又跟着来了。

　　我只好又把她打翻在地，在她身上又踢又踩，然后再上路。结果她还是一个翻身，又跟来了。她像一个打不倒的不倒翁，又像个不灭的鬼魂那样牢牢地缠着我们。阿金已经够不耐烦了。

　　她说："我们不去赶集了，回家吧。"

　　"不要啊！我们不要半途而废啊，还是去吧！"我哀求着阿金。

　　"可是你妹那么难缠……"

　　"我把她打怕了不就行了吗？"

　　我再次把妹妹打翻在地，我真想把她踩扁，碾平。这样，她就再也爬不起来了。我和阿金又上路了。可就在我转身迈动脚步又要出发的时候，妹妹迅速爬过来，一手攀住我的脚，然后死死地抱住，我怎么也甩不掉她。

　　如此情形，阿金果断地取消了此行的计划，我们打道回府。妹妹哭哭啼啼地走在前头，一边走，一边骂咧咧地说："我回家就跟妈说，你打我……"

　　我开始担心了。我肯定要遭受母亲一顿毒打或者毒骂的，这是插翼难逃的，我惴惴地跟在妹妹的后面，艰难地迈动脚步回家……

　　乡井是乡村的眼睛，它闪动着蓝汪汪的眼睛注视着我。如果井里住着个井神，井神她有没有看清并记下我少年时代对妹妹施行的暴行？

再过几年，因为政策允许，父亲把妻儿子女五人的户口都农转非了。我们终于举家搬迁了，先搬到镇上，后来又搬到县城。我又从县城去到更远的城市读大学，我的脚步越走越远了。现在居于城市的高楼上，故乡虽不是远隔千山万水，但却很少回去了。家乡只剩下老屋，乡井也在我的情感和记忆中淡出了。只有在梦中回眸，才又见到乡井那蓝汪汪的美丽眼睛，它还记得我吗？它还在注视着我吗？

大队屋

"大队屋"是一座类似于广州西关大屋那样的建筑物。门前有骑楼廊，大门是趟栊门。实际上，大队屋是我们乡的政治经济文化中心，是乡的治所。大队屋里面设有供销合作社的门市部，还设有中药铺、会议室、油桁等。远近的村民，平日吃喝用度所需的一切日用品，都要来这里购买。

小时候，我视跑大队屋为一件美差。家里缺了日用品，母亲就差遣我去买回来。比如午餐喝粥时没有下粥菜，母亲就叫我拿一个瓷碗，去买几个豆腐乳回来，用作喝粥的下粥菜。过节如有猪肉吃，母亲又差我去打一碗酱油回来腌猪肉。无论是去打酱油还是去买豆腐乳，我买好了往回走时，都要一边走，一边用手指头蘸碗里面的酱油或腐乳汁来吮吸，聊解嘴馋。有时，去买的是粗盐，也要丢一粒进嘴里含着往回走，因为口中太过寡淡无味。有人吃到粗盐会呕吐，但我从来不会这样。

大队屋后面是一所小学。那是我的母校，我在此读完小学。小学生的我，当身上揣着几分零钱时，下课铃一响，就一溜烟冲出教室，向着合作社全速飞奔而去，生怕去迟了就要排队买零食，拖延回来上下一节课的时间。

那里出售糖果、饼干和数种常见凉果。讨小女孩喜欢的是腌制过的杨桃干、芒果干、话梅、橄榄、山楂、李子、陈皮等。凉果含在嘴里，酸酸甜甜的味道，过了许久都还在。

合作社有四个售货员，分别来自四个不同的村庄。回想起来，印象最深刻的是来自潭静村的售货员康永，他是我小学女同学阿娣的爷爷。老康永是抗美援朝的残疾军人，有一条永远不能弯曲的手臂，那是因为子弹曾经穿透他的肘关节。他总是挺着一条笔直的手臂给顾客售货。那时，当售货员也是一种殊荣，要身份特殊的人，才能担当。

我依稀记得一件与大队屋密切相连的国家大事。那是一九七六年毛泽东逝世。吊唁他的灵堂，就设在大队屋里面。那个万民同悲的时刻，全乡所有村民，无论男女老幼，都前来哭泣。小学生们也被组织到大队屋去，给毛主席的遗像默哀鞠躬。灵堂里装点着浓黑的挽联、肃穆的纸扎花圈，扩音器里播放着低沉的哀乐。人们表情悲恸，哭声震天。每个小学生的手臂上都戴着黑色袖章。他们在大队屋外排好队伍，整齐地进去，鞠躬完毕，又鱼贯而出。我还是个学龄前幼童，没有资格排在队伍中进去鞠躬，等所有的小学生都行礼完毕，幼童也被允许进去了。我也随众人来到堆满花圈的毛主席遗像前，诚惶诚恐地献上了虔诚的鞠躬！

大队屋门前是一片空阔的草地，通往四面村庄的各个方向，都被踩出一条深深的小径。草地上会不定期举办临时集市。临时集市是镇上的供销合作社下乡来举办的。每当举办临时集市，小孩们都兴奋异常。大家挖地三尺翻出自家的破铜烂铁，拿去变卖，然后在集市上换回小人书、红头绳、文具、小玩具等物品。

时光流逝，时代变迁，大队屋门前那片空地已不再空旷，逐渐被四邻村庄的生意人瓜分蚕食。他们纷纷建起了自己的小卖部，建筑杂乱无章，拥挤不堪，污水横流。就连旁边的那片小学的运动场，也不能幸存。私人小卖部对供销合作社形成了包围之势，合作社门市部被逼到了角落里，门庭冷落。被无情的风雨侵蚀之后，轰然倒塌，是它必然的归宿。

那片消逝的阴凉

一片碧油油的草地，在大队屋的周围蔓延开去，把大队屋和小学校园连成一片。那时的小学校园没有围墙。只是不相连接的几排平房，围成一个长方形校园。校园内处处青草，长满了苦楝树。记忆中，大队屋门前的草地开阔舒展。那儿游走过我儿时自由的身影，飘荡着我欢快的笑声，也洒落过我劳作的汗水。

下过几场绵绵春雨之后，草儿纷纷钻出地面。等草长得嫩嫩绿绿的，就可以赶牛儿来啃嫩草了。草下是肥沃黑泥，地表常拱起一簇簇细碎的蚯蚓粪便。每一簇粪便下都住着一条蚯蚓。我扛来锄头，把蚯蚓挖出来给小鸭解馋。缺乏柴火的冬季，我又带铁铲来铲草皮回家，晒干后用来当柴烧。

早晨上学，草地是必经之处。一条白白的小径把草地撕成两半。双脚在小径旁的茸茸嫩草叶上一路抹过去，挂在草尖上的露珠儿，殷勤地为我洗去一路走来的浮尘，还我一脚洁净与清凉。

草地是学童们玩乐的好去处。草地南侧是简易足球场。用木段树起两个歪歪扭扭的足球门，其上没有安装球门网。球场的地表是沙地，原本也长草的，但铲掉了。学童们终日在其上奔跑打滚，难以长出新草来。

体育老师把哨子吹爆，一群走得像慢吞吞鸭子似的小女生才来到足球场上，排成歪歪扭扭的队列。集合完毕，做了几个简单动作，稍息、立正、向左看、向右看之后，体育老师又把哨子一吹，宣告队伍解散。男生们就在粗沙地上拼命奔跑；女生们随意倒在草地上。或躺、或滚，要不就起来追追逐逐，或邀朋结队，三三两两去大队屋里的供销社买零食吃。一节体育课就过去了。

　　足球场没有围墙，其南侧是我们村的一片稀疏桉树林，长着年老而高大的桉树。林下干净清爽，不长杂草灌木，枯叶还未落到地面上就被村人耙走当柴烧了。树林东南面无遮无拦。是一片田野。夏日凉爽的东南风习习吹送，树林是人们留恋的清凉地。农田里烈日当空，此处风凉水冷，暑气全无。

　　下田的农人在此流连不去；打扑克牌的在此激战终日；孩童在此游荡戏耍，或捕蝉、挖蝉花、挖泥土里的沙牛；去供销社购物的本村人或邻村人路过此处，也浮生偷得半日闲，趁机纳凉一会儿。树林里总能聚下不少人气。

　　草地、足球场和桉树林周边，这片开阔天地，就是乡民的公共文化空间。有时，这里是乡民的露天会议厅。二十世纪六七十年代的批斗大会、抓革命促生产大会，还有各种政治会议，都在这里召开。有时，这里是戏剧院。革命样板戏、革命历史舞剧在这里上演。有时这里又是露天电影院和村民集市。

　　桉树林边缘、足球场上，不定期举行民兵训练。七八月份是一年中最火热的时节，十八二十岁是人生中最灿烂最美好的年龄。农忙完毕，大队便开始组织民兵训练。那时是七亿人民七亿兵，万里江山万里营啊！十八二十岁的小伙子姑娘们，顶着烈日，扛起半自动步枪，一丝不苟地练习射击，刺杀，投掷手榴弹。他们动作麻利，挥汗如雨。

　　枪倒是真枪，但没有子弹。手榴弹却只是道具。民兵队长一声令下，民兵们"喀喀喀"就把步枪大卸八块，化整为零。又一声令下，"喀喀喀"又把零件一一装上，化零为整。练习刺杀时，足球场上竖起一排稻草人；练习瞄靶时，足球场上又竖起一排靶子，卧倒一片民兵。

　　那年代人们非常熟悉的名词——民兵，现已渐行渐远了。许多那个年代特有的事物都一去不复返，彻底淡出了我们的生活。年幼的我，目睹了那个时代转过身远去的最后背影。

夏夜，草地上竖起一张银幕。下乡的电影放映队在此播放电影。电影把远远近近的人们都召集到一起来了。离得近的村庄，人们很早就拿了席子、矮凳子、长板凳来占位置。远路来的，没占到位置，就见缝插针坐在草地上或站在后面。夜幕降临，风中飘摇的银幕上现出了闪动的影子。《铁道游击队》《小兵张嘎》《咱们的牛百岁》《甜蜜的事业》《喜盈门》等电影粉墨登场。这些电影播放过一遍又一遍了，但人们依然看得津津有味。

进入二十世纪八十年代后，放电影已不再是一件令人兴奋的事情。村中出现了电视机。舞榭歌台，风流总被雨打风吹去。如今，露天电影早已成为褪色的记忆，就连电视机也俨然已成了明日黄花。

集市最先是在足球场边的桉树林的树荫下形成。每到下午两点钟，小小的集市就形成了。远近村庄的村民都来这里买菜。集市上有咸鱼、豆芽、猪肉和各种时鲜蔬菜出售。集市慢慢壮大，就搬到大队屋门前的草地上，建起了专门集市。

大队屋逐渐失去了往日的作用。在岁月之雨的无情冲刷中，大队屋日渐颓败坍塌，人们弃之如秋扇。桉树林也被毁，林地日渐被私房侵占。

乡村不再有大型集会。许多年以前的乡村露天电影，早已成为陈年旧影和人们暗夜里的回忆。夜晚将人们孤立于各自的房屋内，大家都守着电视机，观看着无聊的电视剧。乡村没有了公共文化活动空间。

乡村要有公共文化空间，才能培育起乡人的公共意识与公民精神。乡村公共文化空间的消失，就意味着乡村公共生活的萎缩和消亡。

风 筝

他那么年幼，竟然会自己动手去制作风筝。时至今日，我都认为那是一件十分繁难的事情。

他拿菜刀去门前的竹丛里，砍下一条瘦小青竹拖回来。削去竹叶，把竹子破成竹片。细细破、慢慢削、持续磨，极富耐心，把竹片做成薄薄的竹篾。他在厨房门前的檐下忙活了一个上午，终于用篾片扎出了一个风筝的雏形。这会儿可以看出来，他做的是一种最常见的风筝，技术含量应该不算很高！但他为此还是很忙碌，进进出出，一会儿去找这个，一会儿去找那个。他回屋里找出作业本来，又发现少了剪刀，又进去找剪刀……他没有助手，一切都由他独自完成。他默默无语，沉浸其中，自得其乐。

他开始往竹骨架上糊作业本里撕下来的纸，风筝成型了。他开始调试风筝，找到平衡。不能平衡的风筝飞不上天。他辛苦做出风筝来，就是要飞上天空。他发现风筝不能平衡，只能修改。他又把风筝丢在原地上，进屋去找寻他需要的物品。

当他再次返回原地，看到的却是满地凌乱纸屑，风筝已被人撕成碎片，一个上午的辛劳付之东流。他表情错愕，继而禁不住号啕大哭："谁撕了我的风筝……"

他是我可爱的小弟，那时只有七八岁光景。当他走进屋内时，他的二姐姐——我的妹妹，拿起风筝，没半点恻隐之心，毫不犹豫就"嗖嗖"几下，把风筝撕成碎片。顷刻巨变，在一瞬间内完成，我虽看在眼里，但还反应不过来。

妹妹显然不赞同她弟弟的玩耍，因为她认为这是不务正业。她对待自认为不喜欢的，出手决断，下得手来摧毁这一切。人在

年幼时，总是爱憎分明。而年长以后，知晓了事物的两面性，知道了世间存在着许多自己无能为力的事情，价值观也变得多样了，出手未免犹豫和畏缩。

我对看在眼里的这一切，竟是麻木不仁的态度，并没有出面维护小弟的利益！我视而不见，木然呆坐，我害怕跟强悍的妹妹正面冲突，我退缩了。

妹妹小小年纪就像个主妇，对家务事极富责任心。她包揽家务，每天很有计划地忙里忙外，任劳任怨！她最看不惯我的慵懒。在她看来，她是妹妹，都那么勤劳，而我作为姐姐，却那么悠闲，这是不可饶恕的。她要我像她那样勤快，然而我不肯。在我看来，我是姐姐反而要被妹妹管束，决不肯就范。冲突在所难免，我们只有打架。有时是她抓破我的脸，有时是我把她的鼻血打出来。我们常常扯住对方的头发，然后就定格在那里了，像两头用犄角顶架的蛮牛，势均力敌，顶在一起就动不了。谁也不肯比对方先一秒松开手，只要先对方一秒松手，就意味着斗败。我们又像两只疯狗咬架，我通常是咬败的一方，我没有她那么刚强硬气，我很容易败下阵来。咬败的我像丧家犬那样哭叫着跑开，坐在一旁呜呜直哭。

我已彻底厌倦这种与妹妹的相处模式，但又摆脱不了，每天都在重复着同样的冲突。母亲每天忙碌，在外挥汗如雨，无暇管教我们。她对我们有深深的无力感，她不想在繁重的体力劳动之余，还要为我们生气，她多数时候置之不管，眼不见为净。或者看着我们打架，烦透了，就朝着我们大吼几声。但是无济于事，我们已经习以为常，她的吼对我们也再无震慑之力。

在鹬蚌相争中，母亲能够做到的就是各打五十大板，她绝不会帮我。更多的时候，她可能站在妹妹的一边。因为妹妹年纪比我小，我打不赢年纪比我小的，本身就是一种无能，一种羞耻。谁愿意去帮助软弱无能的人呢？而我平日又比妹妹慵懒，母亲更痛爱妹妹。

　　撕毁风筝的那一刻，妹妹俨然一个道貌岸然的卫道士。她自己不肯玩，也看不惯别人玩，她要破坏。小弟找不出作恶者来，哭诉无门，只好收拾残局，擦去眼泪，重新开始……

陨石弹珠

弹珠游戏可谓历史悠久。等我降临到这世上，并且长到爱玩爱跳的年龄，弹珠游戏已经在世上存在了好多个世纪了。但一颗属于我自己的弹珠，并不与生俱来。在玻璃弹珠变得廉价和唾手可得之前，我还没有办法拥有它。我想要拥有一颗弹珠，就必须亲自动手去磨。磨弹珠的过程漫长而艰辛，要有铁棒磨成针的毅力。

只要一有闲暇时间，孩子们就着手磨弹珠，尤其是男孩子们。弹珠跟石头或墙壁等硬物不断摩擦，变得滚烫，也不肯释手。因为我们深知，磨弹珠是一个持之以恒的过程，不能一刻稍停。

玻璃陨石是我们小时候不用花钱就可以得到的玩物。这种墨黑色的石头来自天际。它在某个漆黑的夜晚，化作一道弧光，划破长空，跌落尘埃。它静静地躺在荒山野岭之上，等候着一群小孩的光临，把它捡回来，磨成弹珠。

在我们村这里，玻璃陨石被称为"雷公屎"。它更广为人知的名字是"雷公墨"或"雷公石"。唐朝刘恂所著《岭表录异》一书中记载："雷州骤雨后，人于野中得石如黳石，谓之雷公墨。和之铮然，光莹可爱。"我们村距离雷州在一百公里之内，因此在我们这里，玻璃陨石也较为常见。小时候，清明节上山扫墓，可以在山上随意捡到这种东西。

几经磨砺，一颗陨石弹珠终于在某个小孩子的手中诞生了。但它的外形并不俊俏，显得笨拙、呆头呆脑。手工磨制的珠子，始终无法做到商店里出售的玻璃弹珠那么规则，那么光滑圆溜。它没有玻璃珠子的晶莹透亮和花俏，也引不来一片艳羡的目光，但它已经凝聚了主人的无数心血。

　　东西难得，才会加倍珍惜。如今的小孩子，玩具可轻易获得，无需再为此花费漫长时间。他们不知珍惜，玩具用过即弃。进入消费时代，人人都被广告包围，孩子们更是被商品制造商们当成了可以收割的经济作物。人们无法长久地使用和保存一样东西。人与人之间保持彼此忠诚，也已是稀有的生活状态，是时候怀念一下旧时光了。

捞　虾

　　在夏季的池塘里捞虾，是难忘的童年乐事。每到夏天的某个特定时刻，水中的小虾便会突然爆发出来。虾子们纷纷涌向池塘边缘，在浅水中浮游。乡人称之为"发虾"。"发虾"这一说法，很容易使人望文生义地理解：水中本没有这么多虾，虾是变出来的，就像孙悟空会七十二变那样。我小时候就是这么理解的。

　　第一个路过池塘边的人，看到池塘"发虾"了，就飞奔回家，拿来工具——插箕和脸盆，直奔池塘而去！第二个路过的人，见此情形，也赶紧跑回家拿来工具捞虾。消息不胫而走。很快，池塘边便挤满了捞虾的人。

　　遇上"发虾"，那感觉就像天上掉馅饼一样。但这种时候不常有，一年只有夏季发生一两回。后来，知识丰富了之后，才明白"发虾"跟天气密切相关。夏季，闷热得要命且大雨即将来临之际，气压很低，水中缺氧，鱼都浮头了。鱼浮上水面，大口大口地吐泡泡！同理，池塘里的虾也不是突然间爆发出来的，而是水底本来就有这么多虾，它们是在水底待不住了，才浮游到水面上来的。

　　虾藏满了池塘边的水草丛。竹编的插箕，是捞虾最好用的工具。手拿着插箕，轻轻向池塘岸边靠拢，等插箕触及池塘堤岸之后，就用膝盖顶住插箕尾部，双手快速在插箕口的两边包围过来，把草丛水底下的虾赶到插箕里，迅速提起插箕。等水漏掉之后，虾就留在插箕里。一插箕下去，多的时候，可捞上来数十条虾子。然后把虾子倒在脸盆里，再去捞第二插箕。脸盆里的虾子，活蹦乱跳，想逃出去！往脸盆里装点水，它们就安心待在里面了。

　　沿着池塘边向前移动，就让脸盆浮在水面上伴随前行，这样方便把捞到的虾倒进脸盆里。捞到半脸盆的虾子，不是难事。晚饭时，就可吃到香喷喷的油爆虾子了。

　　但也有乐极生悲的时候，由于过急拉动漂浮在水面上的脸盆，脸盆倾侧，虾子全倒进水里了。虾子四散逃奔，劳动成果顷刻化为泡影。补救措施是赶紧往脸盆倾侧的地方，猛捞几下。可惜，捞上来的虾子已寥寥无几。最后只好重新努力，但收获始终比别人少许多。

挖蚬子

　　我小时候居住在村庄里，多数时候是深居不出，不事劳动，但也有例外。那一次，我和妹妹跟随了村中的女孩儿们，去小河里挖蚬子。我们村的土地，分为旱地和水田两种。水田离村庄很远，那是我很少涉足的地方。一条大水沟环绕在水田的边缘。大水沟或也可以称作小河。小河很浅，水通常只能没过小腿肚子。小河中心的淤泥里，蚬子成群结队地生活着。脚踩进河沟的淤泥里，感到有东西硌脚，那就是蚬子。伸手下去挖，一挖就是一大捧，收获颇丰，我们喜笑颜开。我们挑来了一担粪箕，挖到的蚬子，就被丢进粪箕里。

　　有时会挖到河蚌。河蚌的体形比蚬子大很多倍，挖到一个河蚌，就是一阵惊喜，顶得上挖到一捧蚬子。河蚌的个头大如手掌。外壳青黑色，壳质脆薄，肉质肥厚。还会挖到田螺和石螺。田螺的壳质脆薄。石螺与田螺外形相似。石螺的个头比田螺小，壳质坚硬。鸡屎螺（钉螺）也经常挖到，但钉螺的体形太小，不受欢迎。但带回家煮熟，也有独特风味，挖到了一般也不会抛弃的。

　　有时会挖到水蛇，跟我们一起挖蚬子的阿萍，脚上就踩到了一条水蛇，被咬了一口，脚踝处有清晰的牙齿印痕。所幸的是，水中的蛇一般是没有毒的。

　　挖回家的蚬子，放在清水里静养一两天，蚬子就会吐出肚子里的淤泥，泥腥味就没有了。洗净蚬子，放到锅里煮。煮沸后，一只只蚬子都张开了嘴，露出雪白嫩鲜的蚬肉。煮蚬子的汤，极白，极浓，如牛奶一般。蚬子汤里放进青菜煮，起锅时，雪白的汤面漂着翠生生的青菜，味道好极了。将蚬肉剔出，炒来吃，味道也十分鲜美。一个蚬子壳里就只有一丁点儿蚬子肉，十分不起眼，小到不够塞牙缝。捡拾半天，都不够装满一口，但我就好这一口了。

现在，千百年来形成的稳固的本地生态环境已遭破坏，田野里已难觅淡水贝类和小鱼小虾的踪迹。而如今的小孩，学业紧张，游乐方式也丰富多样了，他们早已远离了田野，对农田里的生物，也不再感兴趣。一代人有一代人的生活内容和生活方式！

乡村大戏

乡村的夜晚并不总是无边的漆黑、深浓的恐怖，也有惬意的时候。冬夜的大戏，夏夜的电影，都令人难以忘怀。

演大戏，通常是在过年的时候。村边的晒谷场上，搭起了戏台。北风呼啸的寒夜，鼓乐悠扬，把远近数里的人们都吸引来了，场面热闹，人头攒动。去得晚了，台上演员们已经开演了，想占个看戏的有利位置，已经很难，就挤到戏台前或幕后，在幕布的缝隙处，可以看尽演员们在后台的一举一动。看他们聊天、吸烟、化妆、换戏服，比看他们演戏还有趣！

艳装浓抹的正旦，头上插满了金叉、步摇，一步一摇，晃得人眼花缭乱；她身上的鲜艳戏服，其上也缀满闪烁珠片，刺出耀眼光芒。那是儿时我眼中的最美风景。

外婆的村庄是一条大村，有人口过千。二十世纪七十年代末，他们村竟然组建了粤剧团。

二表姐人靓声甜，成为村粤剧团的演员，但她演的是配角。在《白蛇传》里，她演青蛇；在《梁山伯与祝英台》里，她演媒婆；在《西厢记》里，她演红娘。

夜晚，我看到的媒婆，扭姿作态，脸上还贴着一颗大大的黑痣，丑态百出，令人讨厌；白天，她恢复为我美丽的二表姐。我看到她脸上流出的汗，是红色的。我不解，就问她为何会流红色的汗。她解释给我听，那是胭脂的残留，把汗都染红了。演大戏，就连流出的汗，也是美丽的红色汗珠，对二表姐，我内心充满了艳羡。

外婆的村庄，每逢过年过节，必演大戏。傍晚，我母亲便带我们去外婆家吃大餐，兼看大戏。大戏通常演到深夜十二点后才散场。我看不完一出大戏，就在台下的草席上睡着了。

等大戏唱完时，我在睡梦中被推醒。外婆家没有足够的床，来容纳我们这一家人。我们只有步行回自己的家中睡觉。好在我们家离外婆家不远，只隔着一片田野。

夜漆黑无边，我心里满是怯怯的。母亲背着弟弟，困倦的我，迷糊地跟在母亲的后面，踩着深夜的露水，深一脚浅一脚地在田埂上逶迤而行。我不能睡在田埂上，必须撑着回到床上，才能倒头便睡，即使十分困倦，也只能继续走路，必须回到家中才能睡下。

如今，乡村演大戏，观者寥寥。台下站着一小簇人，那就是全部的观众。有人来台下站着，瞄几眼，手机响起，又走了，是被唤去打麻将了。如今大戏是演给神看的。

我是乡村"电视控"

遥想童年，村中第一次出现电视机时，人人都是"电视控"。村中的首富，开办手套厂先富起来的陈康，买回了首台黑白电视机，随后又换成彩色电视机。

傍晚时分，孩童们便早早在陈康家门口守候着，盼望电视剧开播。可人家还没吃晚饭！大家就在他家周边逛了一圈又一圈，等时间快点过去。终于等来电视剧开播，众人一拥而进。跑得快的，就占据一张凳子和一个靠近电视机的有利位置；跑得慢的，就只能站着看电视。而那些来得更迟的，就只能在身材高大的大人后面，踮起脚、仰起头来看电视了。

夏夜，屋内炎热，主人家把电视机搬到屋外的空地上，聚拢更多的人，像看露天电影，场面异常热闹。主人家也在这热闹的场景中享受着尊荣。

那时就已觉得，去别人家看电视，实在是有点恬不知耻。主人家的脸色总是难看。他们趾高气扬的神情，会在不经意间自然流露。主人家的小孩，也自我感觉高人一等，随意欺负同龄人。

有时候左等右等，主人家迟迟不肯打开电视机。不一定是故意刁难。有些时候，他们家也有事情要忙，没空；有些时候，他们家感觉被观众烦扰够了，没心情，他们也想清静一个晚上。但一村之众，无论何时，总是有人渴望看电视的。他们家不开电视机时，总有人在一旁等候着，盘旋不去，成了一群令人厌恶的苍蝇。

主人家讨厌来看电视的人，其实在所难免。主人家每晚都要伺候全村人看电视，而总有一些人看得很晚，天长日久，谁都会厌烦。

但凡自己拥有的东西，都不显得怎么珍贵。他们家一旦拥有了电视机，反而不痴迷看电视了。而那些家中没有电视机的人，却异常迷恋，每晚必到。

有时候是电视节目气人，一整晚都没有电视剧，全部时间都用来转播足球赛事。每当遇到没电视剧可看的时候，乡村的夜晚显得格外漫长和黑暗！不知如何打发这寂寞无聊的时间。

再后来，云喜家也买了电视机。云喜家也是开手套厂发家致富的。一村有两台电视机之后，若是陈康家不开电视机，众人就转战云喜家。他们两家各在村一头。成了电视控的我们，乡村宁静而又寂寞的夜晚，就在陈康家与云喜家之间来回奔跑。当我们急急忙忙从陈康家跑到云喜家，发现云喜家也不开电视机。那种失望，难以形容！

有时候，主人家心情好，多迟都愿意陪着熬，遇着电视节目也是主人家喜欢看的，电视机就会开得很晚。一直开到深夜，直至所有电视台都收台。

看完电视，从亮堂的别人家出来，迈进夜幕，离开那座灯光的孤岛，便奋力泅向茫茫暗夜的海洋。夜色浓重，伸手不见五指。那些一同走出来的人，像丢进墨黑色海水里的小石子，倏忽消失无踪了。村人已沉沉睡去，乡村万籁俱寂。没人做伴，我三步并作两步，向家门奔去。有时我会船翻人倾。奔跑踢到巨石，人猛然向前飞出几米远，扑倒在地。痛得几乎要晕过去，还是拼命忍痛爬起来。

母亲已睡去多时，敲门半天，她都不醒。或许她是故意拖延不来开门，她要整治一下我。我焦急地敲门叫门，引来狗吠声声。乡村的深夜更加恐怖，我想象中的鬼魂在身边张牙舞爪。我迫不及待想撞门进去。门轰然打开，母亲随即丢来几句不堪入耳的怒骂。我赶紧低头蹩进去，溜上床睡了。

　　有月亮的冬夜，看完电视回家，寒月满天。苦楝树光秃秃的枝丫上挂着零落的楝子，摇曳于深夜的寒风中。我紧一紧衣领，急速地朝家门奔去。

　　世事变迁如白云苍狗。如今，电视机成了家家拥有的平常之物。我已不看电视，改看电脑。

我在暗夜中游荡

无数个晦暗的夜晚，我在漆黑的乡村度过。有些夜晚刮着台风，狂风挟持骤雨，猛烈地袭击我家的房子。它在飓风中飘摇，像汪洋中一条孤独的小船，颤抖不已；我们蜷缩在床上，整夜担心房顶，它会不会像一张破报纸，在瞬息之间，被一阵飓风刮跑？有些夜晚下着暴雨，大雨倾盆。夜的声音只有哗啦啦的倒水声，夜的颜色只有单调的黑色。夜是浓黑的，我的心也不见一丝光明。

遇上这样的恐怖夜，我不知有多么渴望爸爸在家，我心中默默地呼唤着他：爸爸啊，快回来啊！可是，每次当我们最需要他的时候，他总不在。他在单位里。他在镇教办的小楼上，或许正高枕无忧呢！他有没有担心我们？若他真的担心，为何不及时赶回来陪伴我们？

风中雨里，暗夜中只有孤独的妈妈陪伴着我们。

有月亮的晴夜，则是村童们的盛大节日。月亮光光照地堂。村庄笼罩在如水的月光中，像清洗过一样明净。我们不约而同地从家里出来，来到村中央的那块空地上。那是捉迷藏的大本营。

夜晚的村庄成了谜一样的游乐场。我们从村东头跑到村西头，从一条村巷藏进另一条村巷，追逐、叫喊、欢笑。地上，我们在奔跑；天空中，彩云在追赶着月亮。一直玩至深夜，夜雾沾湿了头发和皮肤，仍不肯回家。要等家长找来了，才依依不舍地离开伙伴们。

没有月亮的夜晚，伸手不见五指，村人都早早关门睡了，如此漆黑如墨的夜晚，谁还会逗留在外？那个夜晚，只有我一人，

孤孤单单地游荡在村巷中。我是被赶出来的，但我不想回家，我不想见到妈妈那张因愤怒而扭曲变形的恶脸。

那个夏夜，停电了。天黑下来之后，家里就点起了煤油灯。我和弟妹，围着一盏小小的煤油灯玩耍。我不小心把煤油灯的灯罩碰下来了。滚烫的玻璃灯罩，把小弟的手烫伤了。那时小弟还很小，只有一两岁。小弟哭喊起来，妈妈跑来，看到小弟幼嫩的小手被烫得通红，她火冒三丈，便去找棍子打我。我见势不妙，飞逃出家门。妈妈从屋里追出来，她追不上我，就奋力掷出手中的棍子，让棍子追上我。可棍子在空中画出一道漂亮的抛物线之后，颓然掉地了，棍子也没能追上我。我只好在夜幕下的村庄中游荡。

没有一丝光亮的夜晚，我在村中四处漂流，从这家门前流浪到那家门前。每到一家门前，我都默然祈祷，好心人呀，不要把门关得那么早，多陪陪我！可谁也不知道我在流浪，没有谁收留我，或主动过问我，然后把我送回到妈妈的身边。我也没向谁诉说过我的困境。

夜向深处滑去，村人日落而息。那个年代，电视还没有出现，就连电，也是不久之前才拉通的。我的身后，一扇扇门相继砰然关上。村人都睡去了。最后，整个村庄，已没有一家的门是开着的，但我还未敢回家。黑暗中，孤独、恐惧、悲戚一齐向我袭来。这困境，叫我如何摆脱？我不想在外露宿，我不想在夜深时刻被鬼抓去。最后是毫无办法了，只有一步一步向家门口捱去。但始终不敢也不愿意去敲开那扇门。

我已无处可去，无可归依，只有在奶奶窗下的墙边蹲下来。夜的浓黑包裹了我。我家房子位于村庄的最外围，屋后便是黑魆魆鬼崇崇的树林。那些变成了幢幢黑影的树木，我越看它们，就越觉像成群结队的鬼怪，自四下里悄然向我围拢过来。我拼命摇动脑袋，想把头脑中的恐惧甩掉。我不敢再四处张望，越是张望，就越是害怕。我把头埋进两膝之间，就像鸵鸟把头埋进沙堆那样。

胸中的委屈在翻腾，我一次又一次把委屈压下去，可是委屈如不倒翁顽强屹立。我抹去眼泪，可新的眼泪很快又溢了出来。我忍不住小声啜泣。此刻我心中悲切，口中叨念着爸爸。但我知道他不是神灵，他不能从天而降，挽救我于苦难当中。

奶奶已经睡下了。我是女孩儿是赔钱货，奶奶一向不怎么关心我。况且，她每天都有一大堆农活要忙，此刻该早已沉沉睡去。我就是有难，也通常不会向她求救的。

奶奶还是听到了我的啜泣声，她起来了。她要把我送回家，我不肯。我希望跟她睡，但她不要我睡，她床上已经睡着我的大弟弟，她有重男轻女的思想。

我拖延着回家的时间。最后，我还是被奶奶扯回到家门口。我不看妈妈的脸，头也不抬，就滚到床上去睡了。一夜无事，第二天也不见兴风作浪。只是昨夜的黑暗，还在我的心中浓得化不开。

好玩，但残忍

　　童年的我，性喜寂寞，不喜与同龄人结群结队，算是村童中的异数。孤寂中，我挥霍了那段美好而漫长的金色时光。

　　我也曾经得到过村中女孩子中的王——亚金的垂青。她派小喽啰捎话给我，说愿意交我这个朋友。接到亚金抛出的橄榄枝，我欣喜若狂，我马上去登她家的门，去跟她做朋友。然后鞍前马后，侍奉于她的左右，一刻也不敢稍离。有时甚至连午饭都不敢回家吃，饿得饥肠辘辘，眼冒金星。

　　尽管我倾尽真心，可最后还是没能得到亚金的宠信，成为她最铁的朋友。不知何故，我总不能深获她的欢心。她轻易就跟我翻脸，没过几天又把我召回，如此再三。最后，她还是把我踢出她的部落，又施展威力，号召全村女孩子与我为敌，把我彻底孤立。

　　跟亚金交往不利，我铩羽而归，成了孤家寡人，日渐变得不爱出门。或许我本性孤冷，不懂侍奉权威，童年时代就表现出不适宜群体生活的本性。我玩伴寥寥。与其外出呼朋引伴，我更喜欢独坐窗前，大发着缥缈无边的幽思。

　　我家窗外，有一条镇级黄土公路经过。雨天，窗外一片寂寥，没了人声、脚步声、车声，只有单调的"嘀嘀"雨声。我枯坐窗前，细看窗外翠竹绿得逼眼的嫩叶，榕树垂挂的褐色胡子尖上又长出了白须……

　　晴天，窗外颇为喧闹，有车声、人声、脚步声……有时候，通常是在烈日当空的晴午，我习惯躺在靠南窗的床上，任由南来的风，穿过窗户，温柔地抚过我的身体。通体沁凉。我百无聊赖地躺着，静听公路上走过的脚步声，认真地分辨脚步声来自哪个人的脚板。这时忽然有人匆匆奔跑而过，留下一串"咚咚咚"的急促而沉重的脚步声。我无端惊起，以为发生地震了，或者火灾了，需要赶快逃命。我在床上一坐而起，可外面却不曾发生什么，窗外依然一片寂静……

那时候，成天呆坐窗前，小小的脑袋里做不着边际的梦想。嗬，像我这种沉默寡言神情呆滞的女孩子，如何讨得他人的欢心？也难怪亚金要孤立我了！

那时候，岁月流淌得缓慢而岑寂。没有千奇百怪的玩具，没有吸引眼球的动画片，没有令人沉迷的电脑游戏，甚至没有漫画书。男孩子们以自制的玩具来取乐，女孩子之间则以搬弄是非，分分合合来取乐。有时候为了寻个乐子，孩子们甚至会做出十分奇怪且残酷的事情来。

砸推土机的挡风玻璃，是那时最刺激也最残酷的游戏。推土机来的时候，是全村男女孩子的盛大节日。遇上这样的时候，我也从孤寂的家中走出来，加入到嬉闹的队伍中去。

公路上，一年之中，偶尔也会有那么一两辆推土机经过。那时公路还没硬底化，是一条黄土路。推土机经过时，履带会在其上扎出深深的印痕。路面坚实的泥土，会被扎得翻起来，变得稀松。

推土机最大的缺点是慢得像只爬行的蜗牛。当有推土机"突、突、突"地经过时，一些孩子首先发现了它，便有人奔走相告。很快，全村的孩子都向公路边聚集，跟到推土机的后面。

有大胆妄为的大孩子，捡起石块，狠命地朝推土机的挡风玻璃砸去。瞬间，挡风玻璃被砸出一个小窟窿。很快，裂痕蔓延，小窟窿就会变大。推土机行驶时的震动，把玻璃震碎。碎粒一粒粒地洒落下来，散落路面。奇怪得很，那些碎片不尖锐，不割手，且边缘圆润，如丝绸般细滑。推土机一路过去，那玻璃碎片就散

落一路，散珠碎玉般晶莹剔透！孩子们就跟在后面，捡那玻璃碎片来玩。

气急败坏的司机从车上跳将下来，去追赶那个砸玻璃的孩子。可他哪里追得上，眨眼间，那孩子便逃之夭夭。他回过身来，又去驱赶跟在推土机后面的孩子们。可孩子们就像叮在牛屁股后面的牛蝇，被驱赶的时候迅速散去，但很快又会聚拢。他们是赶不尽，杀不绝的。罪不罚众，司机无法迁怒于哪一个孩子，只好重又爬上驾驶室，继续开着那辆慢得像蜗牛的推土机，百般无奈地一步一步向前移去。

孩子们不会善罢甘休，还会有人捡起石块，继续砸下那剩余的玻璃。可怜那司机，只能眼睁睁地看着推土机驾驶室四面的挡风玻璃碎个精光。那些玻璃肯定价值不菲，司机定是心疼死了！我捡回来的玻璃碎片，被当作宝贝珍藏起来，日后也会拿出来细细把玩。

白日谈鬼

那时我还在乡村就读小学。我的同桌是隔壁村的小女孩，名叫桃李。我们拥有同一个姓氏，那所小学里的绝大部分学生都使用同一个姓氏，大家都来自附近的几条同姓村庄。我经常去她家玩。她家有一个小小院落。院子里有一架葡萄。居住环境跟一般农家相比，显得雅致。

那个暑期的夏日午后，我照例去桃李家玩。这天，她家的大人们都不在，家里只剩下我们两个。我们难得享有这样的自由，惬意极了。我们躲在葡萄架下的阴凉房间里聊天。窗外，凉风习习。阳光透过葡萄的嫩绿叶子，照射在地上，光斑闪耀不定。我们天南地北地胡侃，不知不觉就侃到了"鬼"这个话题。处于孩童时期的人，总是认为世间上最可怕的东西是鬼。那个时代的乡村，还处于信息落后、民智未开的状态中，到处流传着各种各样的鬼怪故事。传说中的鬼，品种繁多，有水鬼、吸血鬼、无头鬼、无脚鬼、长发鬼、长舌鬼……数不胜数。而这些鬼怪传说的出处也并不遥远，多是来自本村的。

桃李神秘兮兮地对我说："我们村的棉纺厂里有鬼！那还是个女鬼！她喜欢穿白衣白裙，常在夜间出现在村边的废棉纺厂里。阴雨天出现得更频繁。有个雨天的深夜，有人听到女鬼在哭。呜呜、呜呜，可凄惨！有人见过她坐在废旧的织布机上织布，咔嚓、咔嚓，深夜十二点钟一过，趁着惨白的月光，那女鬼就飘进棉纺厂去了，长发飘飘，白裙飘飘……有时，甚至是在白天的傍晚，也有人看到过一个白色的小狗，悄无声息地在棉纺厂内溜来溜去。听人说，那小白狗也是女鬼变的……女鬼经常出没，是有怨气，

要找替死鬼……"

桃李说到恐怖之处,我已两股战战,屁股已不敢粘椅子了,心中做好了随时冲出屋子去的准备。此时,房内的光线骤然转暗,我抬头往窗外望去,只见阳光黯然收起,狂风吹得葡萄叶子沙沙乱飞,极像电影中鬼就要出现的前兆。我身上的汗毛不禁竖立起来,担心鬼就要来了。突然,门外传来了"哐当"的一声巨响。这突如其来的一声巨响,吓得我们不约而同地"啊"的一声尖叫起来。难道说曹操,曹操就到了?那女鬼已经飘到这里来找我们当替死鬼了?我们吓得抱成一团,瑟瑟发抖。过了许久,听不到门外有动静,我们就壮着胆子走出去看一下,噢,原来是放在门外长椅上的脸盆,被风吹落,掉到地上了。外面天昏地暗的,大雨真的就要来了!

世间从来没有鬼,只是人心有鬼。

嘴 馋

食物匮乏的童年，零食是令人垂涎而又珍稀之物。人在孩童期，时刻都会觉得嘴馋，那个时期的最大欲望便是食欲。没钱买零食吃，就只有自制零食。孩童自有解决的办法。乡野间遍地都是可吃之物，就地取材便可。虽不十分可口，但总比空着嘴巴，咽淡寡无味的口水强多了。

去水井的路旁，井栏边，酢浆草随处可见。叶子柔柔嫩嫩的，开出黄色小花在风中摇曳。摘下嫩叶来放进嘴里嚼，酸酸的味道瞬间渗进舌根和两腮间，顿时觉得酸倒了。

庄稼田里，青椒满挂，果形肥硕。放牛经过那里，偷摘几个藏进衣兜里，手中拿一个，拉衣角抹几下，就自认为干净了，迫不及待咬上一口，竟没有辣味，反倒清甜可口。

白萝卜拱开泥土，露出半截白嫩身子，裸露地直立在泥土中。走过田边，瞄瞄四下无人，迅速拔一个，拧掉它头顶上的头发和扯净它脸上的胡须，在田沟水里洗洗泥巴，就塞进嘴里嘈嘈切切嚼起来。生吃萝卜，味道中既有丝丝辣味，也有丝丝甜味。不好的是，生萝卜吃多了，会口吐白沫，胃部难受。也常挖泥里的生番薯吃。嘴馋惹来后患，吃多了生食，肚子会痛。因为生食洗刷不干净，且未经煮熟，蛔虫卵被吃到肚子里了。孩童时期肚子特别容易痛，那是蛔虫作怪。

甘蔗清甜可口，但不容易得到。甘蔗生长缓慢，一年才有收成。一块蔗田种的甘蔗数量有限，在漫长的生长期内，若是陆续被人偷去，到头来，已无可收成。因此偷蔗贼令人痛恨，若偷蔗被人发现，是件可耻的事。甘蔗虽甜，只能望蔗兴叹，馋得口水

直滴！就算自家种了甘蔗，等到收成时也不可以饱餐一顿。甘蔗要出售，只能用蔗头蔗尾解馋！蔗尾甜味很少，蔗头虽甜，但根须甚多，毛茸茸的，又脏又硬，要吃到嘴里不容易。我的大弟年幼时，曾为一根蔗头付出惨痛代价。他砍削蔗头时，竟把一根食指砍成两段。那根黏着鲜血的蔗头瞬间被扔下了，大弟被惊慌失措的父亲送进医院，去驳接手指了。

稻谷成熟时，就去稻田里撸谷粒回来做爆米花吃。几个小玩伴相约来到稻田里。稻浪起伏，金黄的稻穗点头哈腰，随风轻轻摆动。稻粒一把一把塞进衣袋中，塞满了就往回走。回到村中，到处去寻找破的被人丢弃的陶器。竹林边、屋前屋后，村头村尾，都跑遍了，好不容易才找到了半边陶锅。大家分工合作，有的去找砖头垒灶，有的去找柴。一切准备就绪之后，开始烧火，把那半边陶锅烧热，然后从衣袋里抓出稻粒，放到半边陶锅上。"噼噼啪啪"一阵乱响，稻粒纷纷爆开，米花四射。爆米花做成了，香喷喷的。大家把各自的衣袋装满，就到处去玩，一边玩一边吃爆米花，其乐悠悠！

嘴馋的时期已经过去，饥饿的时代也已远逝！

有贫寒和饥饿相伴随的童年，现在回忆起来，依然觉得美好。因为那时有父母的宠爱，自身的欲望也相对简单，容易满足。而成年后，物质虽然充裕了，但人就越来越不易满足。因为欲望多了，样样都想拥有，认为只有拥有更多之后，人生才完满。其实，要求越多，人就越不易幸福。减少欲望，是通往幸福美好的捷径。

第七辑　乡村的背影

　　多么想再次回到老家那炉火红红的灶膛边，踣伏在奶奶的脚下，听她讲狐仙鬼怪的故事，总比如今硬塞进脑袋里以打发无聊时间的影视作品动人得多。岁月流水，年华已逝，家山何处？逝去的故人，永远回不来了，只能长留在我的笔下。

寂寞庭院

一

那一天在梦里，我回到了外婆家竹木掩映的小院。那里旧物依旧，绿竹猗猗，树影扶疏。风掠过池塘，吹皱一池绿腻腻的春水，带来浓郁水腥气味。风动竹影，萧萧飒飒。浅杏色的竹壳摩擦着竹竿，发出咯咯咯的清脆声响，偶尔有一片竹壳随风飘然落地。小花圃的肥沃黑泥里种植着一棵茶树，叶子浓绿油亮。姜花含苞待放，花蕾圆润饱满，肉艳诱人。母鸡带领着唧唧乱叫的小鸡，四处觅食，忙个不停。

暮色苍茫，小院寂寂。外婆独自坐在院子里打盹，她像一件被粗心人晾晒在竹竿上，忘了收回家的陈旧破烂衣物。我已悄然走近她身边，她还浑然不觉。

外婆的正屋坐东面西，门前有开阔庭院，院门向北，院西临一大片池塘。外婆临水而居，独处一隅，居所环境清幽。小院自成天地，它无需筑起围墙，因为它有天然的围墙。小院的南面围墙，一段是自家建在正屋外面的厨房，另一段是十叔公房子的北面墙壁；西面和北面竹丛围绕，是天然的绿围墙。

外婆已故去多年，我一直渴望重踏这片旧地，回来瞄一眼外婆的旧居，捡拾遗落在这里的一束金色童年阳光。但又怕岁月沧桑，外婆的院落早已不复旧样。那里的任何变迁，都是我不愿接受的。新的改变会冲洗掉刻印在我脑海中的旧日影像，那些都是我无比珍惜的。

那一天，我终于鼓足勇气回去。但近村情怯，我的脚步迈不进村庄，我怕走近外婆的宅院，我怕面对改变。其实改变早已存在。我特意回来，想看一眼，却不敢走上前去，只在村庄的外围绕一圈，然后离去。遗落在外婆家的美好时光，已不可能昔日重来，但我会珍藏！那小小院落里的旧物影像，我会为它们覆盖上一层保护膜，就像保护旧照片那样呵护它们，让它们刻印在我的脑海中，永不褪色，永不模糊。

外婆的房子和舅父的房子是并排在同一行的。外婆的正屋之前是开阔的庭院，直面村边那口面积宽广的池塘。而舅父的正屋前还有十叔公家的房子。外婆的房子和舅父的房子中间，是他们独立于正屋之外的厨房。两间厨房背对着背，各自的厨房门口开向各自的庭院。他们各自过活，互不涉足对方家门，大有老死不相往来之势。这两间厨房仿佛成了这片凉薄天地的天堑，阻隔了他们彼此怨怼的目光，也阻断了血浓于水的亲情。

十叔公房子的后墙，与其后的两间厨房之间，有一条仅容一成年人通过的窄窄通道。舅父和外婆本可以通过这条窄巷便捷来往，但他们却互不往来。这条窄巷，成了孩童的我的流连之所。

窄巷狭窄而阴凉，砖墙潮湿，其下终年生长绿茸茸的青苔。墙脚下面是沙质土，泥沙常年被檐下滴水冲洗，沙子洁白细腻。白沙上有蚂蚁疾行，一些长不高的墙阴小草生长其间，开出米粒样的细小花朵。墙角里，蜘蛛织出轻烟般的丝网，随微风飘荡。

十叔公房子的后墙，还筑有一道高出地面的后墙勒脚。后墙勒脚的宽度，可容一个小孩侧身在其上行走。雨天，外婆的厨房屋檐下，垂挂一排美丽的水滴珠帘。我头戴草帽，站在后墙勒脚上，背贴着十叔公家那高高的屋后墙，饶有兴味地观看着那一帘断线珠子似的水滴，看水滴在墙脚的白沙上雕琢出一串洁白的小水窝。衣服被雨水濡湿，全身水汽氤氲，我也不懂得跑去躲雨，要被外婆拉回屋里去高声数落。

晴天，窄巷里荫翳清凉，太阳终日照探不到。我默然玩耍，

185

不知厌倦。捕捉蚂蚁和蜘蛛，破坏蜘蛛用心织出的细网，拔掉小草和青苔。口中时而念念有词，跟蚂蚁蜘蛛们对话。我的童言稚语不小心溜进了外婆的耳朵，坐在庭院里筛谷子或者簸大米的外婆，只是默然微笑，从不搭腔。若是我那童稚言语被待字闺中的小姨听去，她定然会来取笑我。

外婆面容清丽，肤色洁白，身形颀长，年轻时是出众美女，年老了依然气质清冷。她沉默少言，说话柔声细气，脸上始终微微带笑，是个性情腼腆内向的人。平日里，她与人为善，极少外出，从不串门。就算在路上遇到相熟的邻人，也只是微笑着点头而过，绝不会停下来跟人家长里短，拉扯半天。外公也言语不多，但他很少在家。农忙时他终日在田里侍弄庄稼，农闲时就外出做小本生意。

外婆安静地坐在院子里，手上的簸箕一上一下，有规律地颠簸着五谷杂粮。她不时瞄我一下。我若是玩过界，溜到舅父家那边，她及时把我唤回；我若不越雷池一步，她就让我在窄巷里独自玩耍终日。

年幼的我不懂不识，无法领悟成年人之间的微妙关系。我对舅父的庭院充满好奇，会不时违背外婆的意愿，偷溜过界。去看那边一树照眼明的榴花。那边有年长我许多的美丽表姐。

我像门神般长时间地伫立在舅父家的门槛上，十分渴望迈门进去，但又颇为迟疑和顾忌。因为屋内气氛并不友好。我年纪虽小，但对这点还是能够感知。我木然伫立多时，不招人待见。但我仍不识趣，逗留良久，不肯离开。其实，当我像木偶般呆呆地站在舅父家的门槛上的时候，是十分招他们讨厌的。我渴望二表姐和三表姐邀我玩耍，但她们始终表情漠然。印象中，舅妈也会对我微笑，但表情怪异。她一边微笑，一边拼命挤眉弄眼。一只眼睛不停地眨巴着，像进了沙子。我对此十分茫然。不知道过了多久，小姨发现我不见了，急速找来，拼命把我拉拽回去。

二

外婆村的土地，是纯然的沙质土。夏日暴雨，雨水冲刷村道，许多洁白细腻的沙子就会被雨水冲刷出来，在村道上流成一道道小小的冲积扇。外婆的屋后和屋右都是村道。雨过天晴后，独自在村道上玩沙子，是我的沉醉时光。小表哥从村道上走过，他对我视而不见，仿佛完全不认识我，对我有一种天然的隔膜与敌意。

小表哥只年长我两岁。我们是近亲，本该是要好的玩伴，但他对我只有冷漠。小表哥本可以走捷径回家的，只要他肯在他祖母的庭院里横穿而过，再穿过那条我常在其中玩耍的窄巷。但他貌似被家长教导，对祖母的门过其门而不入。他不是从外婆的屋后面绕过去，就是绕道池塘边缘的小径，取道十叔公的门前回家。他决不抄近路。

外婆的庭院是寂寞的。自我长大离开后，外婆的庭院就更加寂寞。回想起来，孩童的我，不知道曾带给晚年的外婆多少慰藉和欢乐！我虽是外婆的长外孙女，但就带给外婆慰藉和欢乐而言，超过她本家的孙子孙女不知多少倍！并不是外婆待我偏心，而是她的孙子女们从不视她为亲奶奶。

外婆常带我去放牛。外婆的村庄周边的田野，我无比熟悉。外婆下田铲草、割菜、施肥、浇水，我都陪伴在侧。上学之前，我大部分时间待在外婆家，在她的照看下长大。入读小学后，我才少到她家去。

外婆一生血泪斑斑，共生育了九个孩子，最后只剩下四个，损折过半，惨不堪言。外婆年轻时的悲惨遭遇让她哭得太多，哭伤了双眼，以致晚年患上严重的眼疾。外婆生命中的最后几年，双眼几乎全盲，只剩下一点光感，即使做了眼部手术，效果仍然不佳。她在摸索中度过余生的光阴。

外婆本有两个儿子，但其中之一不幸夭折。活下来的四个孩

子中，舅父是长子，我母亲是二女，我母亲之后是两个妹妹。舅父比我母亲年长十多岁，这显然不是正常的间隔。他们之间，外婆还生有两个孩子，但都夭折了。那两个小孩差不多是相连夭折的，时间间隔竟在十天之内。这要怪罪于外公，外公去外乡做小本生意时，带回了某种急性传染病。他把疾病传染给了儿女，害得两个小儿女在十天之内相继死去，而他自己却岿然不倒，活到了八十八岁才离开人世。

十天之内相继失去两个孩子，一子一女，惨绝人寰！这样的打击，叫外婆如何承受得住？叫外婆如何能不哭泣？失去小儿子之后，外婆死心不息，她想拼尽力气再生回来一个儿子，但终未如愿。她到四十五岁还能生育，但生下的却都是女孩。

一个女人，一辈子生养众多，受尽苦楚，还要承受先后失去五个小儿女的沉痛打击。外婆哭过的时光太漫长，她的眼睛都哭坏了。她瘦弱的身体里隐藏了太多的不幸，承受了太多的哀伤！所有的苦痛，她都默然承受，伤痛的往昔，她从不轻易提起。然而她的惨痛付出，却换不回应有的回报，她唯一的儿子却不孝！她这一生，何等不甘！

三

舅父生于二十世纪三十年代初。他样貌出众，身材高大，身高在一米八以上。他年轻气盛时，是个特立独行的人。他做过那年代许多人不敢做，甚至不敢想的事情。现在看来，都相当前卫。舅父很年轻就结了婚，但婚后不久，他就嫌弃了自己的原配妻子，原因是妻子的娘家被划作地主成分了。他很快就跟一个比他年长许多的同村寡妇好上了，因而赶走了原配。他把前妻所生的那一个女儿，扔给自己的母亲，他就和新欢重组家庭了。

外婆无言地接过长孙女，默默抚养。外婆一生的苦楚，车载斗量，再多养一个孩子，也不算什么。对此，她没有过半句怨言流出嘴角。外婆视长孙女如己出，当作自己又添了个女儿。毕竟，长孙女也是血亲骨肉。等长孙女长大成人，外婆又把她嫁出去。很多时候，我那两个小姨都要时时让着这个被爹妈抛弃的可怜大表姐。

憨厚老实的外公外婆，刚开始时并不赞同儿子赶原配娶寡妇。他们认为，旧人毕竟没有过错，且生了女儿，这样做，太不厚道！父母的微词终归无效，舅父把他们的意见置之度外。就因为外公外婆曾对舅父的行为有过微词，后来的舅妈便对外公外婆怀恨终身。外公外婆曾多次主动示好，但后舅妈始终态度不改，一直对他们保持着浓重的敌意。舅父则对后舅妈言听计从，也不孝敬父母。

小姨们已出嫁，大表姐也已出嫁，我已长到十多岁。我便很少来外婆家了。平日里，外婆的庭院鲜有人涉足。年迈的外婆闲着无事，就坐在庭院中打盹儿度日。每隔一段不长的时间，我母亲就会带钱带食物去看望外婆。外婆还有其他两个女儿，还有一个长孙女，她们都会定期去看望外婆。除了她们偶尔踏足，外婆的庭院便是杳无人迹。

外婆活在世上的最后一年，百病缠身。我母亲只有频频去看望她。但这也是不够的，外婆需要更多的照顾。就住在隔壁的舅父，却疏于照顾母亲。

外婆深感自己时日无多，就对我母亲说："我已经很累了。我想离开，走在你爸之前。我不想迟走，迟走的人更痛苦。"

不久，外婆便辞世了，真的走在外公之前。一年之后，外公也跟着离去了。如今，我回味外婆的话，我深深地领悟了外婆的绝望感。那时的外婆，心底该多么凄凉！她已生无可恋，这一辈子，她吃的苦已经够多，甜的就寥寥可数，活着已再无欢愉可期！

外婆已到了弥留之际，我才幡然醒悟：今生，我已错过了太多和外婆相聚的时间了，我追悔莫及！外婆临终的那天傍晚，我母亲备好了参汤，在夜色中，我载母亲去看外婆最后一眼。外婆已被舅父从床上挪到他居住的正屋客厅地上，躺在那里静候死亡。我们这里有这样的习俗：临死者临终气息微弱时，家人便会把临死者抬到正屋大厅中躺着等候死亡，意味着寿终正寝。母亲逗留世间的漫长时光，他并不孝敬；母亲行将逝去，他却要在世人面前扮演孝子，要给母亲一个寿终正寝。他就是舅父。我母亲要给躺着大厅地板上的外婆灌参汤，尽最后一点孝心！但舅妈阻止了，说喝了参汤，会拖延更长的时间。

昏黄的灯光下，外婆的脸已肿胀，她已无法张开眼睛。神志时而模糊，时而清晰。听说我们来看她了，她强打精神，拼尽最后一点力气，闭着眼睛给我们说祝福的话。我们的习俗是：老人临终前，要给自己挚爱的亲人说祝福话，得到祝福的人会好运。外婆要我母亲赶快回家，因为习俗认为，外嫁女不能看着父母死去，否则很不吉利。

在舅妈的阻止下，我母亲最终没有给外婆喂参汤。其实，参汤对外婆也无效用，但就能看出舅妈的心。我们无奈离开了，外婆于当晚去世。外婆直到死去，也没肯给舅妈说祝福话。天地无言，外婆默默地带走了她的故事。

四

告别童年，步入少年和青年。我对外婆的感情，随着年龄的增长反而疏淡了。读初中时，我们举家搬到镇上。新鲜的镇上生活，使我完全忽略了外婆的存在。那三年，我不记得曾回过几次外婆家，或许一次也没有。我对外婆的晚年生活，有一种难言的陌生。我至今无法体味外婆晚年的心境，究竟有多么凄凉！升上高中，我们家又继续搬迁，搬到县城。我跟外婆见面的次数更是寥寥。如今能清楚记得的，只有一次。那年我读高中一年级，外婆来县城中心人民医院住院了，她眼睛得了白内障，几乎完全看不见了，才来做手术。那是外婆唯一的一次来县城，也没到我们家，只是在医院做完手术就直接回家了。那天傍晚，我趁去上自修，路经医院的当儿，去看了外婆，也没停留多久，就去上晚自修了。外婆一向不习惯在自家之外的任何地方停留太久。她长年在家，足不出户。我们家还住在农村，与她邻村时，她都很少来我们家。就算来，也不会停留很久。

上大学之后，我的足迹几乎绝迹于故土。大学三年级的暑期，我回乡下玩，回到外婆的村庄，到一个堂表姐家里玩。堂表姐在读初中时，曾跟我一起住宿，非常相熟。后来堂表姐也考上了大学，恰巧她的学校就在我的学校隔壁。因为这样，我们的关系不曾疏远。那个暑期，堂表姐邀请我去她家玩。堂表姐特意提醒我，要不要去看外婆。我竟然嫌麻烦没去外婆家看一眼。堂表姐的家离外婆家较远，堂表姐住村头，外婆住村尾。我那时心想，就算我不去看外婆，外婆也不知道我曾经来过。但后来，堂表姐还是跟外婆说了我的这次行踪。

外婆知道了我过其门而不入，她就跟我母亲说了这事。我母亲知道后，就说我太不近人情，到外婆的村庄玩，也不顺便去看看外婆。试想，外婆活在人世的日子还能有多久呢？她已经八十多岁了，风烛残年，随时都可能离去！平日里外婆多么寂寞啊！谁还会抬眼去看她！亲戚们早已把她疏远，只有亲生的女儿们才会不时去看她。这个可怜老太婆，左盼右盼，也盼不来一个探望自己的人！虽然我还在读书，还没工作，也没有收入，不能带钱物去孝敬外婆，但至少应该去看一眼，也能抚慰外婆寂寥的心！但我竟连去看一眼的情意都没有，我母亲对我失望透顶了！

此事对我的触动很大！我才意识到，我多么不懂人情世故！

也许，外婆已经完全走出我的心。我已经瞧不起外婆了——这个乡村的年迈老婆子！我去过大城市，到过大地方，心变得无穷大了，而外婆在我的心里，却变得无限小了，小到几乎不存在。我已经忘本，我忘记自己来自何方，忘记我的根在哪里了。我变得狂妄，夜郎自大。我深刻反思，深挖内心，我对自己这种对至亲置若罔闻的态度，懊悔不已。我无论何时都不应忘记外婆啊！没有外婆，哪有母亲，没有母亲，哪有我！血浓于水，我连这么简单的人情都不懂！我枉为一名大学生！就算读再多书，一个忘本的人，对社会又有什么用处？一个不知感恩的人，一个没有道德的人，就算有再丰富的知识，都是值得鄙视的。我一向鄙视没有道德的人，例如我鄙视我的舅父和舅母，但这一次，我却做了跟他们一样的事！外婆能不感到心寒？我在外婆本已足够凄苦的心底再增添一道寒色！

我知道自己做错了，但我不知道该如何去补救我的过错！我问母亲，我该怎么办，母亲说，那就等你毕业后参加工作，拿工资了，买好吃的去看望外婆吧！

五

我终于拿到工资了。我记得许下的愿，如约而至去看望外婆了。我先来到堂表姐家。

我对堂表姐说："我是来看外婆的。"

堂表姐说："好啊！我陪你一起去看她！"

我们一边走，一边随意聊着。堂表姐说："真巧，昨天我路经五奶奶（五奶奶，指我外婆）家，我想我也有一段时间没来五奶奶家串门了，就走进她的院子。恰巧看见你舅父也来了。我看到他提着一丁点儿瘦肉走进院子，兴高采烈地说：'妈，我买了一元钱瘦肉给你吃！哎，我怕买多了你吃不完！'"

听堂表姐这么说，我不屑地说："他才买一块钱瘦肉！他竟然买得出手！还怕我外婆吃不完！真吝啬！还那么兴高采烈地嚷嚷！"我心中充满了对舅父的鄙夷！一元钱瘦肉，就是给小老鼠吃，也都不能解馋！

我们跨进院子，堂表姐大声叫唤："五奶奶，五奶奶在家吗?"外婆在厨房里应答。我循声找去，我见到的外婆，已衰老不堪。外婆知道我来了，就摸索着把手伸过来拉我的手。我把手交给她握着，她手心的温暖瞬即传递给我，我仿佛又回到了童年。此时外婆身穿一件颜色陈旧款色古老的蓝布衫，肩上已破裂开一个大洞。外婆的视力已极差，眼睛看不见针线了，就是想补衣服，也已有心无力。她就这么穿着破烂的衣衫！庭院满目衰败，地上积了厚厚一层飘落的竹叶，也没有清扫。

自去年离开堂表姐家后，我一直没有回来看望外婆，我后悔不已！我以为，外婆是不会老得太快的；我以为，外婆永远都是我童年时认识的那样！所以，我总以为，我一定会有最适合来看望外婆的时机。其实，最合适的时机是不存在的，外婆也不会永远都在。外婆老得太快了，我没想到外婆会老得这么快！她的日子过一天少一天！她也许等不了多少次我来看她了！好在她也没有刻意等我来看她！

外婆在喝粥，只见她揭开瓦煲的盖子，从里面夹出瘦肉，放进无牙的嘴巴里嚼，其实那不是"嚼"，而是囫囵地吞。瓦煲里只剩下两三块瘦肉，但已经发馊了，我都能闻到从外婆嘴巴里散发出的浓烈馊味！外婆用无牙的嘴，囫囵嚼着发馊的瘦肉，甘之如饴。其实谁都知道，那味道不好！

我看着外婆吃馊猪肉，心里难受，就对外婆说："猪肉已经馊了，你别吃了。"

外婆笑眯眯地对我说："猪肉是你舅父买给我吃的，这是他的孝心，不能浪费啊！"

我明知故问："外婆，舅父昨天买了多少钱猪肉给你吃？"

"他说买一元钱，哎，一元钱我都吃不完！"从来没有享受过儿子孝敬的外婆，对此已感到很满足！

我揭穿外婆说："你是舍不得吃的！一元钱猪肉怎么可能吃不完？"

我拿出一张一百元钞票，塞到外婆手里，对外婆说："外婆，我有工作了，拿工资了，这是我孝敬你的钱，你拿着，给自己买点猪肉吃！"

外婆咧开因无牙而凹陷的嘴，笑着说："呵，你有工作了，真好啊！"外婆推辞了一会儿才接过钱，然后摸索着从自己的衣袋里，翻出二十元钱，塞回到我手里，说："这是还礼给你的，有来有往，礼尚往来，你要收下。"外婆并不贪心，绝不照单全收，她要回馈我一部分。她遵循着古老习俗里礼尚往来的礼仪，领别人赠送的钱物，必须回馈一部分。但我不想接下外婆的还礼，我觉得我能够给予外婆的，毕竟有限，即使外婆照单全收了，一百元也不多！我怎么还能收她的回礼呢？我坚决推辞。但外婆也坚持要我收下她的回礼，她说这是她对我的祝福，她说只要我收下她的回礼，以后就会赚钱多多，财源不断。

我怕违背外婆的意愿，最后竟收下外婆的回礼。我只孝敬了外婆区区八十元钱。两年后，外婆便与世长辞。现在我后悔啊！后悔当初收下她的二十元回礼！我多么希望外婆还在，我还有机会可以经常去看望她！但是，错过就永远错过了，失去就永远失去，人生不可能像悔棋那样重来一次！

我从外婆家回来后，跟母亲说了舅父只买一元钱猪肉给外婆吃的事。我母亲听罢更气愤。原来，我母亲给了舅父一百元钱，叫舅父多买几次猪肉给外婆吃。毕竟，我母亲不能时时去看望外婆，而舅父就住在隔壁，照顾方便。谁知他竟能出手买一元钱猪肉。如果不是我母亲出钱，恐怕舅父连那一元钱的猪肉也是不会买的。外婆外公死后，我母亲和姨妈们从此不再踏上这片土地。院子荒芜日久，舅父就拆毁重建。往昔一去不返，一切都回不到从前，我只能在梦中，一次次重返这里！

六

一九九八年秋季的一天，外婆突然病倒了。她这么快就不行了！我后悔自己太不珍惜能够看到外婆的时间了。一连几天，母亲都去看外婆。我也想陪母亲去，但母亲说，外婆有好转，不用我去了。但突然一天，外婆的病情急转直下，她吐了小半盆血，就不行了。我看到她时，她已在弥留之际。

外婆下葬那天，我父母去给外婆送葬。我在家里无声哭泣，我哭这个世上再没外婆，我今生再没外婆！外婆，一个平凡的女子，在今生的艰难一生就此完结！她如此善良美好，但并未得到世间的福报！一般人都认为，外婆是老死的，因为她死时已经八十七岁。但我认为，外婆是又病又饿死的，或者是寂寞死的。

这个时候，我最希望世间有神灵了，我希望神灵能够帮助沟通生死。我的房间中飞进来一只黄色的蝴蝶，它悠然地在房内绕飞一圈，然后施施然从窗户中飞走了。我无端认为，这只蝴蝶就是外婆的化身，这是外婆显灵，化作蝴蝶来跟我告别了。

此后，外婆常在我梦中出现。有一次，我梦见外婆穿一袭黑色旗袍，身材婀娜，迈着女模特的台步向我走过来。醒来后梦境依然清晰，我迫不及待抓起笔，记下梦中的情景。据此，我写了一首题为《梦中的外婆》的小诗：

> 常常梦见死去的外婆
> 梦中的外婆，重新年轻了
> 她在我的梦中

穿一袭黑旗袍，迈着模特的步子
婀娜多姿风情万种地走过来

在梦中
她是一个有钱人家的女儿
年轻美貌知书识礼
有着另外一条生活道路

在梦中
她和一个有钱的少爷相爱结婚
生育了一大群儿女
儿女们个个漂亮健康温文尔雅

在梦中
外婆不用守着破灶被炊烟熏得眼泪直流
不会积劳成疾留下终生咯血的病根
在梦中外婆有另一条生活道路
这条道路的方向永远指向幸福

在梦中
外婆穿一袭黑旗袍走过来
风情万种婀娜多姿
她慢慢地走近
又走远了

她变成一只黄色的蝴蝶
翩翩飞舞于风中
我也变成一只黄色的小蝴蝶
随她翩翩飞舞于风中

　　后来，我患了一场大病。在病中，我频繁梦回外婆的家。梦境中，我一次又一次徘徊在外婆的庭院外，脚始终迈不进去。外婆的房子，仿佛变作一座幽灵鬼屋，里面驻守着外婆的鬼魂。那里的一切，依然熟悉亲切。我渴望走近，但又害怕靠近，只能站在远处，痴痴守望！有一次，我梦见外婆死后就直接埋葬在她的房子里，我蹩近窗户，想偷瞄里面的情景，但又害怕目光与外婆的尸体接触，那恐怖的场景，是我无论如何都无法接受的。无论我怎么挣扎，都不敢走上前去，最后我只好放弃靠近。怪梦反复出现，梦境幽异恐怖！还有一次，我梦见我母亲和姨妈们都回到外婆的家，大家欢聚一堂，欢声笑语，其乐融融，处之泰然。唯独我心神不宁，心怀鬼胎，十分惶恐，时刻想着赶快离开。

　　很长一段时间，我都不明白为何老做这样的梦。为何最最亲切的外婆和她的庭院，在梦中竟然变得不可靠近？我是无神论者，从不相信外婆已化作鬼魂，更不相信外婆的鬼魂会害我生病。我也从不去问卦或者请神驱鬼。如果外婆真的有灵，我宁愿相信，外婆是想带我早点离开这个罪恶的世间，脱离苦海，去往无忧的彼岸！而不相信外婆化作鬼魂，前来加害于我。到最后我才领悟，外婆和她的庭院，代表着我今生最幸福美好的一段时光，失去了便不能再次拥有！因此在梦中，我走不进外婆的庭院。

　　后来，我治好了病。病好之后，就很少再梦见外婆了。其实，我亲睹外婆的死，那情景对我来说，也是一种心灵创伤。尽管外婆去世时，我已成年！但亲睹第一个至亲离开，在我的内心深处，始终都受着巨大冲击！当我也走到生死关头，梦到外婆，是自然的事！死者已矣，人随物化，终为土灰。随着时光的流逝，我的悲伤也会淡漠起来。在人类历史的长河中，生生死死，死死生生，是再也平常不过的事情。我已深知盛衰之理，盖事实如此，人情如此，看得透彻，才能豁达地活下去！

一切有情皆可敬

少时，我曾被狗咬过，我父母便因此不肯养猫猫狗狗，杜绝家中再发生狗咬人事件。他们对猫狗是避而远之。但我外婆家却从不曾避忌养猫养狗。她家曾养过一只毛色纯白的雌性狗。那白狗性情温和，且异常通人性。它本是一只流浪狗，不知从何方流浪至此，心慈的外婆见它可怜，便收养了它。或许因为遭受过流浪之苦，它对食物从不挑拣。但它能够吃到的食物，通常也只有番薯、米饭，甚至是谷糠等纯素的粗茶淡饭。骨头和肉是罕有之物，一年之中，它也吃不到几块。

它有一项特技，能够像接飞碟那样，随时接住我们随意抛给它的食物。小姨们和大表姐，喜欢在吃番薯的时候，把剥下的番薯皮丢给它吃。它每次都能轻松接住，然后一口吞掉。如果有人想考验一下它，把番薯皮抛出一定的难度，那也难不倒它。只要不是刻意刁难它，趁它完全不在意的时候，才把番薯皮抛给它。一般情况之下，它都能接住。

某天，白狗产下一窝小狗，一共四只。不幸的事发生了，几天后，其中一只小狗夭折了。外婆便拎起那只死掉的小狗，来到池塘边。她用力一抛，就把小狗扔进池塘里。当外婆转身想回家时，她发现自己的身后，狗母正目光凄然地站着。狗母那凄然的目光，把外婆心中的戚戚勾了起来，对逝去的小狗，她也倍感无奈！只可惜，人和狗无法用言语沟通，否则，外婆定然会安慰狗母几句，诸如节哀顺变之类的话。外婆若有所失，悄然往家里走去。

等外婆走远之后，狗母便奋身跳进池塘里，飞快地向小狗的尸体游去。它叼起小狗，奋力地向池塘岸边回游。它拖小狗上岸，然后叼回家。

　　外婆回到家中，才发现狗母又把小狗叼回来了。她心中立即涌起不快，脸随即阴沉下来，骂了狗母几声。但外婆没有马上就去打狗母，并抢夺下它口中的小狗尸体。她静观其变，看狗母到底想要如何处置它的孩子。

　　不多时，让外婆感到惊讶的事情发生了：她看到狗母把小狗叼到院子里的竹林边，（那里的泥土松软）放下来，然后用前爪拼命挖坑。不多久，一个深度适合的土坑挖成了，狗母将放在坑边的小狗叼进坑里，然后用余泥掩埋。看到小狗已入土为安，狗母才不舍地转身走开。

　　但外婆觉得，这里是庭院，不应该是埋小狗的地方。很快，她就将小狗挖出，准备拿到更远的地方去，再扔掉。岂料，狗母又紧跟不舍。外婆见状，长叹了一声！

　　她对狗母叼念了一句："唉！我知道你心中苦！"

　　外婆悲痛的往事仿佛被勾起来了，她仿佛忆起了自己早夭的幼儿。外婆只好折回家中，取了锄头，拎着小狗来到池塘边，挖一个深坑，郑重其事地将小狗掩埋。狗母在旁边转了数圈，才快快离去。

　　狗是人的忠诚朋友。人养狗，狗就会把所有的爱和忠诚都献给人。但，就算狗全心全意为人，狗还是经常要遭人的打骂。狗挨打挨骂是常有的事。骂人的话当中，最常听到的一句是：猪狗不如。向来横遭人鄙夷的狗，其实比人的感情还要丰富和专一。狗永远是狗，但有时人却不是人。有时候，狗比人更有情有义。

　　人有人性，狗有狗情。人爱自己的子女，狗也有爱崽之情。很多时候，狗已经超越了狗性，进化到有了人性的程度。人类难道还要继续藐视狗作贱狗吗？

祖 母

　　我的祖母，一生做过的最重要的事情，是勤俭持家，并养育六个子女，跟那个时代的任何一个妇女没有差别。她一生平凡，但死后却拥有超越同村妇女的荣光，她可谓享受了风光大葬。她的葬礼是那时村中最高规格的。她躺在一副价格不菲的上好棺木里，穿好绸缎衣服，盖上缎面被子。祖父为她精心写了一篇文辞优美哀情惨恻的祭文，还专门请人为她喊祭。

　　喊祭的人站在她的灵柩前，用低沉哀伤的声调庄重地为她宣读祭文。众多儿孙跪在灵柩前哭泣，哭声喧天，此起彼伏。村中的老年妇女，也来灵前哭，唱挽歌。挽歌声调绵远悠长，悲切动人。下葬时，寒风飕飕，白幡飘飘，纸钱纷纷扬扬，撒洒一路。送葬的队伍冠盖相望，逶迤成一条长长的人龙。前来围观和目送的村人，老老小小，不计其数，举村空巷。村中八个最强壮有力的青壮年为她抬棺木。八个青壮年抬那巨大的棺木，仍觉得十分沉重，走起路来脚步颤颤。

　　祖母死后荣耀，这份荣耀一半来自她有一个曾经担任过一官半职的丈夫。祖父一生做过的最大的官职，是在镇人民公社任副社长。文天祥说：辛苦遭逢起一经。祖父年轻时家境贫寒，文化程度也不高，之所以有幸成为国家干部，只因为他曾读过三年书塾。个体的命运，无可避免地依附于时代和命运。时运不济的人，会被时代的车轮毫不留情地碾压；幸运的人，则会顺时势而上。祖父是幸运的人，他恰逢好时机。那时候，能够读书识字的人，多数生在富裕家庭，而出身寒微的人，能够识字的就寥若晨星。土改运功之后，被划分为地主阶级的人是不能任用了，而被划分为贫农的祖父因为略通文墨，又懂得记数，符合当时的用人条件，于是被起用为国家干部。那个时候，因为家境贫穷，就能够被起用，现时的我不禁会想：贫穷真好！

祖父年轻的时候，做过贩卖陶器和瓷器的挑夫。他挑一担沉重无比又易碎的陶瓷器，到处去叫卖，最远曾步行到两百公里以外的阳江县。挑夫的生活苦不堪言，挥汗如雨，气喘如牛，所得的收入只够养活自己一条命，却造就了他一个巨大无比的胃口。要吃得足够多，才有力气挑重担长途跋涉！

祖父退休之后便不肯再事农耕，他有退休金可拿，养老无忧。他的退休生活并非无所事事，而是过得文气十足，终日与书为伴。他的房子大门朝南，他在门厅处铺一张木板凉床，床上堆满了外形古旧的线装书。读书累了，他就躺在凉床上，伴书而卧。南来的凉风沁人心脾，他酣畅地睡上一个舒爽的午觉；醒来后，又坐在凉床前继续看书。他对古文有着浓厚的兴趣，且记忆力极好。他幼时在书塾读过的《阿房宫赋》《过秦论》等古文名篇，依然能够随口诵出。他常常让我们跟他念："六王毕，四海一；蜀山兀，阿房出……"

熟读八字算命书后，他就给村人算命、择日。他往往不收费或收取很少的一点费用。来找他择日的乡人络绎不绝。他终日研究古籍，致力于恢复古时的礼俗。以他为首，村中几个年纪相当的人，组成了一支葬丧礼俗服务队。他专为逝者写祭文，而其他人则负责喊祭（宣读祭文）和做法事。他写的祭文情真意切，颇能引人共鸣，那逝者的孝子贤孙以及亲朋戚友听罢，更加悲恸，引起哀号一片。

祖母身后荣耀的另一半则来自她自己的付出和辛劳。她能够成为村子里最令妇女们羡慕的一个有福之人，也因为她生养众多，并把四子二女养大成人，供书教学，使人丁兴旺，家族繁衍。这是她的最大福祉。

她的儿子个个外表俊朗，表现出色。我父亲和他最小的弟弟都是闻名一方的美男子。我父亲是她的大儿子，他读书聪明，文笔犀利，颇有文名。高中时就读于县城一中，遗憾的是高中毕业那年恰巧遇上了"文化大革命"，十年动乱，高考取消，仕进无门，他只有回乡从民办教师做起，后来才成为教育界行政干部。大叔叔则非常幸运，高中毕业后，被直接推荐去读医学院，后来成为颇有名气的医生。小叔叔则顶替了祖父的职，也被安排在县城工作。中间的叔叔光荣参军，成为一名人民解放军战士。不够幸运的是，他退伍时，恰逢国家不再为退伍军人分配工作。他是四兄弟中唯一的没吃上国家粮的人。但中间的叔叔也争气，下海做生意，精明又刻苦，赚钱也不少。祖母的两个女儿也嫁到好人家，家庭和睦，夫妻恩爱，生活美满。

祖母生前所拥有的一切福祉，是那个时代的同村妇人无法企及的。她是一个平凡的女子，一生毫不张扬，却得到了命运之神的垂爱！她在今生所得到的这么多福报，在他人看来是如此的幸福美满，这也是她自己不能预设的。她也从没在人前炫耀。她性情内敛低调，温柔敦厚，恭谨谦和，说话低声细气，一辈子没跟左邻右里红过脸，也从不当长舌婆，家长里短，说人是非。而祖父则性情火爆，总是吹胡子瞪眼，有事没事都要扯着大嗓门骂她，骂声震天，震得屋梁之上的瓦片嗡然作响，而她只是卑微地小声回应，声音小到只有她自己能听见。她最狠也只是把祖父骂作"老猫"以解气。不吉利的话，诅咒人的毒话，她绝不会出口。活在祖父的威压之下，更多的时候，她只是默然忍让，默默地为家庭奉献自己的一切。

我年幼时，不够爱她，甚至也不懂得尊重她。儿童除了天性中的需索和依赖，其实不懂得去爱别人。我在母亲那里受到了责罚和打骂，便要在祖母身上发泄怨气。有一次，我以掐她的大腿来出气。我用尖利的指甲在她腿上掐出一道道弧形的血痕，伤口渗着血色。她不但不还手，而且也不骂我，只是一味退让，她的反抗也只是拨开我的手。但我仍不解气，无赖到要继续追打她，撕扯她，始终不知悔改。现在回想起来，才感觉到那是对她的大不敬，一种羞愧之感泛涌心头，让我倍感汗颜！但过错已无法弥补！只有等到成年之后，我才真正懂得去关爱和尊重我的长辈。我需要时间来长大，获得爱的能力。因为爱和尊重并不来自天性，需要后天逐渐地发掘，并培植起来。

祖母劳碌一辈子，老了也闲不住。祖父在家读书，她就独自去田里耕种。她依靠自己的一份微力，以锄头代替犁铧，耕种几块瘦薄的高田，种上花生、番薯或各种时蔬，聊作乡间生活的兴趣，以遣岁月。住在乡村，连个番薯都吃不上或者要花钱买来吃，这于她而言，是多么的不习惯！

她个子瘦小，挑不了重担。但她勤劳，像一只不懂歇息的蚂蚁，无休止地频繁劳作。无论是挑粪肥到田间施撒，还是收割田间的作物，她都使用蚂蚁搬家的方式，化整为零。尽管过程艰难曲折，辛酸苦辣，但她最终也劳有所得，达成所愿。

那年月，即使祖父是吃国家粮的，但祖母在家养育众多子女，生活也并不富足。因为儿子们个个在外读书，没参加生产队劳动，没有工分，分不到粮食，年年超支，只有拿祖父那份微薄的工资购买生产队的工分，才能分到生产队的粮食。她省吃俭用，把稍好一点的食物都留给子女们吃，自己则是吃糠咽菜。一辈子吃惯粗茶淡饭，大鱼大肉她不喜欢，觉得最好吃的食物始终都是稀饭咸鱼酸菜之类。

俗话说，人要生活无忧，就得备有可烧千年的柴和可吃万年的米。祖母就算没有能力为家中备足万年米，但她也要备足千年柴。她只要不去田里，就去树林里笆落叶作柴烧。她的柴房，总是塞得满满实实的。

她个性中最大的不足是忧虑，整天忧心忡忡，大有杞人忧天

之势。不是忧柴就是忧米，不是忧这就是忧那，不是忧心出远门的儿子，就是忧心在家的儿子。反正，她没有一天是不忧的。我家搬到县城后，我止不住思念她，就独自骑自行车回去看她，而她见到我时，总是很忧虑，她担心我在路上会遇到不安全的因素。跟我告别时，反复叮咛我路上小心，一定要我看清楚没有来车时才能过马路。一个异常简单的问题，她都要叮嘱千万次。她宁愿我不回去看她！那时信息不通，我在返程上是否安全，她也无法及时得知，她有可能为此彻夜忧虑！我回去看她，不知对她造成了怎样的忧虑！她的家庭兴旺发达了，但她还要时时忧虑，不知她何日才能不忧，也许只有当她安息地下时才能不忧了！

祖母是得肺癌死的。去世时年已八十，也算高寿了，但死的过程十分痛苦。她是痛死的。她生病时，儿子们送她去大城市的大医院就医，但没有告知她患的病有多么危险。她一直抗拒放疗化疗，她把放疗说成是把她送去烧。到最后，她的病情还是毫无起色，大家见她年事也高了，便放弃了治疗，带她回家。她重回久违的家，像久在樊笼里重新放归大自然的小鸟，欣喜若狂。她以为病好了，又可以回家快乐地生活了。她仍不辍劳作，依然去笆柴。但是回光返照，好景不长，癌魔最终要夺走她。她临终前，我来到她的病床前，只见她痛得不停地呻吟着，辗转反侧，无法安眠，不停地叫人打止痛针，抹止痛药水。她的四个儿子此时都回到了她的身边，守候着她，看着她咽下最后一口气。

她去世后，被安置在正屋大厅中躺着。我去瞻仰她的遗容，只见她脸色蜡黄，紧抿的嘴唇变成了紫色。因她是在剧痛中死去的，死后眉头依然紧皱，没有舒展开来。施行葬礼的人用一块布把她的脸部捂上，然后用麻绳扎紧。她被抬到屋外，放进早已摆放在那里的棺木当中。棺木停放在那里，静静地等候多时了，像一辆等待乘客的客车，她是这辆车上的唯一乘客，客车搭载着她，驶向西天极乐世界。棺木底已事先铺上厚厚的一层白色丝棉。她被安置躺进去后，隆重的葬礼便开始了。这是她留给我的最后记忆。

祖母逝去六年之后，祖父也走了。在没有她作为出气筒的六年间，他定然是过得很不舒心的，孤独寂寞自不待言。如今，他们已在泉下相依相伴多年了！

太 婆

村口处矗立着太婆儿子的那所大房子。她自己则居住在大房子西侧一间矮小的土房子里。

童年，我在乡村见过许多这样的小土房。小土房是单间，面积很窄。大约只有几个平方米，撑死也不会超过十平方米。小土房的门窗都很马虎。门，通常是竹笪门。竹笪，是那个时候常见的什物，是一种用竹篾片编成的像粗疏席子的那种器物，可用来晾晒粮食。

竹笪做门，显然不牢靠，不具备防盗功能，因而门锁也是多余的。家无长物，门也形同虚设。夏天炎热难耐，竹笪门总是敞开着，夜里也不闭户。冬天降临，刺骨的冷风从竹笪门的篾条间隙长驱直入，屋内寒风吹彻，有门也等于无。

在泥墙上留空几个泥砖，就成了窗洞。然后在窗洞上竖几根木条，就成了窗格。没有窗扇，寒冷的时候，无法关闭窗口，只好用干稻草堵上；炎热的时候，窗口又显太小，透不进风来，屋内热得站不住脚。

这就是太婆的居住环境。

村中许多砖瓦结构的大房子旁边，都有这样一间窄小的用泥砖砌成的小土房。里面通常住着一位寡居多年的老妪。而旁边的大房子，则是那老妪的儿子孙子的居所。太婆只是村中众多寡居老妪中的一位。女性普遍比男性长寿，村里几乎没剩下什么老年男人了，却剩下为数不少这样的老妪。

太婆只有一个儿子，但孙子众多，再多的房间也不够用。年迈的太婆被儿子移出大屋，安置在大屋旁边的这间破旧的小土房中。

　　一张破木床，一床多年冷似铁的粗布被子，又脏又黑，布纹已经看不见。没有桌子，地上是东倒西歪的三两只腿脚不全的木凳子。一口破灶，黑乎乎的灶头上，堆着几件同样是黑乎乎的陶器。几个有缺口的碗，碗壁上粘着斑斑驳驳灶灰。这就是太婆的全部家当。一间小黑屋，做饭睡觉都在里面，墙壁和屋顶被终年缭绕的黑烟熏得漆黑。

　　即使年老体衰，太婆也要极尽所能，筹备好千年柴万年米。她一贫如洗，但柴火却丰富。小黑屋里，除了床和灶所占的空间外，都塞满了她从树林里笆来的落叶和枯枝，塞得满满当当，一直塞到屋顶。如果用火不小心，点燃了这满屋子的柴火，那么，后果将不堪设想。

　　太婆的孙辈都已成年，成家立室。重孙辈多得满地都是。但她的子孙后代待她并不亲近，冷淡如路人。她是个多余人，老不死。寂寞的生活日复一日，了无生趣。有时她耐不住寂寞，就极力呼唤邻人的小孩来她门前玩耍。可是效果不佳。小孩也只是喜欢跟同龄人玩，她一个老太婆，显然缺乏吸引力。加上她的脾气也不怎么好，经常骂人。

　　太婆的门前，放着一口小水缸，那是她用于吃喝和盥洗的水源，用一张破蒲葵叶遮盖缸口。水缸常是见底的。她年老体衰，腰已弯曲成九十度角，无力挑水。而她人丁兴旺的子孙们，竟没有一个人愿意为她挑水。她总不能坐等待毙，她常常半路打劫。她把挑水必经她门前的姑娘拦下，哀求她们挑水给她。有几个心地善良的姑娘，就长年帮她挑水。一个出嫁了，另一个接着挑。

　　太婆生病也无人过问。有一次，太婆得了重感冒，高烧不退，眼睛通红，眼屎泛滥，蹲在门口处大口大口地吐浓痰，没人给她买药，也没人来瞄她一眼。我母亲那天恰好经过她门前，看到她吐出的浓痰，就想到自家正煮着一大锅凉茶，马上去端一碗来给

她。太婆极少服药的躯体，一用药就灵。她病好后见到我母亲，感恩戴德地说了许多好话。于我母亲而言，这只是举手之劳，却得了她的千恩万谢。

太婆门前无遮无盖，连片树荫都见不到。大热天时，小土房里里外外都难以立足，门口没个纳凉之处。为了得到一片阴凉，也为了吸引众多小孩来门前玩耍，她用心良苦地培育起一棵小树。

这是一株台湾相思小树苗，自然地萌发在门前的水缸边。她对小苗珍惜有加，怕人破坏，就用荆棘重重把小苗围起。小树苗壮成长，不经意的数年间，竟长成了一棵漂亮的树。她终于得到了一片阴凉，小孩们也喜欢到树底下跳绳、跳方格、丢石子……

太婆的儿子一跨过六十岁就身体一日差比一日。他最害怕的事情是，自己会死在母亲之前，他恨不得母亲早死。但母亲身体无恙，没有任何将死的迹象。他仿佛等不及了，就跟别人说：这老不死的，看来真的能活到一百岁！儿子苦苦熬了几年，终于不敌母亲长寿！他死后，太婆一直活到九十多岁才离世。

我们家搬离村庄之后，太婆的孙辈们也都跟上城市化进程的步伐，纷纷进城，并定居于县城。太婆那寡居的儿媳妇，也进城帮儿子们带孩子，村中的大房子空置了。太婆居住的土房子，经历多年的风雨，也已破旧不堪。又没人帮她修补，这时，孙辈们才让太婆搬进大房子居住。

太婆死后，大房子又被空置了好些年。等她的曾孙们都长大了，城里再也不需要一个照顾小孩的老人，太婆的儿媳妇又被送回老家，独自居住在大房子里。重演着和太婆一样的凄清结局。

还是《红楼梦》中的那首《好了歌》唱得好，"世人都晓神仙好，只有儿孙忘不了！痴心父母古来多，孝顺儿孙谁见了？"

岁月的风风雨雨，无情地冲刷一切。太婆的土房子早已瘫软了躯体，支撑不到现在。泥墙在暴雨中坍颓，房顶茅草在狂风中消散，只剩下泥基，最后又被夷为平地！好些年，我没回村庄去了。

花落无声

　　女孩儿是鲜妍的花骨朵，纤尘不染，含苞待放；又像一个毛茸茸的小青桃，傲立枝头。此刻，她的美丽还没充分表现出来；她的花蕊，还包在结实的花蕾中。那是一个厚实的茧，她要挣扎成长，逐渐突破茧的束缚，最后一瓣一瓣地打开，开成一朵娇艳欲滴的大花。花开得太好，所以摇摇欲坠。女孩子的花，在璀璨的花期，又会遇着怎么样的风霜雨雪？她的明媚鲜嫩又能维持多久？也许是一朝飘落，便难再寻觅了！

　　梅丽和梅红是一对美丽的姊妹花。梅丽是我在村中的闺蜜，她比我年长几岁。梅丽肤色雪白，面容清秀，性情温柔而聪慧。梅丽的妹妹——梅红，也比我年长些许。梅丽家和我家隔着一小片竹林。夏天，我常常会小心翼翼穿过竹林小径，到她们家去玩。

　　一到夏天，竹叶上就长满一种毒虫子——竹刺蛾，俗称辣子。竹林小径的地上，掉满了通体翠绿的竹刺蛾。脚一不小心踩到它，就会火辣辣地痛。竹刺蛾周身毒刺，头上还长着两个红色的角，像两盏刺目的红灯，形象可怖，令人不寒而栗。走过竹林小径，竹刺蛾极可能掉到身体上。如果真的那么倒霉，就会浑身又痒又痛，一整天不得安宁。但这还是阻止不了我穿过竹林到梅丽家去玩的热情。

　　梅丽家有一台收音机，整天播放着音质清晰的流行曲。这对我而言，是最大的诱惑。加之梅丽善解人意、待人热情，也是我乐意去她家的原因。

　　梅丽和梅红两姊妹都勤快。梅丽手脚更快，整天坐在缝纫机前，飞快地踩着缝纫机缝手套，给家里挣钱。梅红则包揽全部家

务，一天挑十几担井水，做饭，又洗全家人的衣服。

梅丽个性外向，嘴巴又甜，讨人喜欢，因此我跟梅丽更熟稔。而梅红则稍为内向木讷，我跟她较为疏远。

正月十五是我姑姑家的年例。那年，我正准备跟随村中的亲人第一次去姑姑家做客。但我没有鞋子，也没有像样的衣服。破衫烂裤去走亲戚，太丢脸。我母亲建议我不要去姑姑家，但我想去。她没法劝阻我不去，就去问梅丽的母亲，看她家有没有较新的衣服和鞋子可以借给我穿一回。恰好梅红有一套较新的衣服和一双新的白球鞋，她母亲就问梅红，看她是否愿意借给我，她答应借给我了。梅红的衣服和鞋子，我穿差不多合适，只是稍大一点。那天，我就穿了一身梅红的衣服和鞋子去走亲戚。

梅红长到十五六岁时，身材丰满，圆圆的脸上堆满红云，更显娇憨可爱。她整天脚步咚咚咚地挑水路过我家门前。但有一段时间，却突然不见了她那勤快的身影。我问梅丽，才知道梅红生病了。刚开始，梅丽说妹妹得了月经病。我心里以为不要紧，过些天就会好的。

但情况并不乐观，梅红很久都没有好起来。要到大医院去留医了，几个月过去，一直没有看到梅红回来，家里依然是梅丽挑水。梅红辗转到处住院，病也没见好转，而且越来越沉重了。

那时候，我不知她得了什么病，她家也不肯跟外人说得太清楚。毕竟她是一个少女，若治好了病，还得嫁人。为了不使她将来遭别人的嫌弃，她们家是不想到处张扬她的病情的。邻人也以为她不是什么大病，过多些日子自然会好起来，一个这么能干的女孩子，能有什么大病呢？

我还是去找梅丽玩，大半年时间过去了，也没见梅红回来。有一天，梅丽突然要我陪她去一个地方。我问她要去什么地方，她说要去海边。我又问她去海边干什么，她说去海边的亲戚家里要点东西，问我愿不愿陪她去。

　　我自然是愿意陪她去。我刚学会骑自行车不久，最乐意的就是到处逛了。我和梅丽骑着各自的自行车出发了，骑行了十几公里的路程，终于到了海边的一条村庄。梅丽有个远房亲戚住在这里。

　　女主人招待我们在铺满洁白海砂的大树底下乘凉，并招待我们吃午饭。

　　在亲戚的面前，梅丽哽咽着道出了实情："我妹妹快不行了，现在，她最想吃的是虾酱，我们家人想尽力满足她最后这点小小的要求……"

　　这时，梅丽才把要虾酱的缘由说出来。原来梅丽不辞辛劳来此，目的是问亲戚要一点虾酱。

　　此时，我们才知道，梅红正躺在医院里，她病危了，形容憔悴，花颜凋零。守在她病床前的父亲问她最想吃什么，就尽量弄来给她吃。她说，很久没吃过虾酱了，病了这么久，口中寡淡，最怀念的就是虾酱的味道了，于是她父亲就千方百计满足她这点卑微的要求。

　　亲戚陪着流了许多同情的眼泪。但亲戚面露难色说："现在不是产虾酱的季节，我家的虾酱已经没有了，我去问邻居们要，一定给你找到虾酱的。"

　　亲戚去问了很多家都没有找到，最后终于在一家找到了一些。梅丽把虾酱带回来，然后送到梅红的病床前。

　　梅红在医院里与世长辞了。她是一朵开得正好，却枯萎了的花，悄然落去，无声消逝。遗体是叫医院的搬尸人拉走草草掩埋了，至于她身葬何方，家属也不再过问了。梅红自从离家的那天起，就再也不能回到她出生的村庄。

　　梅红死了许久之后的某天，梅丽对我说："我做了一个梦，梦见了梅红埋葬的地方。她被埋在山间的一条沟里。但那些埋尸人不负责任，草草了事，把她埋得很浅。大雨一冲刷，就把她的手

冲出来了。在梦中，我妹妹哭喊着对我说：为什么把我埋得那么浅啊！阳光很猛烈啊，晒得我的皮肤很痛！姐姐，快叫人来帮我填土啊！把我埋深一点！她哭得很惨，双目不停地流着血泪，血泪从她那没有眼珠的眼眶窟窿里流出来。我在梦中惊醒，全身汗透……"梅丽满脸泪水，我也忍不住眼眶湿润了！

　　若干年后，我才偶然得知，梅红得的是不治顽症红斑狼疮。死者长已矣，伤痛只留给活着的人！

悲情生产队长

一

兴农身材矮小、相貌丑陋。兴农的丑，比起"钟楼怪人卡西莫多"，恐怕是有过之而无不及。(卡西莫多是法国作家——雨果所写的小说——《巴黎圣母院》里的人物)兴农小时候得过天花，留下严重的后遗症。他麻脸，独眼，听力不济。他那坑坑洼洼的脸上，留着一种被排炮轰炸过后的凄凉。一个眼睛已经失明，眼球呈浑浊白色，让人不忍与之对视；另一个眼睛的视力也不好。更不幸的是，他的鼻子也因出天花而毁了。两个鼻孔中间，在我们的俗语里被称为"鼻桥"的地方缺失了，两个鼻孔合而为一，跟本村村民云煦家那头牛的鼻子一个样。那头牛的鼻环，每天都被牵牛的人，拉着牛绳死命地拽，年长月久之后，它的鼻子就完全断开了！

兴农年纪很大才娶妻，娶到的妻子却是不够聪明的那种女人，但她会下地干活，会挑水，会做饭，只是做什么事都稍逊于别人。兴农的妻子生了三个孩子。第一个孩子是雪明；中间是个儿子，起名叫涵林；最小的还是个女儿，叫雪杏。三个孩子，只有长女雪明遗传了父亲的智力，其余两个都遗传了母亲的智力。

兴农身有残疾，劳动不是他的强项。他深知自己的弱处，就在待人处事上弥补不足。在村里，就算遇到的是一个树桩，他都会主动跟那个树桩打招呼。他见人就勤张嘴，积极参与村中事务，因此赢得了村民的爱戴，大家推举他做生产队长。

在生产队统治的年代，兴农家中总是人来人往、热闹非凡。

他家是村民的议事厅。生产队的大小会议都在他家召开；生产队员们查询或者核对工分，也在他家里；逢年过节，生产队分配食物，也在他家进行。

　　清明节扫墓，本地俗语称之为"拜山"。各家除了要扫近代祖先的墓，还要合伙去扫那些年代久远的共同祖先的墓，称之为"拜大众山"。这时候就要合伙杀猪。猪是在兴农家门外的空地上杀；把猪煮成祭品，也在他家的锅里煮；到最后祭完祖，还要在他家分猪肉。一条龙的工序都在他家完成。兴农早已习惯村民们在他家吵吵闹闹。他付出清静的代价，也许可以多得到一两勺猪肉汤，或者多得到一两片猪肉。

<h2 style="text-align:center">二</h2>

　　兴农的长女雪明，从小聪明伶俐，成绩在班中名列前茅。她是本村为数不多的上初中就读的女孩之一。村中大多数女孩，不是家长们不愿她们继续读书了，就是她们自己选择不读了。她们更愿意给村中的针织手套厂打工。

　　可惜，雪明读完初中二年级也辍学了。因为初级中学离村子较远，学校又不设住宿。五六里的路程，白天上课，夜晚上自修，骑自行车跑六个来回，要这样坚持三年，真不容易。且同龄女孩都不去学校了，她显得另类，渐渐也难坚持，也跟着大伙放弃了。

　　雪明相貌出众，肌肤胜雪明，当真是丽若春梅绽雪，不似一般的农村女孩子那样粗糙黧黑。雪明性情活泼开朗，爱笑是她的本性。

　　月娣家门前的那棵大树底下，是纳凉和做手工的好去处，因而人气总是很旺，村中的女孩儿们，经常聚集在此做手工。一个凉风习习的夏日午后，几个女孩子聚集在此加工针织手套。大树筛下星星点点的光斑，知了像电锯似的，歇斯底里地嘶叫，一阵紧似一阵，树上不时洒下阵阵小雨，那是知了的尿液。

大树下有一个洗衣台，高度只有小板凳那么高。那天，雪明、亚红、亚玲、月娣、月娣的妹妹月珍都在。大家都埋着头入神地做手工，骤然间响起一声突兀的屁响，大家还在面面相觑，雪明就随即"咯咯"地笑起来。

亚红一边笑一边掩鼻厌恶地问道："谁放的大炮？"

亚红问遍了现场所有人，竟没人敢站出来承认自己是罪魁祸首。事情仿佛就要这样不了了之了，大家重又埋头加工手套。只有雪明不时忍俊不禁，发出"扑哧扑哧"的笑声。

过了一会儿，一个仿似会拐弯的口哨声从某个人的屁股下钻了出来。大家彼此用眼睛询问彼此，亚玲问道："谁放的会拐弯的屁？"这回，月娣的脸唰一下红了。众人的眼睛唰地一下集中到她的脸上，众人的表情凝固了几秒钟之后，都不约而同地爆笑起来。

雪明笑得坍塌了，亚红也笑得全身颤抖。大家都笑得前仰后合，东倒西歪。只有月娣没笑，她憋得满脸通红。

这还没完，月娣竟搞了几次连发，"呜——呜——"，她的屁声像笛子吹奏，时大时小，忽高忽低，抑扬顿挫，悠长绵远。

雪明笑得飚泪，笑得再也坐不住，从洗衣台滚到地上，又在地上滚来滚去，满身沾满尘土，一边笑一边捂住肚子喊痛。

大家笑得并不比雪明轻，个个都笑得哭爹叫娘喊救命，笑到实在受不住了，就连滚带爬四散逃开了。洗衣台上只剩下月娣。

大家逃开去笑够笑饱笑过瘾之后，重又回到原位上。只有雪明像老牛反刍那样，回想一下刚才的情形，又笑一下，反反复复，引得大家重又爆发阵阵笑声。到最后，月娣的那串屁声，像一副再也熬不出味道来的复渣多次的中药，被笑得完全无趣了，雪明才肯停下来。

别看雪明爱笑，是个单纯的乐天派，其实她的家境很糟糕。她是家里五个人当中，唯一属于完完全全健康的人。

三

涵林是兴农唯一的儿子，可惜他遗传了母亲的智力，因而被村里人叫成了"憨林"。憨林十多岁了，经学校的老师多次家访劝说，他才入读小学一年级。憨林虽然上学了，但要他认字却很困难。老师想教会他写最简单的"一"字，都不易，教他识字比教牛上树还困难。憨林虽然不认字，但却非常精通捕蝉技巧。

每个夏天，都能看到憨林手拿自制的捕蝉器，整天徜徉在村庄周围的树林里。捕蝉器的制作简单。先取来一条长竹竿，在竹竿细的一头安装上一个铁线圈。然后扛竹竿进屋去，把房梁上的蜘蛛丝缠到铁线圈上，一个富有黏性的网就形成了，最后就扛着这张蛛丝网去捕蝉。

憨林驻足细听，哪棵树上有蝉叫，就悄悄地靠近大树，循着蝉的叫声，看准其所在的位置，慢慢靠过去，一粘一个准。一个中午能粘到上百个。有村民见憨林捕蝉此般乐此不疲，就问他捕蝉有何用。他腼腆支吾地说，捕蝉回家炒来吃，可香了。那时，村人都没敢吃蝉。原因是村人相信这样的传闻：吃蝉会耳聋。憨林未上学之前就整日捕蝉。上学之后，也没有改变这个爱好，似乎更向往捕蝉的自由自在、无拘无束了，一放学，他就直奔树林捕蝉去。

教室是憨林最不愿待的地方。这节课本该是体育课，可天正下着大雨，体育课无法在室外进行了，转移到室内。上体育课的王老师，是个年轻人，此刻正在课桌间的过道上来回巡视，看学生们自习。

他走过憨林的座位旁，看见憨林的身子扭来扭去，坐立不安，就用教鞭敲了一下憨林的头，憨林马上就安静下来了。当王老师走开时，憨林的同桌突然大声报告：

"老师，憨林想大便。"

"下这么大的雨，怎么去厕所呀？忍一下吧！"

"不行啊！他憋不住了。"憨林胆小得像个缩头乌龟，满脸憋得通红，一句话也不敢说，全是同桌帮他说。

"那赶快出去，别拉在教室里。"

王老师话音未落，全班学生就听见清脆的"噗"的一声，一股浓郁的屎味随即弥漫开来。

王老师气极了，他捏着自己的鼻子，冲到憨林面前，对憨林大吼："忍一下你会死？快滚出去！"

王老师连人带凳子把憨林扔了出去。憨林拖着一包屎在裤裆里，站在走廊上抹泪，但不敢哭出声来。全班同学无心学习，扭头望向外面的憨林。王老师严厉地呵斥学生们，不准他们看外面。

憨林站在那抽泣一会儿，就淋着雨回家了。淋雨后的憨林发了高烧，病了好些天，从此再不肯去学校，他的读书生涯就此结束。一个学期都没过完，他就永远离开学校了。从此，他以捕蝉为乐，天然地生长。最后他发展到什么蛇虫鼠蚁都懂得捕捉，成了蛇、四脚蛇、青蛙等爬行动物的职业杀手。

四

二十世纪八十年代，农村实行了家庭联产承包责任制，分田到户了，生产队土崩瓦解，不复存在。兴农也随之下岗，不再是生产队长。他家门前变得门庭冷落鞍马稀了，不复以往的盛况。兴农在时代滚滚的洪流中成了时代的弃儿。

更让他无法承受的是生活之重：田分到户了，当然要各干各的。生为农民，驶牛犁田是最起码的生存本领！但兴农却从不曾学会这种必需的生存本领。以前有生产队依靠着，驶牛犁田这种重活可以分配给那些强壮的劳动力去干。可现在不行了，只能自己干。兴农那副身子骨，抬起一把犁都困难，如何控制得了田间

的一头大水牛？他只能请自己的亲哥哥帮忙犁田了。但播种、插秧、田间管理这些环节，总得亲力亲为的！就算这些较轻的农活，兴农也做不好。他的眼睛不好使，给禾苗施肥是施不均匀的，施来施去，只有他面前很窄的一绺地方的禾苗得到了肥料，更远一点的地方，他的眼睛就看不清楚了。所以，他田里的禾苗，总是长得青一块黄一块的，斑斑驳驳。种植水稻，最重要的是把握好各种虫期，虫期一到，必须购买农药杀虫。一来，兴农把握不好虫期的时间，虫期到来没有及时杀虫。二来，他在关键时刻，总拿不出钱去购买农药，经常这样贻误了农事。三来，他下田杀虫，眼神不好，虫也杀得不均匀。他的水稻长势必然不好。

到了收获季节，别人的稻田里，满眼望去，金灿灿的一大片。一串串稻穗，颗粒饱满，沉重的稻粒压弯了禾苗的腰。清风吹过，低着头的稻穗摇头晃脑。而兴农的稻田里，风一吹过，稻田里响起一片细碎的窸窸窣窣的禾苗断裂声。骨瘦如柴的禾苗顶着干瘪的稻穗，瘦棱棱地直刺向天空，刺伤了那片夏日的晴空。

分田到户单干之后，各家各户的日子都过得红红火火的。唯独兴农是好日子不再，年年入不敷出。村中的手套厂主见他过得苦，就安排他看守厂房，领取一份微薄的工资，补贴家用。

兴农的长女雪明转眼间长到了十六七岁，她一向都乖巧听话。自从辍学之后，就在村中的手套厂里打工挣钱，勤勤恳恳地干了几年，成了家庭的经济支柱。可好景不长，忽然一阵风潮刮过村庄，村中几乎所有处在青春期的女孩子，都自由恋爱了。这阵风潮过后的结果是：村中适龄的女孩子，几乎都私奔了，她们无需父母之命媒妁之言就自己将自己嫁出去。她们都是自己跑去跟自己相中的男人同居，连结婚仪式都省了，替养育了她们十几年的父母省了一笔嫁妆。村中零零星星剩下几个姑娘，都是年龄接近三十岁的老姑娘。

在这股来势凶猛势如破竹排山倒海摧枯拉朽的强劲自由恋爱

风潮中，雪明也站不住脚，她也跑了。摊上这样的家庭，摊上这么个穷愁潦倒的父亲，跑得快似乎比跑得迟好些。

家长们都很生气，纷纷到男家把自己的女儿抓回来，锁在家里。可是一放开，她们又跑了。兴农倒是不生气，也不去把女儿抓回来。他想：女儿来到这个世界上，自己从来没有给过她什么好东西，她跟着自己只是受苦，女儿还是趁自己年轻漂亮的时候，自己给自己找一个归宿吧。女大不中留，女儿再好终归是别人家的。既然女儿愿意，那就顺了她的心愿吧。

雪明成家之后，很快就生养了孩子，她的家庭负担也沉重起来，再也无暇顾及父亲的一家人。兴农家中唯一的智力正常的女孩子已嫁作他人妇，剩下的都是老弱病残，经济境况更不如前。兴农在这穷愁潦倒的境况中又熬了许多年。

五

雪杏是兴农最小的孩子。但这个女孩长得身材矮小，相貌丑陋，顽劣不化，性情乖张，跟姐姐完全没有可比之处。雪杏发起脾气来，会打骂父母，会乱砸家里的东西。雪杏从来没有进过学校一天，饭也不会做，但她会加工手套挣钱。

雪杏长在到十六岁的时候，脸越来越黄，身子越来越瘦，可肚子却越来越大。看着雪杏大肚如箩，兴农怀疑女儿被人家欺负了，就带她到镇卫生院检查。检查的结果却不是怀孕。医生告诉兴农：你女儿的病已经很严重了，估计是肝硬化晚期了。医生建议兴农带女儿到县中心人民医院做更准确的诊断。于是，兴农把女儿带到县中心人民医院，一检查，结果就是肝硬化晚期了。

生在这样的家庭，又得了不治之症，雪杏的命运就只有死路一条。无钱医治，雪杏的病情只能越来越严重。她已经吃不下饭了。这是绝症，就是有钱也难医治，更何况没钱，雪杏只有等死

了。但她还不能在家等死，因为她是还没有出嫁的姑娘，死在家中不吉利。

一个残酷的想法在兴农的心中形成。兴农又把雪杏带到县中心人民医院去看病。听说要去看病，雪杏没有不顺从的，求生是人的本能。父女俩坐上了去县城的班车。

来到医院门口，兴农叫雪杏坐在医院门口的台阶上等他，他说要去给她买包点。他立即转身朝公路走去，就又跳上了一辆班车了。雪杏信以为真，就坐下来等父亲买回东西，她目送父亲向外走去，但她看到的结果是父亲又上了班车。班车随即开动，她马上意识到父亲是把自己扔下了，她连忙起身追出去。她在班车的后面追，一只手捂住肚子，一只手拼命在空中乱招，声嘶力竭地呼喊着："爸，等等我。爸，别丢下我……"

可怜她已病入膏肓，大腹便便，根本跑不快。追不出几步，她就倒下了，双腿痛苦地痉挛几下，就不动了。雪杏就这样死了，被残忍的父亲抛下，死在人来人往的路边。人群渐渐围了上来……

兴农在车上看着女儿追出来，又看着女儿倒下，一切他都看在眼里，就像电影中的慢镜头那样。但他拼命忍住，决不下车。班车司机见有人追赶公车，犹豫了一下，车速慢了下来，但见追的人扑倒在地，怕惹上麻烦，就又把班车开走了。泪眼蒙眬的兴农不时回头，看着儿女倒卧的身影在车窗后面渐渐远离，渐渐模糊，乃至消失，他泪流满面……

回到家中，兴农不吃不喝气息奄奄地躺在床上，收听着收音机里女播音员用清脆悦耳的声音讲播一则认尸公告：本县中心人民医院门前，出现一女子尸体……

兴农没有前去领尸。雪杏被县民政局当无主尸处理了。雪杏这样结束了她悲凉的一生，生做愚钝村姑，死为孤魂野鬼，没有人知道她葬身何方。

　　雪杏死后，家中只剩下三个人了。憨林终日游手好闲，无所事事。兴农受了打击，身体越来越差，过些年也一命归西了。家里只剩下两个人了，一个不太聪明的母亲和一个不太聪明的儿子。他们如何生存？姐姐偶尔接济一些食物，憨林抓蛇去卖也挣到一点糊口的钱。

　　好在天无绝人之路！憨林到了三十出头的时候，终于时来运转。兴农在世时，和村中人友好相处，关系融洽。兴农去世后，他们的邻居八叔婆见憨林和老母亲过得孤苦伶仃，了无生趣，家不像家，人没人样，就想方设法给憨林做媒。憨林在婚姻市场上必然是滞销品，一般女孩子绝不可能看上他。好在百货中百客！较远的村庄里有一个老姑娘，也已经三十出头，因跛了一条腿，遭人嫌弃，找不到对象，所以迟迟未能出嫁。八叔婆有亲戚认识这个老姑娘，八叔婆就把这个老姑娘介绍给憨林。所幸这女子并没有嫌弃憨林，答应了婚事。一个大龄女子，且身有残疾，注定她找不到出色的对象，但她绝不怨天尤人自暴自弃，她懂得退而求其次。

　　结婚之后，媳妇就让憨林学开摩托车，摩托车也是她的陪嫁品。等憨林学会了开摩托车，她就在本乡的小集市上开一间杂货店。憨林不识字，媳妇就写清楚进货清单，让憨林拿着清单去进货。憨林进货回来，媳妇负责卖货。媳妇口齿伶俐，待人热情，乡人都乐意跟她交易，小店的生意逐渐红火起来。这个智慧且勤劳的女子，只要给她一个足够善良的男人，不管这个男人是一贫二白，还是智力有缺陷，她都能够营造出一个幸福美满的家来！

　　他们生养了一对儿女，所幸的是，两个孩子都没有遗传憨林的憨，而是遗传了母亲的优秀基因，也都聪明伶俐。谁曾想到，智障的憨林却能够拥有平凡的幸福生活！

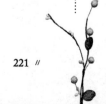

走失的母亲

我在村中央走过，经过那座神秘的小黑屋，总会看到一个老女人，兀自呆坐低矮门前。她默默无语时，是那么孤单、忧愁！她一身黑衣，发如雪染，皱纹满脸，表情凝结，鲜见一展笑容。

她的草屋顶房子那么矮小，蜷缩在那块宽广宅基地的东边一隅。门前空出一大片地，不长草，也不种树，净白而平坦，雨水冲刷出来的小砾石历历躺在其上。这里，足可以成为一片村中央广场。若是晴朗月夜，清辉满地之时，村小孩可以来玩耍，把此间当作夜晚游乐场，玩捉迷藏游戏。但是，没有小孩敢来。

小时候我逢年过节就要往邻村跑，去邻村的外婆家，给外婆送好吃的。老女人的门前，是我的必经之路。经过她门前时，我常看到她在骂，有时候骂人，有时候骂天骂地，有时候骂鸡骂狗。她的骂声令人生畏。我每次经过，稍稍驻足，怀着忐忑心情，远远地观望她，我不敢走近前去。于我而言，她显得特别，她的家境与其他村人的不甚相同。

她的亲人都去了哪里？她怎成了一个孤独的老女人？她的年龄跟我奶奶相仿，可我奶奶儿孙成行，而她却孑然一身形影相吊。

听大人们说，她的丈夫早已故去，在我出生在这个村子之前的许多年。我没有见过那个人。

她有唯一的儿子，她独自一人含辛茹苦，把他拉扯长大。但近些年，她的儿子却不知所踪。长大以后，儿子就不见了。她脾气不好，儿子在家时，她也常常骂他出气，但他很少还口，总是低头默默无语任由她骂。村人都说，是她把儿子骂走的，他受够了她，将她遗弃，远走高飞，她多年的养育之功付之东流！

　　我见过她的儿子。我年幼时，常见到他在我奶奶家出入，他是我叔叔的好朋友。他们形影不离，一起上学放学玩耍，一起放牛割草抓鱼摸虾。他日渐长大，高大威猛，顶天立地，个头都可以把他家的草屋棚顶个窟窿了。那小黑屋实在是太局促了，容不下他的房间，放不下他的一张床。他在那里简直是连立锥之地都没有。当他夏日长抱饥时，我叔叔就让他来家里吃饭；当他寒夜无被眠时，我叔叔就把一角被子分给他，让他跟自己同宿。

　　在那时，同村的孩子结成同床兄弟或同床姊妹是很常见的事，全因贫穷所致。家穷的孩子，家里没有足够的房间、床和被褥，就只好去同村家境较为宽裕的同龄人家里借宿，跟同龄人挤在一个被窝里取暖，这样来度过青少年时期，直到自己有能力成家立室。

　　叔叔长到十八岁的时候，爷爷退休了，那时政策允许叔叔顶替爷爷的职，叔叔进入县城工作了。作为叔叔的好朋友，他此时也淡出我奶奶的家门了。很快就迎来了改革开放，他也离开村子，说是去广州打工了。此后，他音讯全无，他的老母亲也不知道他去了哪里。

　　他是领养来的，所以，村人都认为他再也不会回来了。她于是常常来到我奶奶家，想遇见我叔叔回家，但叔叔也很少回来。偶尔被她碰见回家来的叔叔，她就迫不及待地向叔叔打听她儿子的下落。但叔叔也不知道她儿子的下落。她儿子和我叔叔也不联系了！

　　这样过去了好几年，二十世纪八十年代中后期的某一年，她的儿子突然回来了。他已经成了大款，在广州混出头了，有了自己的工厂，并且娶妻生子了。他回到村中，凡是六十岁以上的老人，他都发钱发礼物。

　　临别前，他来我奶奶家拜访。我叔叔从县城赶回来跟他相见，多年不见的儿时好友又见面了，不胜唏嘘，他们有说不尽的话，

但一下子又无法说完。我们家一大家子人陪他坐在门外的空地上聊天。

我爷爷对他说："村里人都说，你娘脾气太不好了，是她把你骂跑的，她骂你没出息，大家估计你不会回来了。"

他回答说："我娘常骂我，这是事实，而且骂得很难听。但我怎么会不回来呢，是个人都得回来啊！她毕竟养育我一场，没有功劳也有苦劳啊！"

我叔叔说："我总见你娘骂你，却很少见你回骂她一句。"

他叹了一口气说："唉，我毕竟不是她亲生的。我跟她之间没有固定不变的血缘关系，维系我们的只是对彼此的恩情。如果我回骂她了，我们之间的恩情就荡然无存了！所以我不能骂她，只能忍她。你们只看到她骂我，却不见她对我好。我都上小学了，当我感冒发烧时，她还用背带把我背在她身上，她那么矮小瘦弱，我的脚垂下来，都快拖到地上了。"

我爸爸说："你能够说出这样的话，足见你是一名孝子。百善孝为先，就因为你有这样一颗孝心，所以你的事业还会更加发达的。"

他说："我不敢当啊，我只是想尽一份为人之子的责任而已。这次回来我要把我娘带到广州去，让她在我身边颐养天年！这些年委屈了她！"

告别乡亲父老，他带走了老母亲。村人知道他在广州发了达之后，也都纷纷到广州投靠他，他也乐意帮忙。村人在广州带回了消息说，他的老母亲在广州过上了大城市的安逸生活，养得白白胖胖了。村人都为她感到庆幸，就因为捡了这么一个儿子来养，老来就有了依靠，就可以摆脱了农村的贫寒生活，过上人人羡慕的都市生活。

可是他带走母亲后不久，又突然返回家乡来了。他在家乡的亲故面前流泪述说："我把我娘弄丢了。我是一个不孝子啊！在一天独自出门之后，我娘就不认得路回来了。我娘是一个毫无见识的乡村老太婆啊！我为什么没想到她会在广州这样的大城市里走失呢？她一旦走失，就像一根针掉进茫茫大海里了，怎么捞也捞不着啊！我光想着孝敬母亲，却不料害了母亲！她突然间来到这么一个陌生的环境里，既不识字，也不认路，更不懂得向人求助。我手上也没有她的照片啊！我还来不及给她照一张相，她就消失了。我凭什么去寻找我娘啊？就算到处去贴小广告，也没有用啊！"

他痛哭不已，本想做一名孝子，不想却成了一名大大的不孝之子。他把母亲丢在广州这样一个远离家乡无亲无故的大城市里。在乡亲父老面前，他感到无地自容，也无心在家乡多待一些时日。这次回来，只是想在养父的坟前忏悔、哭诉。拜祭完养父，他又匆匆返回广州了！

他继续多方寻找母亲。他常跑派出所，希望派出所能够早日帮他找回母亲。但是左等右等，也等不来派出所的消息。他怕母亲落得饿死街头无人收尸的下场，就天天留意关于无名尸体的新闻，但也没有母亲的消息。母亲就像在这人间蒸发了似的。这，是不是乐极生悲？

一年的时间就在他的寻寻觅觅当中悄悄地溜走了。在与母亲失散的日子里，他天天都在自责中煎熬。一天，他上街回来，在一个街头的转角处，忽然见到前面走着一个矮小的老太婆，颤巍巍的，手里还提着一袋废报纸、旧塑料瓶之类的东西。从背影看，极像自己的母亲，他连忙上前两步，发现那老太婆的确是自己的母亲，他迫不及待地对着她的背影，大喊了一声"娘"，那老太婆迟缓地回过头来，只见她脸庞黧黑，蓬头垢面，衣衫褴褛。她看着他，迟疑了一会儿才缓过神来，认出了自己的儿子，眼泪夺眶而出。她扑向儿子，双手紧紧抓住儿子的手，母子二人相对而泣。

他终于找回了母亲。原来，自从她不懂得回家之后，她就以

捡废品为生，然后露宿在一个偏僻的街角处。她露宿的地方，离他儿子的家并不远，只是隔了几条街而已，就是这么近的距离，他们却咫尺天涯，彼此不知下落，无法见面。

　　他与母亲两离两聚，中间的经历曲折离奇，他的一生也颇具传奇色彩。他开始意识到，也许母亲留在世上的日子不多了。此后，他与母亲还会有一次长长的分离，那将是永别。所以，他就更加珍惜与母亲在此生未尽的缘分了。他发誓，在母亲的余生里，要好好孝敬母亲，再也不让她受苦了。

第八辑　动物小世界

　　从生态学角度来看，作为物种，所有的动物都有生存的价值，都应受到人类的尊重和保护。人类真正的道德测试，是对那些受人类支配的动物的态度。对动物的爱才是毫无功利的真正的善良，因为这是一种无我的爱，不求任何回报的爱；这是一种不受任何强迫的爱，完全是自愿的爱，它不是建立在人际关系之上的规定性的义务。

一对小鸡

很多年以前，那时我还在读高中，我家从小城中心的十字街搬到了小城的边缘居住。那里有很多已经出售正等人来建房的土地，长满了荒草，最适合养鸡。母亲就在家附近的鸡苗孵化场里买了十六只小鸡来养。小鸡刚买来时像黄色的小绒球，小脚还未站得稳，整个身子蓬蓬松松的，好肥好嫩。我母亲把它们放在一个箩筐里，小家伙们就呆头呆脑地挤成一个小鸡团，外头的小鸡努力往里钻，里头的则不肯相让，要保住自己的优越位置，它们彼此不停地挤，外头的挤进去了，里头的被挤里出来，跌跌撞撞的，鸡团儿一会儿散开，一会儿又聚拢。开始，小鸡们还不会吃东西，只是闭眼睡觉，给它们饲料，它们爱理不理。

我有点害怕它们不吃东西会死掉，就问母亲："它们为什么不吃东西？"

母亲说："再过一天，它们就会争着吃东西的了。"

果然，一天之后，小鸡唧唧喳喳地吃饲料了。我喜欢守在箩筐边，看它们吃东西时的可爱样子，并用手指逗它们玩，小鸡们对我的手指产生兴趣了，有的用小嘴啄几下我的手指，然后跑开了；有的过来仔细审视手指，像在研究这东西到底能不能吃，看了几下，发现不能吃便又跑开了。

过了几天，小鸡长壮了，箩筐里的空间也变小了，十几个小鸡住在一个箩筐里，箩筐里明显充实了许多。由于我经常守着小鸡喂食，经常逗它们玩，它们变得离不开人了。它们看不到人，或听不到人的声音时，就会扯开尖尖的喉咙一起叫嚷起来，十几个小鸡一起叫嚷，那气势还不小呢。待到有人走近它们，让它们瞧见或有声音让它们听到，它们就会立刻止住了叫声，然后又安安静静地睡觉或吃食了。但是人一走开，它们就又叫起来，这些小东西，真拿它们没办法，它们把人当成了它们的"妈妈"了。我忽然明白：无论动物抑或人类，当其幼小的时候，它们总是依赖性很强的，它们要依赖于他人才能生存。

不幸的事发生在最炎热的一天，这天正是农历的大暑，酷暑的热浪冲击着人和禽畜，小鸡当中便发生了瘟疫，十六个欢蹦乱跳的小鸡一起病了，当晚便死了三个最大的，第二天又陆续地死了大部分，最后只剩下两个，一点儿病态也没有的是一个黄色的瘦小的小鸡，淡黑色的肥胖的小鸡还带点病态，我们全力营救这个小黑鸡，最后它终于渡过了难关，劫后余生的两个小鸡得到我的另眼相待，那个小黄活泼得很，带着小黑到处乱跑，像一个君王，自豪和骄傲集于一身，的确，它是生存的强者，能经历得起自然的淘汰，这便是物竞天择，适者生存了。

我们释心照料小黄和小黑，每天供给充足的食料，它俩也真不负众望，长得毛色光亮，一天一个样，小黑更肥壮，小黄更灵巧。终于到了可以分辨它们雌雄的时候了，小黑是雄的，小黄是雌的，怪不得，小黄长得那么小巧玲珑，小黑长得那么肥壮，两个小家伙真是人见人爱，它们也极大胆，用手抓它们，它们断不会惊恐地跑开，反倒让人抚摸它们的绒毛，然后闭眼就睡在抓它的人的手中。真是对人毫无戒心，因为它们是被人玩大的。

每当傍晚来临，小鸡就要睡觉，这时我们吃完晚饭正坐在客厅的沙发上闲聊，它们便跳上人的脚背，在脚背上睡觉了。尽管小鸡长大了一些，但它们仍没有改掉不见人就叫嚷的习惯，中午的时候，我们上二楼午休，一楼的客厅就一个人也没有了，没有人，小鸡就嚷开了，到处去寻找人，当它们发现楼上有人声的时候，它们就顺着楼梯一级一级往上跳，来到了楼上，它们看见了人后，就飞奔过去，当它们觉得安全了，它们就不叫了。它们甚

至会走入每个房间去找人，有一回，我正在床上午休，我还未睡着，这时我知道它们找来了，我就假装睡着了，偷偷用眼缝看它们的举动，那个灵巧的小黄居然想跳上我的床，可是我的床相对它来说太高了，看它那可爱样，我把心一横，把它抓上床来放在我的枕头边，我微微睁眼看它，它也伸头看我，嘴儿几乎伸到我的眼上来了，我连忙闭眼装睡，过了一会儿，小黄竟在我的脸边睡下来了，我轻轻地抚摸它，它一动不动，睡得好香好甜，那个小黑心宽体胖，也想上来，可是跳来跳去也跳不高，在地上急得团团转，样子好笑极了。

我真怀疑两小鸡是通人性。有一回，我把一个扎头发的发圈套在小黑的脖子上，小黑很惊恐地叫了起来，在地上乱跑了一通，然后试着用嘴啄了几下发圈，发现没那么危险了，就衔住发圈使劲地往外一甩，发圈被它甩出很远，我们被它的动作逗得发笑了，于是重复地让它表演这个动作，它每表演一次我们便笑一回，后来我们又萌发让小黄试试的念头，让小黄一试，果然小黄也会甩发圈，于是我们就让它们表演开了，并命名为"表演魔术"。

两个小鸡渐渐长大了，它们越大就越不依赖人了，甚至不愿意靠近人。这时，我想接近它们已经难了，我常常想抓它们来玩，可我还未走近它们，它们就溜了，机灵得很，想抓它们来玩要趁它们不防备，悄悄地偷袭才能成功，把它们抓倒手，它们也一千个不情愿，奋力反抗想从手中挣脱出来。它们并未真正通人性，它们的动物性渐渐苏醒了，我心中颇感失落，像被一对好朋友背叛了的感觉。

我跟小鸡们已经建立起了这么深厚的感情，到头来怎么忍心眼睁睁看它们被杀呢？可是不杀它们，养来又有何用？它们的命运生来就注定要被人杀来吃，这真是一个两难的命题，想到这个充满矛盾的问题，我的内心就不轻松，真不愿意它们长大。事情到了最后，小鸡有幸免死于屠刀之下，已经长到两斤左右差不多可以杀的时候，又一场鸡瘟来了，两个小鸡又双双被鸡瘟夺去了，至此，我母亲买的十六只小鸡一个也没养成，吃不到鸡肉反倒亏了一把米，我母亲一气之下再也不养小鸡了，只养成年鸡。我虽然一块鸡肉也吃不到，可我一点也不懊恼，反倒松了一口气，我不用看着那对跟我那么有感情的小鸡死于屠刀之下了，更不用吃它们的肉了，吃它们的肉的滋味一定没有吃其他鸡肉的滋味好。

人的生存是建立在把动物作为食物的基础上的，人的生就是动物的死。那么，我们对动物的爱不就变成是多余和毫无价值的自寻烦恼了吗？

但是，比人与人的关系更能测量出人类道德水平状况的是人与动物的关系。真正的人类美德，它寓含在所有的纯净和自由之中。只有在它的接受者毫无权力的时候它才展现出来。人类真正的道德测试，包括对那些受人支配的动物的态度。对动物的爱才是毫无功利的真正的善良，因为这是一种无我的爱，不求任何回报的爱；这是一种不受任何强迫的爱，完全是自愿的爱，它不是建立在人际关系之上的规定性的义务，例如：血缘之爱，夫妻之爱等等。

遗　忘

如果可以选择遗忘，你会遗忘什么？一定是那些回想起来令人痛苦的记忆吧！如果真能进行选择性遗忘，谁都愿意忘掉所有的伤痛，记住美好的瞬间。可惜，遗忘什么，不能自由选择。大脑里的那座记忆仓库，人是不能随意地走进去挑挑拣拣的。

一生之中会遭受许多风刀霜剑，一些创伤会深刻脑海，背负在灵魂深处，一辈子无法忘掉；而一些本无需忘记的美好瞬间，却稍纵即逝，无从忆起。对付创伤和痛苦的记忆，我希望有人给我端来一碗孟婆汤，猛然灌下，把伤痛统统忘怀。也许一碗还不够，因为灵魂深处难以磨灭的创伤，需要几辈子才能忘掉！

一些遗忘无关紧要，无伤大雅，然而一些遗忘却非常致命。如医生把纱布遗忘在病人体内，病人因此饱受折磨；有忘性大的主妇，像失了魂似的，完全忘掉家中的炉子上正煮着东西，就锁门出去了，因此引发火灾，烧了房子，伤及家中人命。

遗忘总在不经意间发生，令人措手不及。一些事情明明是刚刚发生，可一转身就忘掉了，如同从没发生过一样；一些话刚要说出口，可溜到嘴边，又缩了回去，硬是想不起来了；而一件若干年前发生的琐事，却又会在瞬间恍然闯进记忆之门……

有一件微小的事情，被我遗忘多年之后，最近又突然闯回到我的脑海中。这事微小得不值一提。但不知何故，它竟驱之不去，不得不写下来。

那只母鸡将要生蛋了。它的毛色鲜艳，光滑闪亮。羽毛像抹上了一层油那般水嫩幼滑，摸上去，手感极好。此时的母鸡，最容易被抓到。它被人抓时，没跑几步，就"啪"的一声打开翅膀，趴在地上，一动也不动！抓它的人，轻易就能把它从地上抱起来。而在不生蛋的时间里，任怎么追它，它都不会乖乖趴下来束手就擒。

那个母鸡，它确实曾经来过这世上，它存在于我的记忆中。它的毛色，那么鲜亮明艳；它流线型的身体，那么完美！但属于它的生命太过短暂，它还来不及繁衍后代，就遭受了灭顶之灾，是我嫁祸于它的。

它的冠子和脸都红彤彤的，这是快要生蛋的表征。我去抓它，它照例是乖乖地趴下来，任由我处置。我一向不管鸡生蛋的事。我只管干重活，例如挑水、跟妈妈下田插禾、除草、割稻、踩脱粒机、挑水稻秸秆……家务琐事通常是妹妹管。她扫地、扫鸡屎、喂鸡、挖鸡屁股看看有没有蛋、抓鸡去生蛋……但那天我却多管闲事了，也许是因为它太美了，太引我注目了。我本想抓它来玩耍一会儿的。但我一抓它时，它就乖乖地趴下来了。我由此判断它快要生蛋了，于是我带它回屋里，找地方给它生蛋。这是它第一次生蛋，家里还没有它生蛋的窝，我要给它造一个。

我把它带到阴暗隐蔽的楼梯间里。楼梯间所在的房间本来就是供家禽们宿夜的地方，这里通常是人迹罕至。我在楼梯间里给它造一个窝。我找来一个旧箩筐，把它放到箩筐里。它不习惯它的新窝，它挣扎着要跳出来跑掉，我又找来了一个旧竹筛，盖住了箩筐，然后压上一块砖。它逃不了了，只有乖乖坐在窝里面生蛋。

我转身走了出去。我的一个转身，我人生中一次普普通通的转身，由此结束了一条鲜活的生命。它被我彻底遗忘了。等我再次走进这楼梯间，已是半年后，或许是更长的时间。它早就死了。我再次走进楼梯间，也并不是因为突然间记起了它，我来此是想要找点什么。我赫然看见一个盖着竹筛的箩筐，其上压着砖块，原封不动。我打开一看，见到一个鸡骨架和一堆鸡毛。鸡屁股的

位置，还有一些鸡蛋壳碎片。

我恍然大悟，这是被我遗忘的鸡，它已变成一堆骨头！它是活活饿死的。它死的时候一定十分痛苦，它也奋力挣扎过，要挣脱这个牢笼。但无奈，它力所不能及。它若能够呼喊，它一定会呼喊救命的，但它没有这个本领。它肯定拼命拍打过翅膀，发出过一丝微弱的声音。但这里离人活动频繁的大厅和卧房太远了，它弄出的那点声音，人根本听不到。而且又那么巧合，自我离开楼梯间的漫长时间里，家中竟然也没有人来过楼梯间！这里发生的惨烈死亡事件，竟然没有任何一个人知道！

作为一只弱小的动物，是很容易被人忽略和遗忘掉的。不见了一只鸡，人只会疑惑一下，这鸡是不是被哪个无德的邻居偷去吃了？找不到就找不到了，只能在暗地里骂几句，发泄一下心中的不满。不会像不见了一个人那样，大张旗鼓地到处去找，不见人也要见尸，掘地三尺都要找出来。

它临死前一定又饿又渴，又惊又怕，充满了绝望感。它想不明白：为何会有人把我囚禁在这里活活饿死，而不让我继续生蛋给他们吃？它不知道自己是被遗忘的，如若它知道自己是被遗忘的，它肯定也难过死了。

弱小者，一旦被遗忘，就是如此悲惨的下场。

狗口余生

我五六岁时，轻信了小玩伴之言，竟然不知死活地去她家，看刚出生的小狗。她家的狗和人一起居住，母狗就住在她父母的房间里，在床与墙边的空隙间里生产。我不知道刚生产完的母狗是世上最凶残的动物，或许她也是不知道的。

我受了她的极力怂恿，鼓足勇气整进床与墙边的空隙间，探头去瞄看狗崽。此时，母狗见有陌生人走近，它立刻认为自己的幼崽受到了极大的威胁。说时迟，那时快，母狗一跃而起，向我扑来，把我扑倒在地。我只感到一条黑影瞬间罩向我，我的脸部顿时传来一阵钻心的痛。母狗张开它腥臭的血盆大口，拼命地撕咬我粉红稚嫩的脸。一时间，人哭声狗叫声大作！我的脸顿时成了狗嘴下的一块烂肉，被咬出的两个大血洞，不断地汩汩往外冒着黑血。腋窝下竟然也被撕咬出一个大窟窿，伤口处向外翻卷着雪白的嫩肉。

当我就要葬身狗口时，狗主人——我那小玩伴的母亲，把我从狗口中抢出来了。我母亲正在劳作，被告知此事后，她丢下手中的活儿，发疯地跑来，抱起地上奄奄一息的我，就往乡卫生所送。村人也跑来帮忙，从跑累的母亲手中接过我，继续向乡卫生所奔去。在乡卫生所里，我七魂不见了六魄，包扎时也是晕乎乎的，已经没什么痛感了，麻木了，只觉得脸上火辣辣的。敷好药后，我被送回家中。村人也跟着来，七口八舌议论纷纷，说要杀死狗，取出狗胆让我服下，我才好得快，不留后遗症。母狗因此得到了应有的下场。母狗被杀之后，狗崽不能独存，狗崽因没有奶吃而死掉！狗主人对她的狗遭受了全部覆亡的结局颇多怨恨。

后来，竟有一些难听的骂语传到了我母亲的耳中！

在镇上工作的父亲接到消息后，狂奔回村。看到惨遭狗嘴蹂躏的我，他痛心疾首，心中滴血！他情愿被狗啃的是他，而不是他娇嫩的女儿，可这事任由谁也是无法替代的。女儿的不幸，在父亲的心里要被放大很多倍！他想，女儿是一个刚钻出蛋壳雏儿，就遭受了这么大的变故！不知道她今后漫长的人生里，还要遭遇多少这样那样的磨难！不知道她脸上的伤疤，会不会影响她的容貌！一个失去容貌的女孩，命会是很苦的！他当场痛骂了养狗的人，痛骂了引诱我去看狗崽的玩伴，但这于事无补！他能够做的，就是带我到乡卫生所打狂犬疫苗。

接下来，按医嘱，我竟然打足一个月的狂犬疫苗。肚脐处被针扎得青黑一片，每天要用热水来敷，也不能使黑肿消退！经历这事之后，爸爸对狗恨之入骨。他发誓，我们家族的人决不能养狗养猫，逢是有人养狗养猫，若他看到了，会必杀无赦！

好些年过去了，父亲仍然厌恶猫狗！爷爷对此懵然不觉，竟然犯了我父亲的禁忌。有一年，有人要送给爷爷一个粉嫩可爱的小白狗。也许受了小狗的可爱之惑，一向不怎么关注生活琐事的爷爷，竟欣然把小狗带回家中。那时，我们家和爷爷家已经分家各过，但房子住得近。爷爷家养的狗，必然会跑到我们家来，而我们也会跑去爷爷家逗狗玩。周末，父亲回到家中，看到爷爷坐在自家门前抽水烟，旁边有个小白狗正低着头到处溜达，东嗅嗅，西闻闻。父亲向爷爷问清楚这是谁家的小狗之后，二话不说，夺过爷爷手上正吸着的水烟筒，一下就把小狗敲死在地！父亲说：自己养的狗，无非是咬别人！他明白狗是不咬主人的，但狗咬了别人更加不好。于人于己，他都要防患于未然！此后，我们家族再也没人敢养狗！

为我的人生道路扫除一切障碍，让我健康成长，愉快生活，这父爱，如山般厚重！世间上有一种爱不计回报，这是父爱！

夏夜的金龟子

夜风轻送，月光皎洁。小女孩们聚集在村中央的一块空地上，玩捉迷藏游戏。

正玩得起劲时，一个小男孩跑来，对众人大喊："蒲葵园里有很多金龟子，已经有很多人在那里抓了，你们快去抓呀！"

小女孩们一听，立即丢下正在玩着的游戏，争先恐后跟在那个小男孩后面，一窝蜂地涌向村边的蒲葵园。

众人跑到蒲葵园时，已气喘吁吁，看到已经有许多小男孩在那里了。大家彼此走近，才辨认出对方是谁。几乎半个村庄的小孩子都来了。暗夜里，蒲葵园显得黑影幢幢。但人多了，大家似乎也不害怕了。

我始终是个胆小鬼。但混在众人当中，就算十分害怕，也不敢声张。我只愿快速抓多些金龟子，就赶紧离开。不敢抬头认真细看四周。那远处的蒲葵，看在眼里就是幢幢鬼影，越看越像鬼。这蒲葵园，就算白天也不敢久留，何况是黑夜。抓金龟子是一件既恐怖又刺激的事。

这个夏夜爆发在蒲葵园里的，是一种茶褐色的金龟子。我们原先熟悉的那种金龟子，壳是绿色的，腿是红色的，腿上的钳既锋利又有力。而这样茶褐色的金龟子，体形比那种绿色的金龟子小一点，腿上的钳子也没那么锋利有力。

迟来的得先看别人怎么抓金龟子。其实蛮简单，只要举高一只手，攀下一支蒲葵叶来，另一只手一撸蒲葵叶尾，手里就是一把金龟子了。每一片蒲葵叶的叶尖上，都聚满了金龟子，真容易抓啊！

夜晚光线不足，金龟子不飞，呆呆地被抓。不费吹灰之力，每个人都抓了许多金龟子。衣兜塞满了，两手也抓满了。可蒲葵叶尖上还爬满了金龟子，怎么抓都抓不完。这是一次罕见的金龟子大爆发，此前从未知道有这样的事。这是一次孩童的集体狂欢，众人舍不得早早离开。于是有人想出办法来，提起衣角，把金龟子包在衣角里，又继续抓了许多，才心满意足回家去。

回到家中，找出所有的玻璃瓶来，瓶瓶罐罐都装满了金龟子。第二天起来看，瓶里的金龟子死亡过半。它们因挤压而死，缺氧而死。死了也无所谓，反正金龟子多的是。白天，伙伴们手中拿着玻璃瓶子，到处去玩，向那些没抓到金龟子的孩子炫耀。

当大家正玩得开心时，突然有孩子传话来说：这种金龟子是死人的手脚变出来的。大家一听，都慌了神，吓得纷纷把手上正玩着的金龟子扔掉，生怕被死人的鬼魂黏附上。而那些没有抓到金龟子的孩子，正准备夜里去抓，也不敢再去了。

这是童年时期是听过的无数条谣言当中的一条。孩童的心智还不够成熟，分不清谣言与真实。面对谣言，孩童没有自己的判断能力。

蚂蟥

那时我们村里在小孩子中间流传着一个关于蚂蟥的传说：从前有个女孩不讲卫生，喝生水，生水里有肉眼看不到的蚂蟥幼虫，她把蚂蟥的幼虫喝到肚子里去了。蚂蟥幼虫开始在她的身体里长大，然后繁殖。她的肚子慢慢胀大起来，像十月怀胎，然后整个人就逐渐消瘦下去，虚弱得奄奄一息。到最后，有人不小心敲了一下她的脑壳，不想，她的脑壳竟然破了，她随即倒地身亡，脑壳里竟然涌出一大堆蚂蟥来。原来，她的身体早已被蚂蟥蛀空。

听着这样的传说长大，我对蚂蟥的恐惧和厌恶可谓入心入肺。而现实中，蚂蟥制造的恐怖事件也在身边发生了。村中有个同龄的小女孩，在池塘游泳时，蚂蟥竟然钻进了她的阴道。幸而发现得早，拔了出来，血流了许久才被止住。万幸的是，蚂蟥并没有在她的身体里安营扎寨下来。

还记得那次，我跟邻村的一个小女孩回她的村，去她们村的荷塘里采摘荷花。荷花长得离池塘的堤岸有点远，伸手够不着，我只好在荷塘边蹲下身来，伸出一只腿去够那朵荷花，还是够不着。不想，腿掉到水面上，脚一接触水面，立即就钓上来一条蚂蟥。我看见蚂蟥，荷花也不要了，就在池塘边又叫又跳，乱作一团。妄想这样就能把腿上的蚂蟥跳掉，我头都不敢低一下，去看一眼那令人作呕的蚂蟥。好在那个年纪比我还小的小女生胆子够大，她伸手帮我捉去腿上的蚂蟥。我惊吓过度，荷花也不采了，逃之夭夭。

轻易就可得到的东西，通常不是好东西！那些迫不及待来到身边的人，最终都会像蚂蟥那样，占了便宜之后，悄然溜走！

蚂蟥是防不胜防的。它具备恶人的一切本领。你害怕它，它

要来；你不怕它，它也要来。它来了又去了，你都浑然不觉。紧张是没有用的，提防也是没有用的。它是在你毫不知情、毫无痛苦之下侵害了你。它吸饱了血，自然会走的。

难道对待恶人也要这么容忍？任其自来自去？不，对待恶人要决不姑息！

人被蚂蟥叮咬，还能及时打掉，止住流血。牲口被蚂蟥叮咬，就很难甩掉了。我小时候放牛，看到过一条蚂蟥，吸附在牛脚趾缝中，吸饱了血，胀得圆滚滚的。牛没有丝毫的办法处置这可恶的蚂蟥，对牛怀有深切同情的我，只好动手帮牛了。我找来树枝，替牛狠狠撬去夹在脚趾缝中的蚂蟥。

我小时候住在外婆家的时候，每天早上，村中的牛群要从外婆家门前经过，去河滩湿地上吃草。外婆家门前有口池塘。每天傍晚，牛群从河滩回村，都要下池塘洗个澡再回牛栏。从河滩回来的牛，身上往往吸附着蚂蟥，蚂蟥就这样被带回到池塘里。

有一回，一头牛带回了一条吸饱了血的蚂蟥。被放牛娃们发现了，它在劫难逃。那蚂蟥的身子圆鼓鼓的，肥壮得像一头小猪，但依然贪婪地吸附在牛身上。放牛娃们把蚂蟥弄下来，放到池塘堤上，用火烤。蚂蟥的身体顷刻成了一口血喷泉，源源不断地朝空中喷射绚丽血雨。

蚂蟥是杀不死的魔鬼。若用小刀将蚂蟥切成三段，那么一条蚂蟥就会变成三条蚂蟥。对付蚂蟥，必须施以极刑。要把蚂蟥投入火中去烧，才能致死。就是把蚂蟥穿在竹签上，从头到尾翻过来，放在阳光底下曝晒，以为这样就可以弄死它。其实，这样也是不能够把它致死的。只要一下雨，蚂蟥还是会从竹签上把自己身体从尾到头翻转过来，又变成一条欢蹦乱跳的蚂蟥。对待像蚂蟥那样的恶人，就要下手决断，毫不留情。

无论何时，只要我们一想起蚂蟥，就会不寒而栗。那一定是因为我们的祖先，一代一代都被蚂蟥侵害过，所以我们对蚂蟥的害怕，是深入骨髓、融进血液，被写成遗传基因，代代相传下来的。

蜗 牛

那天下午四时左右，我们一家人围坐在院子中央的树荫底下，剥鲜虾的壳，为晚餐准备食材。我们要做蒜蓉炒虾球。我们几个围在一起，埋头剥虾壳。虾是中等个头的新鲜海虾，有一市斤的重量。我们持续地剥了一段时间，到虾壳快要剥完了的时候，我抬起头来，伸伸累弯了的腰，擦去额头上的汗滴。忽然，听到妹妹惊叫一声："哇，好大的一个田螺！"

不知什么时候，在树荫底下——我们的身边，出现了一个大田螺。我看见它正慢慢地向着我们围着坐的地方爬过来，以蜗牛的速度！

"这不是田螺，而是蜗牛。"我母亲说。

"不是田螺？但它怎么长得跟田螺一模一样？"妹妹惊异地道。

"嗯，千真万确是蜗牛。你们看，它的头部伸出两个明显的触角。田螺，是没有触角的。"母亲解释道。

我说："它一定是闻到了虾的腥味，才才冲着我们来的。虽然在我们看来，它是爬得极慢，但它却是以它自己最快的速度向这边扑过来的。它一定是想吃虾想疯了！"

经我这么一说，妹妹和母亲才恍然大悟，一致赞同我的说法。

"是啊，是啊！"

如果不是这样的话，蜗牛绝不会在这个时候，这么突兀地出现在我们身边的。蜗牛一般生活在比较潮湿的地方，白天躲在植物丛中避免太阳直晒。

"它一定是被虾的味道吸引了，才朝着味道的来源飞奔过来的。"妹妹说。

　　我和妹妹正讨论着的时候，不经意母亲就一把捡起了这只饥饿的蜗牛。我正要喊住母亲的手，让她留它一条生路。可我的嘴还是慢了半拍，我刚喊出一个"哎"字，"别摔"两字还含在嘴里，母亲就把蜗牛举高了。她奋力朝地上一摔，蜗牛脆弱的壳被摔得四散，它的身体摔成了一坨烂泥，黏附在地上。我本想让蜗牛与我们共存于这个世间，相安无事！可是母亲却费了举手之劳，充当了一次破坏生态平衡的刽子手！唉，何必呢！

　　这只蜗牛就算有眼睛，它也是有眼无珠啊！它只是闻到了鲜虾的美味，却看不见周围有人，为了口腹之欲就不顾危险地跑出来了！最后，它还是为自己的贪婪而殒命了！

蚂蚁之死

　　我居住的房子里，有一种很小的黑色蚂蚁，它们就像是我养在家中的家虫一样无处不在。吃饭的桌子上是它们最常光顾的地方，电脑桌上、书桌上、木沙发椅上到处都能找到它们的踪影，甚至睡觉的床上，也是它们的领地。我躺在床上睡觉，经常会被这种小蚂蚁狠狠地蜇上一口。可是，小蚂蚁一旦咬人，它就完蛋了，它会被我狠狠地掐成粉末状。

　　经过观察，我发现这种小小的黑蚂蚁对油和肉最感兴趣，糖倒不是它们最喜欢的。它们时时觊觎着我放在家中油和肉，放在饭桌上的肉，如果我没有及时收起来，很快就会被它们占据了。甚至是我们吃饭时滴落的一点肉汁，它们都当作是难得的珍馐佳肴，把肉汁团团围住，然后舔食一空。

　　防止这种小蚂蚁的入侵，最好是管好家中的油和肉。把油瓶拧得紧紧的，它们就钻不进去了；把肉菜及时地放进冰箱，就断绝了它们的食物来源。可是它们总是饿不死，唉！全因为它们个头太小了，只要我们在吃东西时无意撒下的一点碎末，就足以把它们养活。

　　不知从何时起，这些小蚂蚁发现了另一个重要的食物来源地，那就是我的冰箱。它们排列成行，时刻守候在冰箱的门边，伺机钻到里面去大快朵颐一番。它们以为：只要冰箱门一打开，它们机会就来了。可是它们不知道，只要它们进到冰箱里面，就是立蹈死地，不是被冰箱门夹死，就是被冰箱冻死，总之，它们没有一个是可以存活下来的。这时我想起了"人为财死，鸟为食亡"这句谚语来，眼前的小蚂蚁不正是一个活生生的例子吗？它们不

也是为食亡吗？小蚂蚁受到自己认知的局限性的限制，不能认识到自己行为的危险性。可叹世间的人，他们有比蚂蚁更超卓的智慧，可是他们却像蚂蚁一样铤而走险，去干那些危险的勾当以图暴利！

想想，那些贩毒的人不正和蚂蚁一样，都是为了利而勇蹈死地的吗？他们为了赚取暴利而置国家严厉的法律于不顾，竟然敢铤而走险去贩毒！他们抱着侥幸的心理，用尽各种各样的办法来逃避法律的制裁，可是天网恢恢，疏而不漏，他们的行为最终未能逃过法律的制裁，他们所走的路就是小蚂蚁所走的路啊！如果那些人能够看清自己面临的处境，他们还会那么顽固地走上那条不归之路吗？